Klaus Wanninger
Schwaben-Herbst

Vom Autor bisher erschienene Bücher bei KBV:

»Schwaben-Rache«
»Schwaben-Messe«
»Schwaben-Wut«
»Schwaben-Hass«
»Schwaben-Angst«
»Schwaben-Zorn«
»Schwaben-Wahn«
»Schwaben-Gier«
»Schwaben-Sumpf«

Klaus Wanninger, Jahrgang 1953, evangelischer Theologe, lebt mit seiner Frau Olivera und dem schwäbischen Kater Mogli in der Nähe von Stuttgart. Er veröffentlichte bisher siebenundzwanzig Bücher. Seine erfolgreiche SCHWABEN-KRIMI-REIHE mit den Kommissaren Steffen Braig und Katrin Neundorf umfasst mittlerweile zehn Bücher.

Klaus Wanninger

Schwaben-Herbst

KBV
KRIMI

Originalausgabe

www.kbv-verlag.de
E-Mail: info@kbv-verlag.de
Telefon: 0 65 93 - 99 86 68
Fax: 0 65 93 - 99 87 01
Umschlagillustration: Ralf Kramp
Druck: Grenz-Echo AG, Eupen
www.grenzecho.be
Printed in Belgium
ISBN 978-3-940077-20-2

Meinem Großonkel,
Kriminalhauptkommissar Hermann Greve in Hamburg
gewidmet, dem ich die ersten Einblicke
in diesen Beruf verdanke.

Die Personen, Namen und Handlungen dieses Romans sind frei erfunden. Jede Ähnlichkeit mit lebenden Personen oder tatsächlichen Ereignissen wäre rein zufällig. Leider beruhen die Hintergründe aber auf Tatsachen.

September

1.

Der Schaffner warf nur einen flüchtigen Blick auf den Fahrgast im letzten Wagen. Ob diese Unachtsamkeit eher auf seine zunehmende Erschöpfung oder aber auf die Tatsache zurückzuführen war, dass der Zug in diesem Moment seine Geschwindigkeit verringerte, um im Reutlinger Hauptbahnhof seinen fahrplanmäßigen Halt einzulegen, daran konnte er sich später nicht mehr erinnern. Wie sollte ein nach mehr als sieben Stunden Dienst abgekämpfter, fast achtundfünfzig Jahre alter Zugbegleiter nicht einmal zwei Stunden vor Mitternacht auch ahnen, wie wertvoll sich eine detaillierte Beschreibung des Aussehens dieses einsamen Passagiers für die Fahnder des Landeskriminalamts erwiesen hätte?

Die solchermaßen nur mit flüchtigem Blick bedachte Person registrierte die Unaufmerksamkeit des Schaffners sowie dessen unübersehbar matten Zustand mit Erleichterung, betrachtete ihr Ebenbild, das sich vor dem nachtdunklen Hintergrund der Außenwelt im Fenster des Wagens spiegelte. Ein ausgesprochen männlich wirkendes Gesicht mit breiten Wangenkoteletten und einem frisch gestutzten Oberlippenbart, dazu kurze dunkle Haare und gebräunter Teint. Gute Arbeit, ohne Frage. Nur ein äußerst kritischer Beobachter würde die Kombination von Perücke und Gesichtsmaske bemerken.

Der Passagier im letzten Wagen spürte das kräftige Bremsen des Zuges, sah das Schild auf dem Bahnsteig. *Reutlingen Hauptbahnhof*. Keine Zeit mehr, noch länger über die Qualität der Verkleidung nachzudenken. Es war soweit.

Er schlüpfte in seine Jacke, eilte zur Tür, stieg im Rücken des Schaffners aus dem Zug.

Der Uniformierte trat zur Seite, machte ihm Platz.

Der Bahnsteig war hell erleuchtet. Er schritt kräftig aus, eilte in die Unterführung, dann zum Hauptausgang.

Vor dem Bahnhof warteten eine Handvoll Taxis, dazu mehrere private Fahrzeuge. Ein Auto hupte, Stimmen schrien durcheinander. Die frisch eingetroffenen Reisenden verteilten sich in verschiedene Richtungen. Er wand sich zwischen den Fahrzeugen hindurch, versuchte, das grelle Scheinwerferlicht zu vermeiden. Besser kein Risiko eingehen. Man konnte nie wissen.

Er passierte die kleine Grünanlage des Listplatzes, wartete an der Ampel, bis eine nicht enden wollende, stinkende und lärmende Autolawine passiert hatte und er endlich grünes Licht erhielt. Blätter wirbelten vom Fahrtwind angesogen durch die Luft, regneten auf die Passanten nieder. Trotz der späten Stunde herrschte reger Betrieb. Gruppen junger Leute, lachend, miteinander scherzend, schlenderten von der Fußgängerzone her auf den Bahnhof zu. Er versuchte, ihnen auszuweichen, starrte auf den Boden.

Erst in der Gartenstraße wurde es ruhiger. Nur wenige Passanten waren hier noch unterwegs, einzig das grelle Licht der Scheinwerfer entgegenkommender Fahrzeuge schmerzte. Er nahm die Straße vor sich nur noch in Umrissen wahr, bemerkte den Hund, der auf der Höhe der Planie auf ihn zuschoss erst in dem Moment, als sich das große Tier laut bellend vor ihm aufbaute. Erschrocken wich er ein, zwei Schritte zurück, starrte auf den aggressiv kläffenden Köter. Gänsehaut überzog seinen Rücken; unwillkürlich begann er am ganzen Körper zu zittern. Dass seine rechte Hand in die Hosentasche rutschte, war ein unbeabsichtigter Reflex.

»Wotan!«

Das Tier verstummte im selben Moment, als er das kalte Metall der Waffe ertastete. Er sah einen jungen Mann vor sich auftauchen und nach dem Halsband des Hundes greifen, lief schnell weiter.

»Tut mir leid«, hörte er eine Stimme hinter sich.

Er drehte sich nicht um, zog die Hand aus der Tasche. Nur keine Dummheiten, nicht jetzt in letzter Sekunde noch das ganze Unternehmen gefährden. Der Köter war es nicht wert. Er fröstelte, als er an das Ding in seiner Tasche dachte, zog den Reißverschluss seiner Jacke hoch. Nur wenige Minuten noch, dann war es soweit.

Er lief mit großen Schritten weiter, erreichte die Burgstraße. Jetzt also.

Eine junge Frau kam um die Ecke, musterte ihn aufmerksam.

Was gafft die so? Sieht man es mir an?

»Rolf, bist du es?«, fragte die Frau. Sie hatte ein hübsches schmales Gesicht, war auffällig geschminkt und für den Abend zurechtgemacht.

Er schüttelte den Kopf, ließ sie stehen. Nein, ich bin nicht dein Rolf. Er spürte das Kribbeln in allen Gliedern, griff vorsichtig in seine Tasche. Alles an Ort und Stelle, kein Anlass zur Beunruhigung. Nur nicht stehen bleiben. Einfach weiterlaufen. Der liebe Rolf würde sicher noch kommen.

Wenige Minuten später hatte er die Rückfront des Finanzamts erreicht. Er passierte die Leonhardskirche, kam an der Polizeidirektion vorbei. Zwei Autos bogen in die Kaiserstraße ein, sonst war alles ruhig, nicht ein einziger Uniformierter zu sehen. Wieso auch? Was sollten sie auf der Straße? Ihn überprüfen? Weshalb? Noch war nichts geschehen.

Ein Sportwagen raste mit quietschenden Reifen in die Charlottenstraße, riss ihn aus seinen Gedanken. Welcher Verrückte wollte da wieder sein pervertiertes Verständnis von Männlichkeit beweisen?

Hinter der stillgelegten Bahnlinie stieg die Straße spürbar an. Er starrte in die Höhe, glaubte, die Umrisse der mehr als 700 Meter hoch in den Himmel ragenden *Achalm*, des Reutlinger Hausberges, zu erkennen. Die Häuser links und rechts der Straße verschwanden jetzt hinter mannshohen Zäunen und weitläufigen Gartenanlagen. Nur ab und an versprachen vereinzelte Lichter noch Leben. Der späte Passant fiel niemandem auf.

Zwei Häuser vor seinem Ziel wurde er allerdings doch wahrgenommen. Eine ältere Frau trat mit ihrem Mülleimer gerade in dem Augenblick vor die Tür, als er draußen vorbeilief. Sie starrte überrascht zur Straße, beeilte sich, ihre Arbeit zu Ende zu bringen, verschwand wieder im Haus, drehte sorgsam den Schlüssel um.

Sekunden später läutete es bei einem ihrer Nachbarn.

2.

»Nicht geboren zu werden ist unbestreitbar die beste Lösung.« Kriminalhauptkommissar Steffen Braig nahm die Tasse auf, die der Mann vor ihm auf den Tisch gestellt hatte, hielt sie sich prüfend vor die Nase. Kleine graue Wolken lösten sich von der Oberfläche der dunklen Flüssigkeit, stiegen in die Höhe, verschwanden im Nichts. Binnen weniger Sekunden verbreitete sich der aromatische Duft im ganzen Raum.

»Ihnen bleibt wohl nur Zynismus, das ganze Elend zu verarbeiten?«, sagte sein Gegenüber.

Braig nippte vorsichtig am Kaffee, spürte, dass er heiß und kräftig war, nahm einen vollen Schluck. Er ließ ihn langsam über die Zunge gleiten, versuchte, sich von dem frühmorgendlichen Schock zu erholen, Abstand zu dem zu gewinnen, was er vor wenigen Minuten wieder hatte ansehen müssen. Der Kaffee war milchig braun, heiß und kräftig. Genauso, wie er es zu dieser frühen Stunde liebte. »Nur dann, wenn das Leben absolut nicht zu ertragen ist«, antwortete er.

Konrad Umgelter schaute müde zu ihm hinüber. Er war immer noch bleich wie ein erschöpfter, von langer Krankheit gezeichneter Mensch, saß in einen dunkelgrünen Hausmantel gehüllt mit angezogenen Beinen auf dem breiten Sofa, umklammerte seine Kaffeetasse mit der linken Hand. »Das dürfte bei Ihrem Beruf ein fast alltäglicher Zustand sein.«

Braig wusste nicht, was er antworten sollte. Ein fast alltäglicher Zustand? Er hatte sich verändert in den letzten Jahren, ohne Zweifel, war ruhiger, bedächtiger geworden. Auch zynisch? Er wusste es nicht. Nüchterner, sachlicher. Vielleicht nicht mehr so sensibel. Der Abstand zwischen ihm und dem Elend, das sich fast jeden Tag vor ihm türmte, war größer geworden. Er ließ es nicht mehr so nahe an sich heran, war nicht länger bereit, sich voll und ganz mit allen Sinnen dem Leid der Opfer auszuliefern. Ja, er hatte Illusionen verloren, viele Illusionen, Teile seiner jugendlichen Ideale, unter deren Ägide er einst begonnen hatte, die Welt ein Stück menschlicher zu machen – seiner damaligen Auffassung zufolge jedenfalls. Aber war das wirklich ein Wunder bei den ständigen Belastungen, bei den Mengen von Morast, in denen er Tag für Tag wühlte? »Am frühen Samstagmorgen zehn vor sechs aus dem Bett gejagt zu werden, nur um mir *das* anzusehen, lässt sich nur mit Zynismus ertragen.«

Sie hatten die Frau bereits ins Ludwigsburger Klinikum transportiert, als er mit vom Schlaf verschleierter Miene am Ort des Überfalls angelangt war. Die üblen Verletzungen, die ihr der unbekannte Täter zugefügt hatte, waren ihm dennoch sofort aufgefallen. Zuerst auf den Fotos der Beamten der

Schutzpolizei, die vor ihm am Tatort eingetroffen waren, später dann im Krankenhaus, wohin er sich eines Gesprächs mit der Überfallenen wegen vergeblich bemüht hatte. Das Gesicht des Opfers von Schlägen und Würgemalen übersät, die Wangen, die Partien um die Augen und die Stirn zerkratzt, Teile der Kleidung zerrissen und mit Blut durchtränkt. »Der hat wie ein Wahnsinniger auf die Frau eingeschlagen«, hatte Umgelter erklärt, »ich zittere jetzt noch am ganzen Leib, wenn ich nur daran denke.«

Braig war augenblicklich klar gewesen, was das bedeutete. Dieselbe Verunstaltung wie an den beiden Wochenenden zuvor, fast genau dieselben Wunden wie bei den anderen Frauen, derselbe in Rage auf seine Opfer einschlagende Täter. Eine Mensch gewordene Bestie, ein Verbrecher, der jetzt Samstag für Samstag sein Unwesen trieb.

Sie wird in den nächsten Stunden nicht ansprechbar sein, hatte er vom behandelnden Arzt erfahren, *hoffen wir, dass sie überhaupt wieder vollkommen zur Normalität findet. Schenken Sie ihr erst einmal Ruhe, jetzt ist es ohnehin passiert, verhindern können Sie es doch nicht mehr.*

Das war das Kreuz, das er und seine Kollegen trugen. Wann immer sie ihn riefen, es war längst geschehen. »Und jedes Mal komme ich zu spät«, sagte er laut. »Was auch geschehen ist, ich kann es nicht mehr verhindern, nicht mehr rückgängig machen. Ob Mord, Vergewaltigung oder Totschlag, mir bleiben nur die Opfer.«

»Ich frage mich nur, diese ganze Gewalt ...« Umgelter starrte sinnend in die Ferne. »Woher? Immer wieder aufs Neue?« Er wandte den Blick zu seinem Gegenüber, merkte, dass Braig keine Anstalten machte, ihm zu antworten. »Dieser junge, überaus beliebte Schüler aus dem Remstal, der von einem 18-jährigen und dessen Freunden erschlagen und dann, ich wage kaum daran zu denken, Sie wissen, was ich meine ...«

»Sie ermordeten ihn und zerstückelten seine Leiche, legten die einzelnen Teile in Blumenkübel, gossen Beton darüber und warfen diese dann in den Neckar und in den Wald.«

Umgelter schüttelte den Kopf. »Woher kommt sie, diese Gewalt?« Er atmete tief durch, fuhr sich über die Stirn.

»Darüber zerbrechen sich die Menschen seit Jahrhunderten den Kopf.«

»Er ermordete ihn aus Eifersucht?«

»Krankhafte, zum Wahn gesteigerte Eifersucht.«

»Und das andere? Einen Menschen nicht nur töten ...«

»Sondern zerstückeln? Gewaltfilme. Horror. Um einen solchen Wahnsinn auszuführen, benötigen sie Vorbilder. Negative Vorbilder. Das Angebot hierzu ist riesengroß. Es läuft jeden Abend auf unzähligen Sendern.«

»Und junge Leute schauen es sich an.«

»Vor allem junge Leute. Fragen Sie Psychologen und Gehirnforscher. Wir wissen inzwischen genau, wie anfällig viele aggressionsbereite junge Männer für solche Gewalt-Phantasien sind. Sie schauen es an, saugen die Bilder in sich auf, machen es nach. Natürlich nur ein winziger Teil der Heranwachsenden. Aber es gibt genügend junge Männer, die so psychotisch veranlagt sind, diese Szenen zu verinnerlichen, ihre Phantasie damit zu füllen und sie irgendwann in die Tat umzusetzen. Und trotzdem erlauben wir des Profits wegen Abend für Abend Gewaltorgien auf den Mattscheiben und ähnlich wirkende Computerspiele. Und mir und meinen Kollegen bleibt die Aufgabe, die Opfer auf den Straßen aufzuklauben.«

Sein Gegenüber wärmte sich an seiner heißen Tasse, schüttelte den Kopf. »Mein Gott, wie halten Sie das nur aus? Ich könnte es nicht. Ich fürchte, ich würde wahnsinnig, wenn ich das auf Dauer ertragen müsste. Oder gewalttätig. Gegen jeden Verdächtigen, der mir in die Hand fiele.« Er führte die Tasse an den Mund, schlürfte den Kaffee.

Braig musterte den Mann, gestand ihm insgeheim zu, seine – zumindest zeitweilig – eigenen Empfindungen voll und ganz getroffen zu haben. Natürlich hatte er in besonders aufrührenden Fällen mit sich zu kämpfen, seine Emotionen in Schach zu halten, aufkommende Aggressionen gegen vermeintliche, leugnende oder ihre Schuld bekennende Straftäter nicht über sich Herr werden zu lassen. Obwohl er sich selbst für einen weitgehend ausgeglichenen Charakter hielt, fern jeder cholerischen oder jähzornigen Anwandlungen, wusste er aus jahrelanger beruflicher Erfahrung, wie schwer es ihm manchmal fiel, sich nicht zu Gewaltakten gegen hartnäckig die Unwahrheit behauptende Verdächtige hinreißen zu lassen, insbesondere dann, wenn es seiner Kollegin und ihm trotz aller Bemühungen nicht gelang, genügend Fakten zusammenzutragen, die zu einer Festnahme ausreichten.

»Die Hand ist Ihnen noch nie ausgerutscht?«, fragte Umgelter.

»Gegen einen Verdächtigen?«

Braig starrte auf seine Tasse, sah die kleinen Wolken, die sich von ihr lösten. Die Hand noch nie ausgerutscht? Was wollte der Mann hören? Dass es sich bei ihm um einen Engel, ein außerirdisches Wesen handelte? Welcher Kriminalbeamte, Tag für Tag aufs Neue damit beschäftigt, im Sumpf der Gesellschaft zu wühlen, sich mit denen zu befassen, die sich in besonders eklatanter Weise auf Kosten anderer austobten, war nicht in Gefahr, dass ihm *die Hand ausrutschte*?

»Ich will nicht wissen, mit wem Sie sich zeitweise auseinandersetzen müssen«, warf Umgelter ein. »Ich fürchte aber, ohne Einsatz körperlicher Gewalt ist das oft nicht zu bewältigen.«

Braig wusste selbst, wie recht der Mann hatte. Konflikte mit aggressiven Personen waren nicht nur Kriminalbeamten, vielmehr auch den Kollegen der Schutzpolizei vertraut. Angetrunkene, pöbelnde, um sich schlagende Männer gehörten inzwischen fast schon zu jedem gewöhnlichen Dorf-, Vereins- oder Straßenfest, Schlägereien immer übleren Ausmaßes ebenso wie rowdyhaftes Verhalten im Autoverkehr zum alltäglichen Geschehen. Große Teile der Gesellschaft nahmen die fortschreitende Verrohung vor allem männlicher Jugendlicher als gottgegeben hin, ohne nach den Ursachen und vor allem den *Verursachern* zu fragen. Dass die Polizei im Notfall einschritt, die Beamten oft unter Einsatz ihrer Gesundheit und ihres Lebens die aggressivsten Streithähne auseinanderreißen mussten, galt als selbstverständlich. Irgendein Idiot musste die Drecksarbeit eben verrichten. Dass es sich dabei aber um normale Menschen mit allen natürlichen Instinkten, Trieben und Emotionen handelte, blieb außen vor. Polizeibeamtinnen und -beamte hatten zu funktionieren, gleichgültig in welcher Situation. Und wehe, einem von ihnen *rutschte die Hand aus.*

Braig dachte an einen seiner ersten Einsätze als junger Beamter bei der Mannheimer Kriminalpolizei zurück, der sich unauslöschbar in sein Gedächtnis eingebrannt hatte. Nach wochen-, ja monatelangen Observationen war es ihnen gelungen – glühendheiße Sommertage und fast vollständig durchwachte Nächte ununterbrochen im Einsatz – die Hintermänner einer Menschenhändlerorganisation auszuspähen, die seit Jahren immer neue Scharen junger, kaum volljähriger Osteuropäerinnen für westdeutsche Bordelle rekrutierten und damit Millionengewinne erzielten. Durch einen Zufall hatten sie dabei einen erfolgreichen und aufgrund seiner großzügigen Zuwendungen an die Staatspartei unantastbaren Geschäftsmann ins Visier bekommen und dessen Beschattung trotz staatsanwaltlicher Bedenken aufgenommen, solange, bis sie den gut genährten, durchtrainierten Enddreißiger dabei überraschten, wie er einer 18-jährigen Rumänin eine *persönliche Lektion* erteilte. Die junge Frau hatte sich geweigert, sich wie Hunderte ihrer Leidensgenossinnen der Prostitution hinzugeben und war deshalb in den Fokus des Mannes geraten. Er hatte den Kopf der nackten, am ganzen Körper von brutalen Schlägen gezeichneten Frau gerade in eine Toilettenschüssel gedrückt und die Spülung betätigt, als sie in den kleinen Anbau in einem Hinterhof stürmten. Braigs wie auch seines Kollegen erste Reaktionen waren spontan, ohne jede Überlegung erfolgt. Das in höchster Lebensgefahr Hilfe erheischende Röcheln der Frau im Ohr, ihren gemarterten, ausgemergelten nackten Körper und die feiste Gestalt ihres Peinigers vor Augen, hatten sie nicht lange gezögert, sondern den Mann mit harten Schlägen und Tritten außer Gefecht gesetzt und die Frau aus seiner Gewalt befreit.

Die Hand ausgerutscht? Wie sonst hätten sie die Frau befreien sollen?

Braig wagte nicht daran zu denken, wie oft er in den vergangenen Jahren zu ähnlichem Vorgehen gezwungen gewesen war. Natürlich hatte er Skrupel gehabt, ihr hartes, allzu deutlich von ihren angespannten Nerven dominiertes Vorgehen selbst infrage gestellt, besonders damals in Mannheim. Als der Geschäftsmann aber einen Tag später mit trotz aller kosmetischen Korrekturversuche deutlich malträtiertem, aber dennoch süffisant grinsendem Gesicht wegen mangelnder Beweise aus der Untersuchungshaft entlassen, ihnen selbst aber ein dienstinternes Untersuchungsverfahren angekündigt worden war, hatte er diese Skrupel blitzschnell verloren. Die junge Rumänin hatte sich geweigert zu reden – aus Angst um ihr Leben, was eigentlich nur ein Blinder, aber eben auch der Untersuchungsrichter, hatte übersehen können.

Den Mann festzunehmen und vor Gericht zu stellen, war – seinen Informationen nach – bis heute nicht gelungen. Offensichtlich verfügte er über sehr gute Anwälte und noch bessere Beziehungen. Die hatten ihm wohl geraten, das Licht der Öffentlichkeit vorübergehend zu meiden, somit auch auf Maßnahmen gegen die auf ihn angesetzten Kriminalbeamten zu verzichten – nur dieser Vorsicht war die Niederschlagung des angekündigten dienstinternen Untersuchungsverfahrens zu verdanken. »Wir hätten die Drecksau erschießen sollen«, hatte sein an der Befreiungsaktion beteiligter Kollege geäußert.

Musste man sich wirklich wundern, wenn einem Polizeibeamten einmal *die Hand ausrutschte*?

»Ich könnte es auf jeden Fall nicht«, unterbrach Umgelter seine Gedanken. »Stillhalten, gleich mit wem ich es zu tun habe.«

Braig verzichtete auf eine schnelle Antwort. Natürlich wusste er nur allzu gut, dass es Kollegen gab, die Schwierigkeiten damit hatten, immer *stillzuhalten*. Wie in jedem anderen Beruf auch waren in den verschiedensten Abteilungen der Polizei Leute tätig, die für sich und ihr berufliches Auftreten Sonderrechte beanspruchten und sich zeitweise nicht an alle Gesetze gebunden fühlten. Es gab Kollegen, auch in seinem unmittelbaren Umfeld, die ihren Launen freie Bahn ließen und im Umgang mit Verdächtigen eine Willkür an den Tag legten, die mit rechtsstaatlichen Gepflogenheiten nicht zu vereinbaren war. Proteste betroffener Bürger und Vorwürfe kritischer Journalisten gegen bestimmte Polizeipraktiken waren oft genug berechtigt, das wusste er aus eigener Erfahrung, auch wenn man intern geneigt war, möglichst viel davon unter den Teppich zu kehren.

Er brauchte nicht weit zu gehen, hatte seinen Kollegen Felsentretter vor Augen, dessen Verhalten bei gemeinsamen Ermittlungen zeitweise nur schwer zu ertragen war. Nicht nur die Tatsache, dass der hünenhafte Mann seine Emotionen allzu oft nicht unter Kontrolle hatte, sich von Jähzorn oder plumpen Vorurteilen leiten ließ, machten die Zusammenarbeit mit ihm schwer, auch dessen Bereitschaft, das eigene Vorgehen fast prinzipiell über geltendes Recht und Gesetz zu stellen, stießen Braig ab.

»Dann sollten Sie nicht zur Polizei gehen«, erwiderte er deshalb. »Kein Mensch ist frei von natürlichen Ressentiments. Trotzdem ist gewaltfreies Arbeiten das A und O meines Berufs. Auch wenn ich mich manchmal zu dieser Haltung zwingen muss.«

»Das haben Sie schön formuliert. Gilt das auch für die Damen und Herren, denen Sie hinterher jagen?«

Braig wollte schon antworten, hörte die Zusatzfrage des Mannes.

»Sie selbst waren noch nie in Gefahr?«

Er trank von seinem Kaffee, kostete den würzigen Geschmack, sah zu seinem Gesprächspartner auf. »Was wollen Sie hören? Dass ich erst seit drei Monaten wieder voll dabei bin?«

Umgelter warf ihm einen überraschten Blick zu.

»Ich musste erst wieder gehen lernen. Man reichte mich fast ein Jahr lang von Reha zu Reha.«

»Sie wurden im Dienst verletzt?«

»Bei der Festnahme eines Mannes, dessen zweiten Mord wir gerade noch verhindern konnten. Er wollte fliehen, fuhr mich einfach um.«

»Hier bei uns?«

»In Reutlingen, ja.«

»Das klingt eher nach Amerika. Nach einem Zuhälter aus Harlem oder der Bronx.«

»Amerika?« Braig schüttelte den Kopf. »Erinnern Sie sich nicht an Heilbronn?« Er sah, wie der Mann erbleichte.

»Die junge Polizeibeamtin, die hinterrücks erschossen wurde?«

»Und ihr Kollege, der erst Wochen später wieder aus dem Koma erwachte.«

Umgelter hatte offensichtlich sofort begriffen, worauf er anspielte. Bei einer harmlosen Routinekontrolle mitten in Heilbronn waren im Frühjahr zwei junge Beamte der Schutzpolizei ohne jede Vorwarnung von Unbekannten niedergeschossen worden, die junge Frau tödlich, der Kollege lebensgefährlich verletzt. Spekulationen vielfältigster Art über die Hintermänner und deren Beweggründe hatten einander abgewechselt. Selbst der Ministerpräsident hatte sich persönlich geäußert. Monatelang war in die verschiedensten Richtungen ermittelt worden, bis die Spurensicherer am Tatort die DNA einer seit langem gesuchten Frau ermitteln konnten.

»Was ist mit dem Kerl, der Sie anfuhr? Er sitzt lebenslänglich?«

Braig schüttelte den Kopf. »Es handelte sich um einen ehrenwerten Herrn der besseren Gesellschaft. Er hatte gute Beziehungen und die besten Anwälte.«

»Gute Beziehungen und die besten Anwälte? Spielt das tatsächlich noch eine Rolle?«

»Wo leben Sie?«, erwiderte der Kommissar. »Auf dem Mars oder der Venus oder hier im Ländle?«

Umgelter schwieg einen Moment, schaute ihn entgeistert an. »Ich würde es nicht aushalten, nicht einen Tag. Gute Beziehungen und beste Anwälte. Dazu noch Politiker, die sich als willfährige Handlanger großer Konzerne prostituieren und deren absurde Entscheidungen Sie auf der Straße draußen verteidigen dürfen. Ich würde wahnsinnig.«

Braig roch den würzigen Duft des Kaffees. Natürlich spielte das eine Rolle, und ob! Wie oft hatte er schon mit ansehen müssen, wie ein – von ihnen in wochenlanger mühevoller Arbeit eines Verbrechens überführter – Täter aufgrund seines Vermögens und seiner gehobenen gesellschaftlichen Position seinen Hals Stück für Stück aus der längst zugezogenen Schlinge zu winden vermochte, so lange, bis alle ihre Anschuldigungen als wertlos verworfen wurden. Fast übermenschliche Zurückhaltung wurde ihm in solchen Fällen abverlangt, wenn einer dieser Privilegierten mit Hilfe eines hoch bezahlten, raffiniert die Grenzen der Gesetze auslotenden Anwalts oder gar der skrupellos zum Einsatz gebrachten Beziehungen eines einflussreichen Politikers mit einer milden Strafe gehätschelt oder letztendlich nach mehreren Berufungsinstanzen, die sich kein Normalsterblicher leisten konnte, frei gesprochen wurde. Oft genug wunderte er sich über das Zögern oder gar die Weigerung der zuständigen Staatsanwälte, gegen Subjekte dieser besonders auserwählten Stände zu ermitteln, kritisierte insgeheim oder auch offen deren allzu schnelle Bereitschaft, die Nachforschungen einzustellen.

Wie willkürlich das Vorgehen der obersten Ermittlungsbehörden in bestimmten Fällen ausfiel, hatte er sich am Anfang seiner beruflichen Tätigkeit nicht einmal in Ansätzen ausgemalt. Zu blauäugig war sein von jugendlicher Begeisterung geprägter Tatendrang gewesen, fern jeder erst später erfahrenen Frustration. Hier die etablierten Vertreter der Konzerne und die ihre Interessen verwaltende Polit- und Anwaltskaste, dort das einfache Volk – er hatte Jahre gebraucht, dieses Verständnis von Gerechtigkeit zu lernen, wollte sich heute noch nicht einfach damit abfinden. Kam es wieder einmal zu einer von diesem Zwei-Klassen-System geprägten Ermittlungsanordnung, schwankte Braig zwischen grenzenloser, alles zerfressender Wut und dem Wunsch, den Bettel hinzuwerfen und sich nach einer anderen, leichter zu bewältigenden Art des Broterwerbs umzusehen. Wie oft er diesen Punkt schon erreicht hatte, wusste er nicht mehr. Ohne die Hilfe seiner Lebensgefährtin und auch seiner Kollegin – soviel war auf jeden Fall sicher – hätte er sich diesem Entschluss längst nicht mehr verweigert. Ann-Katrin Räuber und Katrin Neundorf hatte er es zu verdanken, seinem Beruf trotz aller Frustrationen und zunehmender Ernüchterung treu geblieben zu sein.

»Es tut mir wirklich leid, dass ich Ihnen nicht weiterhelfen kann.«

Braig sah auf, bemerkte Umgelters Bedauern. Er konzentrierte sich wieder auf seine aktuellen Ermittlungen, formulierte seine nächste Frage. »Immer noch keine Erinnerung an das Aussehen des Täters, nicht eine Spur von seinem Gesicht?«

Der Mann schüttelte den Kopf. »Wirklich nicht, nein.«

»Ein Hinweis auf sein Alter?«

»Jung, ich sagte es schon. Aufgrund seiner Bewegungen und seiner Körperhaltung zwischen Zwanzig und Vierzig, ich kann es nicht genauer definieren, es geht nicht.«

Braig nahm die Tasse an die Lippen, trank langsam Schluck um Schluck, stellte sie dann auf dem niedrigen kleinen Glastisch ab. Sie hatten sich vorhin schon kurz unterhalten, gleich nachdem er die Wohnung Umgelters betreten und ohne zu zögern dem Angebot des Mannes zugestimmt hatte, einen Kaffee zuzubereiten, auch wenn es erst kurz vor Sieben war und die Umgebung draußen noch im trüben Dämmer lag. Sein Gastgeber hatte ihm in stockenden Worten berichtet, was er vor etwas mehr als eineinhalb Stunden keine zweihundert Meter von seiner Wohnung in Ludwigsburg-Ossweil entfernt auf dem Nachhauseweg beobachtet hatte. Was jetzt noch fehlte, war die genauere Erklärung, das detaillierte Beschreiben der für die kriminalpolizeilichen Ermittlungen wichtigen Sachverhalte. »Dass der Kerl so eine Militärjacke trug, bemerkten Sie erst, als Sie ziemlich nahe an ihm dran waren.«

»Das ist richtig, ja.« Umgelter stellte seine Tasse ebenfalls ab, wischte sich dann die Augen, versuchte auf diese Weise offenbar einen Teil seiner Müdigkeit zu vertreiben. »Als ich die Schreie der Frau von der Neckarweihinger Straße her hörte, sah ich nur den Umriss des Mannes. Erst als ich begriff, dass sie Hilfe benötigte und auf die beiden zu rannte, bekam ich ihn deutlicher ins Blickfeld. Aber leider nur von hinten, ich muss es immer wieder betonen.«

»Und die Jacke war olivgrün-braun gemustert?«

»Soweit ich das trotz des Dämmerlichts beurteilen kann, ja.«

»Wie groß war sie?«

»Die Jacke?«

»Ja. Wie weit reichte sie ihm?«

Umgelter überlegte eine Weile, stellte sich aufrecht hin, hielt beide Hände waagrecht ausgestreckt über seine Hüften. »So ungefähr.«

»Nicht länger?«

Der Mann setzte sich wieder, zog seine Mundwinkel hoch, wusste nicht, was er antworten sollte. »Ich habe es nicht genau gesehen, ehrlich gesagt. Ich war zu aufgeregt.«

Braig nickte, konnte sich gut in die Situation des Mannes versetzen. So sehr es ihn schmerzte, mehr konnte er nicht verlangen. Nicht von einem Menschen, der unverhofft Augenzeuge eines solch brutalen Geschehens geworden war.

»Aber dass er diese Militärjacke trug, dessen sind Sie sich sicher? Entschuldigen Sie bitte meine Skepsis, aber es war dunkel, deshalb will ich mich vergewissern. Sie können es nicht verwechselt haben?«

»Nein, auf keinen Fall. In dem Moment, als ich die Jacke sah, war ich nur noch drei, vier Schritte hinter ihm und wollte ihn schon packen.«

Immerhin etwas, überlegte Braig, ein kleiner Fortschritt, wenn es sich wirklich um die Bestie handelte, der sie seit zwei Wochen hinterher waren. Eine Militärjacke! – Und es sah wirklich danach aus, dass auch heute Nacht wieder der Täter zugeschlagen hatte, der sie jetzt schon das dritte Wochenende hintereinander in Atem hielt. Jeweils in der Nacht von Freitag auf Samstag fiel er über Frauen her, die sich zu dieser Zeit draußen aufhielten. Vor zwei Wochen hatte er eine Disco-Besucherin auf dem Heimweg überrascht, am letzten Wochenende eine junge Frau, die von daheim ausgerissen war und gerade auf der Straße lebte, heute eine Zeitungsausträgerin, die ihren Job wie gewohnt am frühen Morgen ausgeübt hatte.

Dass es sich immer um denselben Täter handelte, war der außergewöhnlichen Brutalität zu entnehmen, mit der er jedes Mal vorgegangen war: Er hatte seine Opfer mit Gewalt ins Gesicht geschlagen und fast bis zur Bewusstlosigkeit gewürgt, dann anschließend versucht, sie zu vergewaltigen. Zum Glück war er kein einziges Mal zu seinem Ziel gelangt, sondern immer durch zufällig aufgetauchte Passanten oder wach gewordene Anwohner überrascht und verjagt worden. Den Frauen hatte er zu diesem Zeitpunkt jedoch schon dermaßen zugesetzt, dass sie nicht nur von Würgemalen entstellt, sondern auch dermaßen verschreckt, ja traumatisiert waren, dass es Stunden oder gar Tage dauerte, bis sie sich zu ersten Gesprächen über das Vorgefallene imstande sahen. Kein Wunder, dass die Medien in immer größerer Aufmachung von den Verbrechen des unbekannten Serientäters berichteten. In enger Zusammenarbeit mit seiner Kollegin Stefanie Riedinger hatte sich Braig die ganze Woche bemüht, Hinweise auf die Identität des Mannes zu erlangen, ohne bisher entscheidende Erkenntnisse vorweisen zu können. Zwar hatte man bei beiden bisherigen Opfern Faserreste unbekannter Kleidungsstücke identifizieren können, ob diese jedoch dem Unbekannten zuzuordnen waren, ließ sich erst bei einem Vergleich mit dem Mann selbst feststellen. Wie sollte man das in die Tat umsetzen, wo nicht einmal grundlegende Indizien wie etwa sein DNA-Code vorlagen?

Was die Ermittlungen zudem ungemein erschwerte, war nicht nur sein zeitlich unregelmäßiges Auftauchen, auch die Orte seiner Überfälle schienen völlig willkürlich gewählt. Hatte er sein erstes Opfer in Stuttgart in der Kronenstraße überwältigt, war er in der darauf folgenden Woche in der Filderstraße im Leinfelden-Echterdinger Stadtteil Musberg über eine andere Frau hergefallen. Schon bei seinem zweiten Auftreten in Musberg hatten Riedinger und Braig aufgrund der schweren Verletzungen des Opfers sofort den Zusammenhang mit dem vorangegangenen Verbrechen erkannt: Die außergewöhnliche Brutalität des Unbekannten war nicht zu übersehen. Dass der Täter heute in Ossweil, einem Vorort Ludwigsburgs zugeschlagen hatte, trug weiter zur Verwirrung bei: Der Verbrecher schien ohne jedes System im gesamten Großraum Stuttgart unterwegs auf der Suche nach potenziellen Opfern.

Mehr als dürftig waren die bisher zusammengetragenen Beschreibungen der Person des Gesuchten: Ein von seiner Körpergröße her wenig auffälliger, vielleicht 1,70 - 1,75 Meter großer Mann mit normaler Figur, was immer das heißen mochte. Bei seinen Attacken mit Jacke und Kapuze gekleidet, hatten die bisherigen Opfer seine Stimme als seltsam heiser beschrieben – wahrscheinlich eine bewusste Manipulation des Täters, wie Braig vermutete, um die Ermittler auf eine falsche Spur zu lenken. Eines Akzents hatte sich keine der Frauen erinnern können.

Damit hatte es sich schon, mehr war nicht bekannt. Angesichts dieser dürftigen Aktenlage konnte die Beobachtung Umgelters, der Täter habe eine olivgrün-braun gemusterte Jacke getragen, durchaus als ein kleiner, wenn auch nicht allzu bedeutender Erkenntnis-Fortschritt gedeutet werden. Oft genug hatte eine Kombination scheinbar belangloser Nebensächlichkeiten dazu geführt, den Weg zu einer bisher unbekannten Person zu ebnen.

»Sie hatten den Kerl beinahe erreicht, als er wegrannte«, fuhr Braig mit seiner Befragung fort, »kurz darauf hörten Sie einen Motor aufheulen und ein Auto davonrasen. Ist das richtig?«

Umgelter hatte seine Tasse wieder aufgenommen, trank den Rest des Kaffees. »Naja, ich verfolgte ihn noch bis zur nächsten Ecke. Ich hatte aber keine Chance, der war viel schneller. Außerdem ... wenn ich ehrlich bin, mir war etwas mulmig zumute ... Ich wusste ja nicht, ob der nicht eine Waffe bei sich trägt – und wenn es sich nur um ein Messer oder etwas Ähnliches handelte. Und dann lag da auch die Frau auf dem Boden und schrie um Hilfe. Ich dachte, es ist wichtiger, mich um sie zu kümmern, als den Kerl zu verfolgen und mich selbst in Gefahr zu bringen.«

»Das ist vollkommen richtig«, bestätigte der Kommissar, »jeder andere hätte genauso gehandelt.« Er griff nach seiner Tasse, trank sie vollends leer. »Das Fahrzeug, mit dem er floh, konnten sie nicht erkennen?«

Umgelter seufzte laut. »Ich weiß, das Kennzeichen. Dann hätten sie ihn, nicht wahr?«

»Vielleicht. Vorausgesetzt, das Fahrzeug war nicht gestohlen.«

»Ja, natürlich, aber wenn nicht ... Tut mir leid, aber ... Die Hektik, verstehen Sie. Und diese unverhoffte Situation. Ich war überhaupt nicht darauf vorbereitet. Hier, bei uns in Ossweil, noch dazu am frühen Morgen – wer rechnet da schon mit einem Überfall? Naja, und dann war ich einfach auch müde, ziemlich müde, wir hatten ja nicht viel Schlaf in der Nacht ...«

Braig betrachtete die verlegene Miene seines Gegenübers, verstand, was der Mann andeutete. Umgelter hatte die Nacht, so hatte er ihm gleich zu Beginn seines Besuches zu verstehen gegeben, bei einer Bekannten verbracht, deren Ehemann für mehrere Tage verreist war. »Ich muss Sie um strengste Diskretion bitten, Herr Kommissar«, hatte er ihm erklärt, »die Dame ist in festen Händen und wir beide, sie und ich, legen Wert darauf, dass dies so bleibt. Das ist auch der Grund, weshalb ich so früh unterwegs war. Samstag morgens kurz nach Fünf liegen alle noch im Bett – dachte ich jedenfalls, bis ich heute eines Besseren belehrt wurde. Wenn Sie also unbedingt mit *ihr* sprechen müssen, um von anderer Seite zu erfahren, wieso ich so früh unterwegs war, bitte ich dringend, so rücksichtsvoll wie möglich vorzugehen.«

Er hatte den Mann sofort beruhigt, ihm versichert, dass sich ein Gespräch mit der Dame wahrscheinlich erübrige, dabei erfahren, dass diese nicht weit von Umgelter entfernt im gleichen Stadtteil Ludwigsburgs lebte. Ein riskantes Unterfangen, hatte er überlegt, in einem teilweise noch dörflich geprägten Umfeld nachts auf Pirsch zu gehen. Ob wirklich niemand von der Liaison der beiden verstohlenen Liebhaber wusste?

»So leid es mir tut, ich kann Ihnen nichts zum Kennzeichen des Wagens erzählen.«

Braig schreckte aus seinen Gedanken hoch, versuchte sich auf die Aussagen des Mannes zu konzentrieren. »Sie haben auch nicht gesehen, wo er ihn geparkt hatte? Nur so in etwa – dann könnten wir die Anwohner dort fragen, ob sie etwas bemerkt haben?«

»Das muss in der Hanseatenstraße gewesen sein. Ich rannte, wie gesagt, bis zum Eck und sah ihn dann vielleicht hundert Meter entfernt losrasen.«

»Hanseatenstraße?« Braig setzte seine Brille auf, suchte das Areal Ossweils auf einem Ludwigsburger Stadtplan, den ihm Umgelter zur Verfügung gestellt hatte, sah die Straße vor sich.

»Hier«, erklärte der Mann, beugte sich über den schmalen Glastisch und deutete auf die Stelle, wo er das Auto hatte losfahren sehen, »wenn, dann müssen Sie die Leute in diesem Bereich hier nach dem Kennzeichen fragen.«

»Oder wenigstens nach dem Typ.«

»Dem Typ? Das war ein Daimler, A-Klasse.«

Braig starrte sein Gegenüber überrascht an. »Das haben Sie gesehen?«

Umgelter nickte mit dem Kopf. »Es war zwar dunkel, aber die Umrisse konnte ich erkennen. Und die Geräusche, die waren eindeutig. A-Klasse, da bin ich mir sicher.«

Dann sind wir tatsächlich ein kleines Stück weiter, überlegte der Kommissar. Ein Kerl, der A-Klasse fährt und eine olivgrün-braun gemusterte Jacke trägt. Wie oft es diese Kombination wohl gibt?

»Das hilft Ihnen doch hoffentlich?« Umgelters unsteter Blick heischte nach Anerkennung.

Was sollte er dem Mann antworten? Wie viele Typen waren in eine Militärjacke gekleidet mit dieser Karre unterwegs? Im Großraum Stuttgart lebten etwa drei Millionen Einwohner, die Hälfte davon männlichen Geschlechts. Selbst wenn man die ganz Jungen und die ganz Alten ausschloss, blieben mindestens eine Million Männer übrig. Und wer garantierte überhaupt, dass der Täter aus der Region stammte?

Braig lehnte sich zurück, seufzte laut auf. Wieso ihm der Spruch plötzlich einfiel, wusste er nicht. Auch nicht, wo er ihn schon einmal gehört hatte. »Leib und Seele in Harmonie – findest im Grab du, vorher nie«, sagte er laut.

Sein Gesprächspartner schaute verwundert zu ihm hin.

3.

Sie waren gerade aus dem Schatten des schmalen Weges getreten, der von der Achalm zur Stadt hinunter führte, als er die junge Frau am Rand des Asphalts knien sah. Stefan Raistle blieb unwillkürlich stehen, streckte den Arm zur Seite, um seine Begleiterin davon abzuhalten, weiter zu sprinten, wies nach vorne.

»Was ist?«, fragte Miriam Brenz, Überraschung im Blick und in der Stimme. Sie atmete heftig, warf ihrem Lebensgefährten einen erstaunten Blick zu, konzentrierte sich dann auf die Straße.

Prächtige Villen inmitten weitläufiger Gartenanlagen und – trotz der fortgeschrittenen Jahreszeit – immer noch kräftig grüner Rasenflächen beidseits der schmalen Fahrbahn, drei in weitem Abstand voneinander geparkte Autos, dahinter das Zentrum Reutlingens im Tal – ein idyllisches Bild. Was nicht passte, war das Verhalten einer jungen Frau. Sie kauerte, Kopf vor, am Rand des Gehwegs, erbrach sich lauthals in den Abfluss der Straße.

»Die Frau«, sagte Raistle, »was ist mit ihr?«

Sie waren kurz vor acht, wie jeden Samstagmorgen, in sportlicher Kleidung zu Hause gestartet, die Sommerhaldestraße hoch, am Sender und der Höhengaststätte vorbei, dann den steilen Hang zur Achalm hinauf – alles im bedächtigen Tempo erfahrener Jogger, hatten den Blick auf den Albtrauf und die Stadt genossen und sich anschließend auf den Rückweg gemacht, eine warme Dusche und frische Kleider, dazu ein kräftiges Frühstück in Aussicht. Und jetzt diese würgende, spuckende junge Frau.

»Sie braucht Hilfe.« Miriam Brenz löste sich aus ihrer Erstarrung, lief auf die am Boden hockende Gestalt zu.

Ein junges, spindeldürres Ding kaum über zwanzig. Kurze blonde Haare, ein gelbgrün gemustertes Sweatshirt, schwarze Jeans. Sie schnappte nach Luft, starrte auf den Boden. Speichel und unverdaute Nahrungsreste hingen ihr aus dem Mund.

Raistle ließ seiner Lebensgefährtin den Vortritt, hatte stechend säuerliche Ausdünstungen in der Nase. Kleine Häufchen von Erbrochenem waren über den Rand der Straße verstreut.

»Kann ich Ihnen helfen?« Miriam Brenz' kräftige Stimme schien nicht zu der jungen Frau vorzudringen. Die sportlich gebaute Joggerin bückte sich nieder, wiederholte ihre Frage. »Kann ich Ihnen irgendwie helfen?«

Keine Reaktion.

»Was haben Sie gegessen?«

Die junge Frau schnappte nach Luft, würgte den letzten Rest einer hellen Flüssigkeit auf den Asphalt.

»Zuviel Alkohol heute Nacht«, erklärte Stefan Raistle.

Das Verhalten der Frau änderte sich auf der Stelle. Sie schluchzte laut auf, verschluckte sich, hustete und spuckte. Tränen schossen ihr in die Augen.

»Du Idiot!«, giftete Miriam Brenz. »Was Besseres fällt dir nicht ein, was?« Sie legte der Frau vorsichtig die Hand auf die Schulter, zog ein Papiertaschentuch aus ihrer Jogginghose. »Hören Sie nicht auf sein dummes Geschwätz. Hier, vielleicht können Sie sich damit Ihr Gesicht säubern.«

Es dauerte mehrere Sekunden, bis sich die Angesprochene beruhigt hatte. Sie nahm das Taschentuch entgegen, wischte sich über den Mund, die Wangen und das Kinn, spuckte dann ein letztes Mal auf den Boden.

»Ich will Ihnen helfen«, unternahm Miriam Brenz einen neuen Versuch. »Am besten, wir stehen erst einmal auf.« Sie erhob sich langsam, reichte der Frau die Hand, zog sie vorsichtig hoch. Die Kranke zitterte am ganzen Leib.

»Wohnen Sie hier in der Nähe?« Der Gestank des Erbrochenen stach ihr in die Nase. Wir müssen hier weg, überlegte sie, Abstand gewinnen, sonst kommt sie überhaupt nicht zu sich.

Die junge Frau reagierte wie in Zeitlupe. Sie starrte mit unstetem Blick in die Umgebung, schien die beiden Menschen in ihrer Nähe überhaupt nicht wahrzunehmen.

»Ihre Wohnung?«, wiederholte Miriam Brenz. »Ist sie hier in der Nähe?«

Langsam schien sie zu begreifen. Sie öffnete ihren Mund, setzte zu einer Antwort an. »H…«, kam es leise, »h…».

Die wiegt keine 50 Kilo, überlegte die Frau, betrachtete den dünnen, feingliedrigen Körper des jungen Wesens. Nicht einmal 45. Bulimie?

»Sie steht unter Schock«, kommentierte ihr Lebensgefährte mit leiser, sanfter Stimme. »Die kann im Moment nicht antworten. Vielleicht sollten wir einen Arzt rufen.«

Miriam Brenz schüttelte energisch den Kopf. »Zuerst versuchen wir es selbst. Die muss hier irgendwo wohnen, sonst wäre sie doch nicht hier.« Sie wandte sich wieder der Kranken zu, strich ihr vorsichtig mit der Hand über die Stirn. »Wo ist Ihre Wohnung?«, fragte sie dann.

»H.., hier.« Der ausgestreckte Arm wies auf das wenige Meter entfernte Gartentor.

»Dann gehen wir ins Haus.« Sie legte ihr die Hand auf die Schulter, spürte, wie sehr sie immer noch zitterte, bewegte sich langsam, Schritt für Schritt, auf den Eingang zu. Die Pforte, eine etwa 1,50 Meter hohe, filigran gearbeitete Metallkonstruktion, stand offen.

Miriam Brenz schob die Tür vollends zurück. Ihr schrilles Quietschen schmerzte in den Ohren. Sie schaute ins Innere des Gartens, sah eine große von Hecken und blühenden Rosenbüschen eingerahmte Villa vor sich. Ein schmaler, mit hellen Steinplatten ausgelegter Weg führte von Blumenkübeln flankiert in einem rechten Winkel darauf zu. Der Haupteingang schien auf der Schmalseite des Hauses zu liegen, nicht einzusehen von der Stelle, an der sie sich befanden.

Die junge Frau hatte die Gartenpforte erreicht, blieb unverhofft stehen. Sie warf einen hastigen Blick auf das Haus, fing augenblicklich an zu schreien. Sie riss sich von ihrer Begleiterin weg, taumelte zur Seite, ruderte mit den Armen durch die Luft. Bis Miriam Brenz reagieren konnte, lag sie bereits auf dem Boden, das Gesicht vor Angst zur Grimasse verzerrt.

»Irgendetwas stimmt da nicht«, meinte Raistle.

»H… hier«, stöhnte sie. Es war mehr ein Seufzen, weniger ein von normaler Kommunikation her gewohntes Sprechen. Ihr rechter Arm zeigte geradewegs auf das Haus.

Miriam Brenz bückte sich zu ihr nieder, fuhr ihr sachte übers Haar. »Sie wohnen hier, ja?« Sie schaute auf das Schild, las den Namen. »Familie Sattler.«

Die Reaktion der Frau erfolgte im gleichen Moment. Ihr infernalisches Schreien verursachte physische Schmerzen. Erschrocken trat Brenz zur Seite.

»Irgendetwas stimmt da nicht«, wiederholte Raistle.

Seine Lebensgefährtin strich der Frau weiter über die Stirn, versuchte sie zu beruhigen. »Warum läutest du nicht?«, fragte sie.

Er drückte auf die Glocke, wartete auf eine Reaktion. Ein gedämpfter Gong war in mehrfacher Wiederholung aus dem Haus zu hören.

»Nichts«, sagte er, »da tut sich nichts.«

Ein Auto kam die Straße hoch, ein kleiner, gelber Sportwagen, fuhr langsam vorbei, bog nach links ab.

»Ich schaue mal nach«, erklärte Miriam Brenz. Sie erhob sich, ließ die junge Frau, die leise vor sich hin wimmerte und immer noch am ganzen Körper zitterte, liegen, folgte dem schmalen Zugang zum Haus. Erst sechs, sieben Meter geradeaus, dann in scharfem Winkel nach rechts.

»Und?«, rief Raistle hinter ihr her. »Alles okay?«

Sie sah es schon von weitem. Die Haustür stand offen, der Vorraum war hell erleuchtet. Drei Strahler warfen ihr grelles Licht direkt auf den Körper eines Mannes. Er lag auf dem Boden, still und ohne jede Bewegung.

Miriam Brenz begriff im Bruchteil einer Sekunde, weshalb die junge Frau so vollständig außer sich war.

4.

Katrin Neundorf hatte es an diesem Samstagmorgen nicht geschafft, pünktlich im Büro im Landeskriminalamt zu erscheinen, Bereitschaftsdienst hin oder her. Kurz nach halb Acht waren sie und ihr Lebensgefährte Thomas Weiss vom Telefon aus dem Schlaf gerissen worden, einer neuen Hiobsbotschaft aus dem Amt gewiss. Sie hatte sich zur Seite gedreht und nach dem Hörer gegriffen, ihren Beruf ob seiner unangenehmen Seiten verwünschend. »Oh nein, wen hat es jetzt wieder erwischt?«

»Frau Neundorf?« Die Stimme am anderen Ende der Leitung war ihr unbekannt.

Sie zögerte, gab dann ein unfreundliches »Was ist los?« von sich.

»Ihre Mutter«, erklärte die Frau.

»Meine Mutter?« Sie benötigte ein paar Sekunden, vollends aus dem Halbschlaf aufzutauchen, vergewisserte sich nochmals, richtig verstanden zu haben. »Sie fragen nach meiner Mutter?«

»Ich spreche mit Frau Neundorf, ja?«

»Ja, um was geht es?« Kein Mord, keine Massenkarambolage auf irgendeiner Straße, kein Totschlag?

»Ihre Mutter hatte einen Unfall. Wir mussten den Notarzt rufen. Sie bringen sie gerade ins Krankenhaus.«

Sie glaubte, nicht richtig zu hören, schaute auf den Wecker. 7.35 Uhr. »Heute Morgen im Heim?«

»Vor fünfzehn Minuten etwa. Aber nicht bei uns, nein. Ihre Mutter, na ja, Sie wissen doch, wie sie ist ...« Die Frau verstummte, überlegte, wie sie ihre Botschaft formulieren sollte. »Sie war bereits unterwegs. Ihr Morgenspaziergang. Ich denke, Sie kennen die Gepflogenheiten Ihrer Mutter.«

Neundorf seufzte vernehmlich. »Oh ja, die kenne ich, in der Tat.«

Obwohl sie nach ihrem Oberschenkelhalsbruch im vorigen Jahr nur noch eingeschränkt beweglich war, hatte Johanna Neundorf bei einem gemeinsamen Gespräch mit ihrer Tochter und der Leiterin des Seniorenheims in Großheppach ausdrücklich darauf bestanden, über die Gestaltung ihres Alltags selbst zu entscheiden. »Wenn ich Lust auf eine Zigarette oder eine halbe Flasche Wodka verspüre oder mich mal mit einem netten Herrn in mein Zimmer zurückziehen möchte, ist dies allein meine Sache. Und was das Frische-Luft-Schnappen vor dem Frühstück und nach dem Kaffeetrinken betrifft – das ist mir heilig, sobald ich wieder dazu fähig bin«, hatte sie erklärt, »sonst dürfen Sie auf meine Anwesenheit in diesem Haus verzichten.«

Ihre Gesprächspartnerin war die Eigenarten bestimmter älterer Damen und Herren offensichtlich gewohnt, hatte auf die Ausführungen der neuen Bewohnerin mit einem freundlichen Lächeln reagiert.

Sobald sie gesundheitlich wieder dazu fähig war, pflegte Johanna Neundorf nach dem Aufstehen einen kleinen Spaziergang zu unternehmen, um sich anschließend mit offenkundig zufriedenem Gemüt und hungrigem Magen zum Frühstückstisch zu begeben. Und jetzt war ihr bei einer dieser frühmorgendlichen Exkursionen etwas zugestoßen.

»Was genau ist passiert?«, fragte Neundorf. »Sie wissen Bescheid?«

Die Frau am anderen Ende zögerte nicht lange mit ihrer Antwort. »Ja, ein junges Ehepaar hat alles beobachtet. Ihre Mutter war dabei, die Straße zu überqueren. An der Bushaltestelle, gleich neben unserem Haus. Sie trägt keine Schuld. Ein Auto raste auf sie zu. Der Fahrer bremste viel zu spät, sonst wäre ihr nichts passiert. Die jungen Leute haben es genau verfolgt.«

»Das Auto hat sie erfasst?«

»Zum Glück nur an der Seite. Aber sie wurde auf den Boden geschleudert.«

»Und? Was sagt der Arzt? Sie haben mit ihm gesprochen?«

»Ja, das schon. Er wollte sich allerdings noch nicht hundert Prozent festlegen, aber ...«

»Aber?«

»Oberschenkelhalsbruch ist nicht auszuschließen.«

»Oh nein!« Sie wickelte sich aus der Decke, richtete sich auf. »Nicht schon wieder!« Ihr war sofort klar, was das bedeutete.

»Aber bitte, warten Sie noch die Untersuchungsergebnisse ab«, versuchte die Frau sie zu trösten, »vielleicht hat Ihre Mutter Glück und es ist doch nicht so schlimm.«

Neundorf ließ ein bitteres Lachen hören, sah die Augen ihres Lebensgefährten auf sich gerichtet. »In welches Krankenhaus wird sie gebracht?«

»Nach Waiblingen«, erklärte die Frau, »sie wollen keine Zeit verlieren.«

»Danke für Ihren Anruf. Ich werde mich darum kümmern.«

Sie hatten sich sofort angezogen, waren keine zwanzig Minuten später aufgebrochen. Neundorf hatte versucht, Thomas Weiss davon abzuhalten, sie zu begleiten, weil sie um seine berufliche Verpflichtung wusste, an diesem Samstag an einem ganztägigen Seminar im Pädagogisch-Theologischen Zentrum im Stuttgarter Vorort Birkach teilzunehmen, das dem Leben der Geschwister Scholl gewidmet war. Weiss arbeitete als Journalist und war damit beschäftigt, eine Serie über außergewöhnliche Schwaben zu erstellen, als deren wichtigste Vertreter er in langen Diskussionen mit

Neundorf, Freunden und Kollegen, neben Georg Elser auch Sophie und Hans Scholl erkoren hatte. Weiss hatte dennoch darauf bestanden, sie zu begleiten und das Risiko in Kauf zu nehmen, verspätet zu seinem Seminar zu stoßen. Sie waren aus dem Haus geeilt, hatten versucht, ihre Mutter und die zuständigen Ärzte im Krankenhaus zu erreichen.

»Eine Frau Neundorf wurde bei uns nicht eingeliefert.« Der leicht überfordert wirkende Mann an der Pforte war nicht vom Gegenteil zu überzeugen. Erst nach mehreren krankenhaus-internen Telefonaten hatten sie erfahren, dass man ihre Mutter angesichts der vermuteten Schwere der Verletzungen direkt nach Stuttgart ins Katharinenhospital gebracht hatte.

Sie dort aufzuspüren war ein fast unmögliches Unterfangen. Fünf Minuten vor neun, sie hatten die halbe Chirurgie durchkämmt und sich von einer betreuenden Schwester zur nächsten weitergefragt, waren sie endlich bei der Ärztin vom Dienst angelangt. Ihr Büro wurde von einem breitschultrigen, mit einem weißen Kittel bekleideten Mann verwaltet.

»Meine Mutter, Johanna Neundorf, wurde heute Morgen bei Ihnen eingeliefert. Sie hatte einen Unfall.«

»Das ist so üblich bei uns«, sagte der Mann. Er schaute mit bleicher Miene zu ihnen auf, wirkte abgearbeitet und erschöpft.

»Wie bitte?«

»Dass Unfallopfer eingeliefert werden. Tote, halbtote und gerade noch lebende. Die Ersten sind uns am liebsten. Da sind die Verhältnisse wenigstens von Anfang an klar, und es gibt auch nicht mehr viel zu tun. Die Arbeit hat sich da sozusagen von selbst erledigt.«

Neundorf starrte den Mann verwundert an, sah seine müden Augen, das bleiche, eingefallene Gesicht. »Na, Sie haben Humor«, sagte sie, »das muss man Ihnen lassen.«

»Humor? Nein.« Der Mann im weißen Kittel schüttelte den Kopf. »Mit Humor hat das nichts zu tun. Das ist unser Alltag hier, nicht mehr und nicht weniger.« Er wurde vom Läuten des Telefons unterbrochen, griff nach dem Hörer.

»Gleich zwei Schwerstverletzte?«, rief er dann, nachdem er die Meldung angenommen hatte. »Ich verstehe, in jedem Auto einer. Einmal extremer Blutverlust, beim anderen ein abgetrennter Unterschenkel. Ich gebe es durch. In fünf Minuten seid ihr hier, alles klar. Wir freuen uns auf euch.« Er brach das Gespräch ab, zog das Mikrofon zu sich her, informierte die Ärzte. »Und das am Samstagmorgen ...«, schimpfte er dann, den Blick vorwurfsvoll auf Neundorf gerichtet, »... Ende September.«

»Ich kann nichts dafür«, verteidigte sie sich.

»Ich weiß. Niemand kann was dafür. Alle sind unschuldig, immer. Das ist ein Naturgesetz. Auf diesem Erdball leben nur Engel.«

»Meine Mutter, Johanna Neundorf«, versuchte sie, abzulenken. »Sie wurde bei Ihnen eingeliefert.«

»Ja ja, Ihre Mutter.« Er wollte etwas hinzufügen, wurde erneut vom Telefon unterbrochen. Die Meldung schien von ähnlichem Inhalt wie die vor wenigen Sekunden, veranlasste ihn zur gleichen Reaktion. »Zwei Opfer«, polterte er, »ja ja, ich verstehe. Schädel-Hirn-Trauma und gebrochene Schulter. Trotz Airbag. Wunderbar. Die Doktores werden sich freuen. In zehn Minuten, alles klar.« Er beendete das Gespräch, gab die Neuigkeit ins Mikrofon weiter, wandte sich dann Neundorf zu. »Ihren Ausweis.«

Sie griff in ihre Tasche, zog die Kennkarte vor.

»Landeskriminalamt Baden-Württemberg.« Der Mann pfiff durch die Lippen. »Und der Herr hier ist der Präsident persönlich.« Er wies auf ihren Begleiter.

»Meine Mutter«, fiel sie ihm ins Wort. »Was ist mit ihr?« Sie hatte genug von seinen hohlen Floskeln, verlangte nach einer Antwort auf ihre Fragen.

Er warf ihr einen vorwurfsvollen Blick zu, nahm sich die Tastatur des Computers vor, gab den Namen ihrer Mutter ein. »Neundorf«, sagte er, »wie die Zahl und das Dorf.«

Sie nickte, verfolgte seine Bemühungen. Namen und Anschriften flimmerten dicht gedrängt über den Monitor. Nach wenigen Sekunden schien er am Ziel angelangt.

»Neundorf«, las er ab, »Johanna.«

»Und?«, fragte sie. Im selben Moment läutete ihr Mobiltelefon.

Der Mann hatte bereits zu einer Antwort angesetzt, verstummte noch vor dem ersten Wort. »Nicht bei uns im Krankenhaus«, schleuderte er ihr stattdessen entgegen.

Neundorf winkte ab, zog ihr Handy aus der Tasche, warf einen Blick auf das Display, brachte es dann nach einem weiteren Signalton zum Verstummen. »Was fehlt ihr?«, fragte sie in energischem Ton.

Der Krankenpfleger hatte Mühe, an sich zu halten, starrte wieder auf den Bildschirm. »Ohne Befund«, erklärte er dann.

»Ohne Befund? Das heißt, nichts gebrochen?«

»Ohne Befund«, wiederholte er laut, Wut in der Stimme wie im Blick.

»Wo ist sie jetzt?«

»Entlassen«, erwiderte der Mann, »was denn sonst?«

Sie wandte sich ohne ein weiteres Wort von ihm ab, lief ans andere Ende des Gangs, nahm ihr Handy vor.

»Das Amt?«, fragte Weiss.

Sie nickte, gab die entsprechende Nummer ein, hielt es ans Ohr.

»Frau Neundorf?« Weisshaar bestätigte seinen Anruf. »Wir haben einen Toten.«

»Weshalb geht das an mich? Kollege Braig ...«

»Im Einsatz. Seit dem frühen Morgen. Tut mir leid.«

Neundorf seufzte laut auf. »Was ist passiert? Ein Unfall?«

»Nein. Ein Mann wurde erschossen.«

»Am Samstag Morgen. Der Tag fängt gut an.«

»Nein. Nicht heute Morgen. Irgendwann in der Nacht, genauere Informationen fehlen.«

»Und weshalb erfahre ich dann jetzt erst davon?«

»Ganz einfach. Der Tote wurde jetzt erst entdeckt.«

»Ah, ja.« Schon wieder einer dieser vereinsamten Singles, überlegte sie. »Wo ist es passiert?«

»In Reutlingen.«

»Das liegt ja direkt vor der Haustür.«

»Tut mir leid. Am Rand der Innenstadt, wenn Ihnen das hilft«, setzte Weisshaar tröstend hinzu.

Was soll mir das helfen, brodelte es in ihr. Einen getöteten Menschen begutachten zu müssen, war einer der Tiefpunkte ihrer Profession, ob in der Stadt oder draußen in der Natur. Da gab es keinen Trost, der in irgendeiner Weise weiterhalf.

5.

Die mit einem roten Anorak und schwarzen Jeans bekleidete Frau war gerade dabei, sich zu verabschieden, als Neundorf das Haus erreichte. Sie schien Mitte Dreißig, hatte ein schmales, jungmädchenhaft wirkendes Gesicht, helle, fast bleiche Haut.

»So, das war es dann«, sagte sie an die Männer gewandt, die den Kopf voran auf dem Boden knieten und sich dort zu schaffen machten, »wenn der untersuchende Kommissar auftaucht – Sie haben meine Handynummer.«

Neundorf blieb unmittelbar vor dem hell erleuchteten Vorraum stehen, starrte auf den toten, im Gesicht, im Brust- und im Unterleibsbereich stark entstellten Körper eines jungen Mannes, fühlte sich von den weit aufgerissenen Augen des Ermordeten seltsam berührt. Obwohl er still und ohne jede Bewegung rücklings auf dem Boden lag, schien er jeden ihrer Schritte unbarmherzig zu taxieren. So viele durch einen natürlichen, vor allem aber auch einen unnatürlichen Tod hingestreckte Menschen sie schon hatte begutachten müssen, die geöffneten Augen der Leiche machten ihr zu schaffen. Ein unangenehmes Kribbeln überzog Schulter und Rücken.

»Da ist ja die Kommissarin«, hörte sie eine bekannte Stimme, »Nun können Sie persönlich mit ihr sprechen.«

Sie riss sich vom Anblick des toten Körpers los, sah Markus Schöfflers freundliches Grüßen. Der Spurensicherer drückte sich vom Boden hoch, robbte zu seinem Kollegen Hutzenlaub, nickte ihr zu.

Sie atmete tief durch, streckte der jungen Frau die Hand entgegen. »Neundorf vom LKA«, stellte sie sich vor, »guten Morgen.«

»Meike Schlögel. Gerichtsmedizin.« Sie hatte eine sanfte, beruhigend wirkende Stimme, die das Grauen der Umgebung eindrucksvoll kontrastierte. »Kein schöner Anblick, wie?«

Neundorf schüttelte den Kopf. »Ist es schon so lange her?«

Die Ärztin verstand sofort, was sie meinte. »Zehn Stunden, mindestens. Ohne Verletzung lassen sie sich nicht mehr schließen.«

So unangenehm es war, sie hatte vollkommen richtig gehandelt. Ein Toter musste in dem Zustand belassen werden, in dem er aufgefunden wurde, jedenfalls, solange die Untersuchung noch nicht abgeschlossen war. Und das war sie ja noch nicht. Sie hatte noch nicht einmal richtig begonnen.

»Zwei Schüsse aus einer Entfernung von weniger als einem Meter«, fuhr Dr. Schlögel unaufgefordert fort, »beide in die Brust, einer davon ins Herz und sofort tödlich. Beide aus der gleichen Position und direkt nacheinander abgefeuert, da sind wir uns einig.« Sie deutete auf die beiden Spurensicherer.

»Und was ist mit seinem Kinn und seiner Hose geschehen?« Neundorf starrte auf den fast vollständig aufgelösten Stoff um die Hüfte des Mannes. »Säure?«

Die Ärztin signalisierte Zustimmung. »Salzsäure, ja. Ihre Kollegen haben die Spuren schon analysiert.«

»Salzsäure ins Gesicht und auf die Hose?«

»Genau das. Und anschließend zwei Kugeln in die Brust.«

»In dieser Reihenfolge?«

»In dieser Reihenfolge, ja. Der medizinische Befund lässt keine anderen Schlüsse zu.«

Die Kommissarin musste schlucken, als ihr klar wurde, was das bedeutete.

»Es sollte weh tun«, sagte Dr. Schlögel, »er sollte vor seinem Tod noch leiden.«

»Vor seinem Tod noch leiden?«

»Haben Sie eine andere Erklärung?«

Neundorf wusste keine Antwort. Nicht so auf die Schnelle. Der Mann hier war nicht einfach ermordet, sondern vorher noch mit einer besonderen Abart an Gewalt traktiert worden, falls der Befund der Ärztin stimmte. Das war kein normales Verbrechen, so es denn dergleichen überhaupt gab. Das Opfer sollte nicht nur getötet, ihm sollten vor seinem Ableben noch Schmerzen zugefügt werden – eine Tat, die von außergewöhnlich starken Aggressionen und bis zum Sadismus gesteigertem Hass kündete.

»Und alles ist hier an Ort und Stelle geschehen?«, vergewisserte sie sich.

»Ganz genau. Es gibt keine Schleifspuren, null. Verätzte Stellen auf dem Boden finden sich nur hier in der unmittelbaren Umgebung. Ich denke, die Sache ist eindeutig.«

»Der Täter läutet, das Opfer öffnet die Tür?«, fragte Neundorf.

»Vielleicht sprechen sie noch miteinander, vielleicht attackiert er ihn sofort mit der Säure. Entweder, oder ...«, ergänzte die Ärztin.

Die Kommissarin stöhnte laut auf. »Der wollte ihm also noch besondere Schmerzen zufügen, bevor er ihn tötete?«

»So stelle ich mir das vor, ja.«

»Dann steckt Hass dahinter, ausgeprägter Hass.« Sie schaute sich um, sah nur ratlose Mienen.

»Das ist Ihre Aufgabe«, antwortete Dr. Schlögel, »das zu beurteilen, übersteigt meine Kompetenz.«

»Was sagen die Angehörigen?«

Schöffler stemmte die Hände in die Hüften, verzog sein Gesicht. »Anscheinend gibt es nur eine. Und mit der ist nicht viel los.«

»Die Ehefrau?«

»Wohl kaum. Ich tippe eher auf Freundin oder so. Noch ziemlich jung, wie mir scheint. Aber die war bis jetzt nicht imstande, ein vernünftiges Wort von sich zu geben. Doktor Schlögel hat sich um sie gekümmert.«

»Sie hat ihn gefunden, war völlig von der Rolle«, erklärte die Ärztin, »das ist verständlich, oder?« Sie traf auf allgemeine Zustimmung, deutete zur Straße. »Ich gab ihr ein Beruhigungsmittel, sie sitzt in ihrem Wagen. Es ist nur schwach dosiert. Ich denke, Sie können bald mit ihr sprechen.«

Neundorf bedankte sich für die Information, erinnerte sich an das Namensschild am Zaun. »*Sattler*. Es handelt sich um den Hausherrn persönlich?«

Schöffler schaute ratlos zu ihr her. »Keine Ahnung. Vielleicht müssen wir die Nachbarn fragen.« Er deutete zur Gartentür, wo eine Ansammlung neugieriger Gaffer von zwei uniformierten Beamten nur mühsam in Schach gehalten werden konnte. Mehrere aufgeregte Gesichter starrten zu ihnen her.

»Mord? Wirklich Mord?«, kreischte eine laute männliche Stimme.

Neundorf erinnerte sich voller Widerwillen daran, wie schwer es ihr vor wenigen Minuten gefallen war, sich einen Weg durch die Menschenmenge zu bahnen. »Nur im Notfall«, erklärte sie deshalb, »vielleicht finden wir einen Ausweis.«

»Nicht in seiner Kleidung.«

»Ihr wart noch nicht im Haus?«

»Nur ich.« Hutzenlaub mischte sich ins Gespräch. »Ich wollte nach Angehörigen schauen.«

»Und?«

»Niemand da.«

»Wie sieht es drinnen aus? Keine Spuren einer fremden Person?«

»Nichts. Ich glaube nicht, dass der Täter das Haus betreten hat.«

»Dann können wir Diebstahl auf jeden Fall ausschließen.«

»Ich denke ja. Es sei denn, der Besitzer tauchte unverhofft auf, als der oder die Verbrecher gerade eindringen wollten.«

»Hier an der Haustür? Und dann schüttet er ihm Salzsäure auf den Leib und erschießt ihn auch noch? Das glaubst du doch selbst nicht!« Neundorf runzelte die Stirn, schüttelte den Kopf. Nein, dieser Gedanke war absurd. Zu dem, was hier geschehen war, gehörten entweder eine große Portion Kaltblütigkeit oder aber jede Menge völlig aus der Kontrolle geratener Gefühle. Ein eiskalter Killer oder eine dem Getöteten emotional nahestehende Person, die von ihm aus welchem Grund auch immer in eklatanter Weise verletzt worden war. Diebstahl passte nicht in dieses Umfeld, wusste sie aus Erfahrung, es sei denn, es handelte sich um Objekte von außergewöhnlichem Wert. Bilder etwa, Schmuck oder irgendwelche in einem Tresor verwahrten Geldbündel oder Papiere. »Dir sind keine besonders wertvollen Gegenstände aufgefallen?«

Hutzenlaub kratzte sich am Kinn. »Nicht, dass ich wüsste. Dazu hatte ich auch keine Zeit. Ich wollte nur nach Angehörigen schauen.«

Sie wandte sich wieder der Leiche zu, überlegte, weshalb der tote Körper so irritierend auf sie wirkte. Waren es nur die offenen Augen?

Sie zwang sich, den Toten aufmerksam von Kopf bis Fuß zu mustern, stellte fest, dass er dunkle lockige Haare hatte, die ihm, soweit das jetzt in diesem Zustand überhaupt noch korrekt nachzuvollziehen war, bis fast auf die Schulter gereicht haben mussten. Sein Gesicht war im Zustand des Todes grotesk verzerrt; es spiegelte, wie sie vermutete, die Schmerzen infolge des unmittelbar vor seinem Lebensende erlittenen Attentats. Neben den aufgerissenen Augen war es von den von der Säure völlig zerfressenen Hautpartien ums Kinn und von markanten Wangenknochen geprägt, die dem Kopf eine auffallend schmale Form gaben. Ob das auch zu Lebzeiten so deutlich zu Tage getreten oder nur dem derzeitigen Zustand des Körpers zuzuschreiben war, wusste sie nicht – das würde sich erfahrungsgemäß erst beim Betrachten von Fotos des Verstorbenen ermitteln lassen. Nicht weniger schwierig war es, ihn vom Alter her einzuschätzen: Irgendwo zwischen Zwanzig und Vierzig war die einzige

Prognose, die sie zu stellen wagte. Bekleidet war der Mann mit einem bunt gemusterten, mit unzähligen verätzten Stellen verdorbenen Hemd, einer weißen, nicht weniger beschädigten Weste und den verwaschenen, um die Hüfte herum vollständig von der Säure zerfressenen Jeans. An den Füßen trug er hinten offene Filzpantoffeln – die gesamte legere Aufmachung war ein Zeichen dafür, dass er es sich zu Hause bequem gemacht hatte, als er von seinem Mörder überrascht worden war.

Sie löste ihren Blick von den Füßen, konzentrierte sich auf seine Wunden. Zwei Schüsse aus einer Entfernung von weniger als einem Meter, wie die Ärztin erklärt hatte, beide in die Brust, gerade einmal drei Zentimeter übereinander platziert. Sie betrachtete die Einschusslöcher in seinem Hemd samt der sie umgebenden längst getrockneten Blutkrusten, wandte sich dann der Hose des Mannes zu, die am oberen Ende nur noch in Fetzen erhalten war und stattdessen den Blick auf die zerfressene Haut seines Schambereichs freigab. Im selben Moment wurde ihr klar, was sie so irritierte. »Weshalb?«, fragte sie laut.

»Die starke Verätzung am Unterleib?« Die Ärztin folgte ihrem Blick, sah ihre Vermutung durch ein Kopfnicken bestätigt. »Vielleicht hat der Täter schlecht gezielt.«

»Er hatte vor, ihm die Säure ins Gesicht zu schütten, traf aber nur sein Kinn und seine Unterleib?«

»Es kann natürlich sein, dass er zu aufgeregt war«, spekulierte Dr. Schlögel.

Neundorf nickte. »Wäre ja kein Wunder bei dem Irrsinn, den er gerade anrichtete.«

»Das ist nachvollziehbar, ja«, bestätigte die Ärztin, »wenn er in dem Moment nicht aufgeregt war, haben wir es mit einer Mordmaschine zu tun.«

Eine Windböe fegte in den Garten, katapultierte ihr ein Blatt ins Gesicht. Sie wischte es zur Seite, betrachtete die in Falten gelegte Miene ihrer Gesprächspartnerin. »Sie glauben aber trotzdem nicht, dass es allein auf seine Aufregung zurückzuführen ist. Er zielte absichtlich so tief, ist es das?«

»Haben Sie gesehen, wie stark seine Hose zerfressen ist? Die hat sich fast vollständig aufgelöst, sein Slip ebenso. Ein großer Teil der Säure landete an dieser Stelle, am Kinn war es viel weniger. Nur weil der Täter so aufgeregt war oder schlecht zielte? Ist das eine Erklärung?«

»Der zielte überhaupt nicht schlecht«, widersprach Schöffler vom Boden her, »jedenfalls nicht mit der Pistole. Es gibt keine weiteren Schussspuren, weder an den Wänden noch im Außenbereich. Wir haben alles abgesucht. Der hat zweimal abgedrückt und zweimal getroffen. Und zwar genau dort, wo es das schlimmste Unheil anrichtete.«

»Demzufolge wäre auch die verätzte Hose Absicht«, meinte Dr. Schlögel, »oder vielmehr der entsprechende Körperteil.«

Neundorf wusste nicht, was sie antworten, wie sie auf den Einwurf der Ärztin reagieren sollte.

»Ich fürchte, es ist noch zu früh, darüber zu spekulieren«, erwiderte sie deshalb, »ich sollte erst einmal meine Hausaufgaben erledigen, bevor ich mich in derlei Überlegungen ergehe. Dafür hat es später noch Zeit.«

Dr. Schlögel nickte, griff nach ihrer Tasche, reichte der Kommissarin die Hand. »Dann will ich nicht länger stören«, sagte sie, »wenn Sie einverstanden sind, lasse ich ihn abholen.« Sie deutete auf die Leiche. »Ihr Kollege hat vorhin schon ausgiebig fotografiert.«

»Ihr seid fertig?«, vergewisserte sich Neundorf, sah die zustimmende Kopfbewegung der Spurensicherer. »Okay.

Dann gibt es keinen Grund, die Sache aufzuschieben.« Sie sah der Ärztin nach, wie sie zur Pforte ging und dann im Getümmel der Neugierigen untertauchte.

Augenblicklich wurden die Rufe lauter.

»Wie viele Dote sind's?«

»Hent se die wirklich erschosse?«

»Zwoi Fraue ond oin Kerl?«

Sie versuchte, nicht auf das Geschrei zu hören, stülpte Schutzüberzüge über Schuhe und Hände, stieg vorsichtig über den Toten hinweg. »Ich sehe mich drinnen um«, erklärte sie.

Das Haus zeugte vom ersten Zentimeter an vom Reichtum seiner Bewohner. Große terrakottafarbene Fliesen auf dem Boden, helle, in einen Hauch von Grün getauchte Tapeten, teures, in einheitlich postmodernem Stil gefertigtes Designer-Mobiliar in allen Räumen. Sie durchquerte die überaus großzügig bemessene, hell ausgeleuchtete Diele, trat in den breiten Gang, wartete ein paar Sekunden, bis sich ihre Augen an das gedämpfte Licht zweier Wandlampen gewöhnt hatten. Auf der linken Seite führten die Stufen einer breiten Treppe in die Höhe bzw. den Keller, geradeaus waren mehrere Türen zu erkennen. Sie entschied sich dafür, zuerst das Erdgeschoss in Augenschein zu nehmen, stieß auf eine moderne, im Ausmaß eines großen Wohnzimmers eingerichtete Küche. Die glänzenden Metallic-Fronten, der saubere Boden sowie das Fehlen jeglichen benutzten Geschirrs zeigten deutlich, dass der Raum erst vor Kurzem gereinigt worden war.

Weil der oder die Täter Hinweise auf ihre Identität vernichten wollten?

Neundorf wagte kein Urteil, betrat den nächsten Raum, ein von breiten, hohen Glasfronten geprägtes Domizil, das nur ein rechtwinkliges, mit einem überdimensional langen Seitenschenkel ausgestattetes weißes Ledersofa, einen niedrigen Tisch mit einem aufgeklappten Laptop, einer angebrochenen Bierflasche und ein großes Fernsehgerät mit modernem Flachbildschirm beherbergte. Sowohl die mehrflammige Deckenleuchte als auch drei an den Wänden angebrachte Halogenspots warfen ihre gesamte Leuchtkraft jetzt kaum erkennbar in den von hellem Tageslicht durchfluteten großen Raum. Ihr Blick richtete sich unwillkürlich auf die breiten Fenster, die ein wahrhaft atemberaubendes Panorama der Reutlinger Innenstadt rings um den hoch aufragenden Turm der Marienkirche präsentierten. Neundorf ertappte sich unwillkürlich bei dem Gedanken, wozu die Bewohner dieses Hauses noch ein Fernsehgerät benötigten, wenn ihnen Tag und Nacht dieser Anblick geboten wurde.

Sie trat zum Tisch, sah die im Sportteil aufgeschlagene Ausgabe des *Reutlinger General-Anzeigers* vom Vortag neben dem Laptop liegen, blätterte sie durch. Nichts Außergewöhnliches zu entdecken, keine weiteren Blätter, kein auffälliger Vermerk. Sie sah das Kabel, das den Laptop aus einer neben der Tür angebrachten Steckdose mit Strom versorgte, drückte die Leertaste, bemerkte, wie sich der Bildschirm des Geräts sofort mit einem Schachbrett und den dazu gehörenden Figuren überzog. Zugleich leuchtete die Aufforderung auf, den nächsten Zug zu tun. Sie musterte die brennenden Lampen, betrachtete die etwa zur Hälfte geleerte Bierflasche, ließ das Gerät eingeschaltet. Der Mann musste sich heute Nacht hier in diesem Raum aufgehalten haben, als er von seinem Mörder zur Tür gerufen wurde. Er hatte sich ein Bier geholt und war dabei, auf seinem Laptop Schach zu spielen, hörte es läuten, begab sich zum Eingang, öffnete. Kurz darauf oder im selben Moment waren die Säure-Attacke erfolgt und die tödlichen Schüsse gefallen. Hatte es sich so etwa abgespielt?

Neundorf verließ das große Wohnzimmer, betrat den gegenüberliegenden, in uneinsehbarer Dunkelheit verborgenen Raum. Sie suchte nach dem Schalter, ließ ein quer über die Decke reichendes Geflecht kleiner gelber, roter und terrakottafarbener Sterne aufleuchten. Ein breites Doppelbett, ein fast die gesamte Stirnwand überziehender Spiegel, schwere dunkelrote Gardinen, bis zum Anschlag heruntergelassene Jalousien, dazu am Fußende ein bis zur Decke reichender schwarzer Schrank – kein gewöhnliches Schlafzimmer, eher ein für romantische Momente gestyltes Refugium. Neundorf wandte sich einem in einen frisch polierten Glasrahmen eingefassten Foto auf einem der winzigen Nachttische zu, das ein verliebt in die Kamera lächelndes Paar zeigte: Ein gut aussehender Mann mit langen, fast bis auf die Schulter reichenden Haaren und eine nicht weniger gefällige, etwa dreißig Jahre junge Frau. Sie betrachtete die Gesichtszüge des Mannes, glaubte, Ähnlichkeit mit dem Toten entdecken zu können, auch wenn das angesichts des Zustands des Ermordeten nur in Ansätzen möglich war: Die schmale, langgezogene Form des Gesichts, seine langen Haare. Sie drehte den Rahmen um, fand keinerlei Kommentar auf der Rückseite, stellte ihn wieder zurück. Um Anhaltspunkte für die Identität des Toten zu finden, bedurfte es weiterer Informationsquellen.

Die Kommissarin öffnete die Schubladen der beiden Nachttische, fand Papiertaschentücher, zwei Tiegel mit Hautcreme, eine Packung Kondome, wandte sich dem Schrank zu. Bettwäsche, Schlafanzüge, Unterwäsche, Hemden und Hosen, fast ausschließlich in männlicher Ausführung. Nur der Inhalt eines einzelnen Flügels zeugte von der Existenz einer Frau in diesem Haus.

Sie löschte das Licht, inspizierte Bad und Toilette, ging dann zurück zur Treppe, stieg die Stufen hoch. Im Obergeschoss eine andere Raumaufteilung als unten, zudem mit leicht geneigten Außenwänden. Ein Zimmer voller Schränke, Truhen und mit einem breiten Sofa, daneben, durch eine Wand voneinander getrennt, Bad und Toilette. Ihnen gegenüber zwei weitere Räume: Ein mit Postern von Schachfiguren und Schachbrettern in allen Variationen über und über dekoriertes Zimmer mit Schrank, Bett, Zweisitzer-Sofa, Fernsehen und Computer, ihm benachbart ein großzügig ausgestatteter, wie die anderen Räume von breiten Dachfenstern geprägter heller Arbeitsbereich mit zwei separaten Computern, Regalen voller Aktenordner und CD-Containern, einem großen, mit Software und anderem Zubehör gefüllten Schrank.

Neundorf griff nach einem der Ordner, die auf dem Arbeitstisch lagen, sah, dass es sich um Aufstellungen von Ausgaben und Einnahmen verschiedener Firmen und Handwerksbetriebe handelte. Zwei Skripte mit Erläuterungen zu erst vor wenigen Monaten beendeten Gerichtsverfahren, neueste Auslegungen des Steuerrechts betreffend, lagen daneben. Der Mann schien sein Geld als Steuerberater verdient zu haben.

Sie kramte in den Schubladen unterhalb der Bildschirme, stieß auf einen aktuellen Tagesplaner, der den dicken, von Hand geschriebenen Lettern auf der Umschlagseite zufolge einem *Stefan Sattler* gehörte. Sie blätterte die Seiten durch, sah, dass bis auf wenige Intervalle fast alle Tage mit Ausnahme der Wochenenden mit unzähligen Terminen und Erklärungen versehen waren: Dienstag, 7. August: *9 Uhr: Fa. Stöcklin, Pfullingen. 13 Uhr: Fa. Gabler, Metzingen. 16 Uhr: Fa. Weipold, Pliezhausen.* Sie schlug das aktuelle Datum auf, hatte nur leere Blätter vor sich: Freitag, 28. September, der Vortag also, kein Eintrag. Auch die ganze restliche Woche vorher kein einziger Vermerk. Letzter eingetragener Termin am Mittwoch, 19. September.

Neundorf überlegte. Hatte der Mann in den letzten Tagen Urlaub und war erst gestern Abend wieder zurückgekehrt?

Sie blätterte weiter, sah, dass der nächste Vermerk erst am Donnerstag, den 18. Oktober, zu finden war. Auch die folgenden Tage hatten verschiedene Termine aufzuweisen. Was war mit den vier Wochen Mitte September bis Mitte Oktober? Urlaub?

Neundorf legte den Tagesplaner auf die Arbeitsplatte, stöberte die übrigen Schubladen durch, fand nichts Persönliches. Sie schob alles wieder an seinen Platz zurück, beschloss, nach der jungen Frau zu schauen, die den Toten entdeckt hatte, anstatt sich noch länger der Durchsicht der Wohnung zu widmen. Sie verließ den Raum, lief die Treppen hinunter. Die Szene vor dem Eingang hatte sich nicht verändert. Schöffler und Hutzenlaub waren immer noch mit der Untersuchung des Bodens unmittelbar vor der Haustür beschäftigt, am Gartenzaun mühten sich die uniformierten Kollegen, die Neugierigen in Zaum zu halten.

»Du hast seine Papiere?« Schöffler schaute aus zusammengekniffenen Augen zu ihr hoch, stützte sich mit der rechten Hand vom Boden ab.

Neundorf schüttelte den Kopf, stakste vorsichtig an ihm vorbei. »Leider nein. Keine Ahnung, wo die verwahrt sind. Ich will nach der jungen Frau sehen.« Sie streifte die Schutzüberzüge von Händen und Schuhen, öffnete das Gartentor.

Unzählige Augenpaare starrten sie an. »Ond?«, kreischte ein dicker, mit einer schmuddeligen Latzhose bekleideter Mann. »Mit was hent se die älle ermordet?« Sein feistes Gesicht war vor Aufregung hochrot angelaufen.

Sie wandte ihren Blick ab, grüßte den uniformierten Beamten, schob sich durch die Öffnung, die er ihr mühsam freikämpfte. Ihr Erscheinen schien die Menge zu stimulieren.

»Sends zwoi Dote oder drei?«

»Des waret garantiert Ausländer. Rumäne oder so a Pack.«

»Sie send aber a ofreundliches Dier, Frau Polizeimeischder! Sie krieget Ihr Maul überhaupt net uff, wie?«

Neundorf ignorierte alle Zurufe, lief zu dem wenige Meter entfernten Kollegen, der sich am Straßenrand vor einem blauen japanischen Kleinwagen postiert hatte und das Auto mit wachsamen Augen vor allen Zudringlichen abschirmte. Sie wies sich aus, blickte ins Innere des Fahrzeugs, sah eine junge Frau auf der Rückbank sitzen.

»Sie hat den Toten gefunden«, erklärte der Beamte. »Die Ärztin hat ihr ein Beruhigungsmittel verabreicht.«

»Ich würde gerne mit ihr sprechen, falls sie sich dazu imstande sieht.«

»Versuchen Sie es. Sie hat sich vorhin erst bewegt. Ihre Augen sind offen.«

Neundorf nickte, beugte sich zum Fenster der Rückbank nieder, klopfte vorsichtig dagegen. Die junge Frau reagierte nicht. Die Kommissarin verstärkte ihr Klopfen, zog die Türe vorsichtig auf, ging vollends in die Hocke. »Mein Name ist Neundorf. Katrin Neundorf. Dürfte ich mich kurz mit Ihnen unterhalten?«

Es dauerte mehrere Sekunden, bis die Frau reagierte. Sie drehte langsam, wie in Zeitlupe den Kopf, schaute die Fremde aus himmelblauen Augen an. Ihr Atem ging stoßweise, die rechte Hand zitterte. Sie war jung, höchstens Anfang Zwanzig, hatte dünne blonde Haare, ein bleiches Gesicht.

»Ich bin Polizeibeamtin«, fuhr Neundorf fort. »Dürfte ich bitte Ihren Namen wissen?«

Das zarte, bleiche Wesen nickte zaghaft mit dem Kopf. »Julia Gerber«, antwortete sie, »ich bin seine Freundin.« Ihre Augen schwenkten kurz, für den Moment einer Sekunde etwa, in die Richtung des Anwesens, in dessen Eingangsbereich der Tote lag.

»Frau Gerber, darf ich mich für einen Moment zu Ihnen setzen?«

Die junge Frau rückte ohne jeden Kommentar zur Seite. Neundorf benötigte trotz ihres schlanken, durchtrainierten Körpers mehrere Anläufe, sich auf den schmalen Platz zu zwängen, hatte Schwierigkeiten, ihre Beine unterzubringen. Die hintere Sitzbank war offensichtlich für Kleinstkinder gedacht, schon Zehn- oder Zwölfjährigen war dies nicht mehr zuzumuten. Sie versuchte, irgendwie Platz zu finden, wandte sich Julia Gerber zu. »Sie wohnen in der Nähe?«

Die Antwort ließ nicht lange auf sich warten. »In der Herderstraße nicht weit vom Volkspark.«

»Hier in Reutlingen?«

Die junge Frau nickte.

»Und Sie haben Stefan Sattler heute Morgen gefunden.«

Das heftige Flackern ihrer Augen zeigte deutlich, dass etwas nicht stimmte. »Doch nicht ... doch nicht ... seinen Vater«, brach es aus ihr heraus, dann ein einziger lauter Schrei: »Andreas!« Sie begann augenblicklich am ganzen Körper zu zittern, schnappte heftig nach Luft.

Neundorf begriff ihren Fehler sofort. Nicht Stefan Sattler, sondern sein Sohn Andreas war Opfer eines Verbrechens geworden. Die fehlenden Einträge im Tagesplaner des Arbeitszimmers ... Kein Wunder. Der Mann, dessen Unterlagen sie vor wenigen Minuten durchgeblättert hatte, um die Identität des Toten zu ermitteln, befand sich zur Zeit außer Haus, wahrscheinlich im Urlaub. Und Andreas, sein

Sohn, war im Eingangsbereich des elterlichen Anwesens ermordet worden. Hatte er hier gewohnt oder war er nur übers Wochenende zurückgekommen?

Sie streckte ihren Arm aus, legte ihn der jungen Frau auf die Schulter. »Es tut mir sehr leid«, versuchte sie diese zu trösten, »dass ausgerechnet Sie ihn gefunden haben. Wir sollten jemand suchen, der sich um Sie kümmert. Ihre Eltern, leben sie in der Nähe?«

Julia Gerber schluchzte laut auf, starrte mit tränenverschleierten Augen auf den Boden.

Neundorf ließ ihr Zeit, verzichtete darauf, sie mit allzu forschen Fragen zu bedrängen. Den Anblick, dem die junge Frau heute Morgen ausgesetzt gewesen war – ohne jede Vorwarnung, wie die Kommissarin vermutete – würde sie so schnell nicht vergessen können. Nicht in Wochen, nicht in Monaten, wohl ihr gesamtes Leben nicht. Sie hatte ihren Freund besuchen wollen, war plötzlich mit seinen wenige Stunden zuvor brutal aus dem Leben katapultierten sterblichen Überresten konfrontiert worden.

»Unser Wochenende. Wir wollten uns doch ein schönes Wochenende machen.«

Neundorf schaute überrascht auf, sah die fragenden Augen Julia Gerbers auf sich gerichtet.

»Was ist mit Andreas? Was wird jetzt mit uns?«

Sie wusste nicht, was sie antworten, wie sie den Sorgen der jungen Frau begegnen sollte. »Ihre Eltern«, wiederholte sie stattdessen, »wohnen sie in der Nähe?«

Es dauerte mehrere Sekunden, bis ihr Gegenüber begriff. »Herderstraße. Hier in Reutlingen. Wir wohnen im selben Haus.« Julia Gerber verstummte für einen Moment, fuhr dann abrupt fort. »Meine Mutter. Was soll ich ihr erzählen? Sie wird verrückt, ich weiß es genau.«

»Sie kennt Andreas gut?«

Zum ersten Mal, seit sie nebeneinander saßen, entdeckte Neundorf den Anflug eines Lächelns im Gesicht der jungen Frau. »Sie hofft, dass es was wird«, sagte sie dann, »mit Andreas und mir.«

Dann wird sie wirklich verrückt, überlegte die Kommissarin, wenn sie den ermordeten Mann dort vorne als ihren Traum-Schwiegersohn erkoren hat, wird es sie fast genauso aus der Bahn werfen wie ihre Tochter. Sie schaute auf, weil draußen ein dunkler Leichenwagen langsam vorbeifuhr, sah, wie das Auto vor der Menschenansammlung an die Seite steuerte und dann anhielt.

»Wir sind seit acht Monaten zusammen. Seit fast acht Monaten. *Der ist der Richtige.* Jedes Mal, wenn Andreas bei uns ist, fängt sie damit an. *Ihr passt zueinander, ihr ...«* Julia Gerber starrte auf die Straße, verstummte mitten im Satz. Das Auto stand wenige Meter entfernt, zwei dunkel livrierte Männer traten ins Freie.

Neundorf bemerkte ihre Veränderung, reagierte sofort. »Wir fahren zu Ihrer Mutter«, bestimmte sie, » ist sie zuhause?« Sie zog ihren Arm zurück, stupfte die junge Frau in die Seite, wartete auf ihre Reaktion. »Ihre Mutter ist zuhause?«, wiederholte sie laut.

Julia Gerber zuckte zusammen, schaute überrascht zu ihr her. »Meine Mutter?«

»Ja?«

Sie nickte mit dem Kopf, kramte nach Neundorfs Aufforderung, ihr die Autoschlüssel zu reichen, in ihrer Tasche, drückte der Kommissarin die Schlüssel in die Hand.

»Zeigen Sie mir den Weg, ja?«

6.

Helga Gerber wirkte völlig überrascht. »Was, was ist passiert?« Sie wusste nicht, welcher der beiden Frauen, die vor ihrer Wohnungstür standen, sie größere Aufmerksamkeit schenken sollte, ließ ihre Augen zwischen ihrer Tochter und der Unbekannten hin und her huschen. Erst als Julia Gerber in ein herzzerreißendes Schluchzen verfiel und sich ihrer Mutter entgegenwarf, breitete die in ein helles, weites Sweatshirt und verbleichte, ausgebeulte Jeans gekleidete Frau ihre Arme aus und drückte ihre Tochter an sich.

Neundorf blieb ruhig stehen, wartete, bis die Jüngere sich etwas beruhigt hatte.

»Was ist passiert?«, wiederholte die Frau ihre Frage. »Wer sind Sie?«

Julia Gerber heulte erneut laut auf, warf ihren Kopf hin und her.

»Mein Name ist Neundorf«, erklärte die Kommissarin, »ich bin von der Polizei.« Sie zeigte ihren Ausweis, fügte dann »Dürften wir vielleicht in die Wohnung?« hinzu.

Helga Gerber schrak zusammen, riss ihren Mund weit auf, setzte zu einer Gegenfrage an. Bevor sie das erste Wort ausgesprochen hatte, besann sie sich, trat zurück, sich lauthals entschuldigend, öffnete vollends die Tür. »Aber natürlich.« Sie hielt ihre Tochter an sich gedrückt, ließ die Besucherin eintreten, wies ins Innere. »Hier, unser Wohnzimmer, bitte.«

Neundorf wartete, bis sie die Wohnungstür geschlossen hatte, folgte dann den beiden Frauen in einen etwas bieder eingerichteten Raum, in dem Zigarettenrauch in der Luft hing, nahm gemeinsam mit ihnen auf einem bunt gemusterten, um die Ecke reichenden Sofa Platz.

Helga Berger reckte den Kopf, schaute über ihre Tochter hinweg, die ihr Gesicht leise weinend an ihrer Brust barg. »Was ist passiert?«, wiederholte sie vorsichtig mit gedämpfter Stimme. »Ein Unfall mit ihrem Auto?«

Neundorf schüttelte den Kopf. »Nein. Damit hat es nichts zu tun.«

Sie wurde vom heftigen Schluchzen der jungen Frau unterbrochen. »Andreas«, keuchte Julia Gerber, »Andreas.«

»Was ist mit Andreas?«

»Ihre Tochter wollte ihn besuchen«, erklärte die Kommissarin, »heute Morgen in der Burgstraße.«

»Ich weiß. Sie wollte gleich vom Krankenhaus aus hin.«

»Vom Krankenhaus?«

»Ja. Julia arbeitet im Steinenberg-Klinikum. Sie hatte Nachtschicht. Hat sie es nicht erzählt?«

»Wir kamen nicht dazu, nein. Andreas Sattler lebt bei seinen Eltern?«

Helga Gerber kam zu keiner Antwort, weil ihre Tochter irgendwelche unverständlichen Worte laut vor sich hin schluchzte. Sie strich ihr zärtlich über den Kopf, wandte sich dann wieder ihrer Besucherin zu. »Er wohnt bei seinem Vater, eigentlich, ja. Aber zur Zeit studiert er in Frankfurt. Julia und er sehen sich meistens nur am Wochenende, mal hier, mal dort. Im Moment ist sein Vater in Urlaub, da kommt er her. Das schöne große Haus ...« Sie verstummte, blickte neugierig zu Neundorf her. »Ist irgendetwas mit ihm?«

Der Aufschrei ihrer Tochter war deutlich genug. Julia Gerber warf ihren Kopf zurück, schaute mit Tränen verschleierten Augen zu ihrer Mutter auf. »Er ist, er ist ...« Sie wurde von einem erneuten Heulkrampf überwältigt, verbarg ihr Gesicht in ihren Händen.

»Sie hat ihn gefunden«, ergänzte die Kommissarin. »Vor der Haustür.«

»Wie? Gefunden?«

Neundorf verzichtete darauf, die Antwort auszusprechen, gab ihr Zeit, zu begreifen, nickte dann nur mit dem Kopf.

»Vor der Haustür? Aber wieso ...«

»Andreas«, heulte Julia Gerber, »Andreas.« Sie wimmerte leise vor sich hin, barg ihren Kopf wieder an der Brust ihrer Mutter.

Die Kommissarin sah das Entsetzen in der Miene der Frau. Jede Farbe war aus ihrem Gesicht gewichen, pure Angst prägte ihre Züge.

»Er ist, er ist ...«

»Irgendwann heute Nacht. Wir konnten nichts mehr tun.«

»Aber wieso denn ...«

»Ich kann Ihnen nichts sagen. Wir wissen es nicht.« Sie schwieg einen Moment, ließ der Frau ein paar Sekunden, das Gehörte zu verarbeiten, fügte dann ein vorsichtiges: »Aber vielleicht können Sie mir helfen«, hinzu.

Helga Gerber reagierte erst nach einer Weile. »Ich?« Sie schien am ganzen Leib zu zittern, hatte offensichtlich Mühe, zu begreifen. »Mein Gott, Andreas. Das kann doch nicht sein.«

»Sie wissen, wo sich seine Eltern aufhalten? Zur Zeit, meine ich.«

»Seine Eltern?« Die Frau schüttelte den Kopf, kramte in ihrer Tasche, zog eine angefangene Packung Zigaretten vor. Sie wiederholte die Prozedur, brachte ein Feuerzeug zum Vorschein, steckte sich eine Zigarette an. »Tut mir leid, ich hoffe, es stört Sie nicht. Ich bin jetzt darauf angewiesen, nach dem Schock.« Sie inhalierte tief, blies den Rauch dann, den Kopf zur Seite gewandt, langsam von sich.

»Seine Eltern ...«, wiederholte Neundorf.

Helga Gerber nahm einen neuen Lungenzug, berichtigte dann, blaue Wolken ausstoßend, die Frage ihres Gegenübers. »Sein Vater. Er ist in Urlaub. Auf Mallorca. Julia hat seine Nummer.«

»Herr Sattler lebt allein?«

»Er hat eine neue Freundin. Eine neue Partnerin«, korrigierte sie sich.

»Und die Mutter von Andreas? Sie kennen sie?«

»Keine Ahnung. Sie lebt in Amerika. Mehr weiß ich nicht.«

Neundorf nickte, wartete mehrere Sekunden, um der Frau Zeit zu geben, setzte dann zu ihrer nächsten Frage an. »Gibt es Geschwister?« Sie sah, dass man ihr nicht folgen konnte, verdeutlichte ihr Anliegen. »Andreas. Hat er Geschwister?«

Helga Gerber schüttelte den Kopf. »Geschwister? Nein. Nicht dass ich wüsste.«

»Andere Verwandte? Onkel, Tante, Oma, Opa?«

»Onkel, Tante?«

Neundorf sah deutlich, wie es in der Frau arbeitete.

»Einen Onkel, glaube ich, ja.«

»Wohnt der hier in Reutlingen?«

»Ich weiß es nicht. So gut bin ich mit der Familie nicht vertraut. Das heißt ...« Sie drehte den Kopf zur Seite, starrte an die Wand, überlegte.

Neundorf folgte ihrem Blick, betrachtete das Foto, das dort hing. Ein jüngeres Ehepaar mit einem kleinen Kind, freundlich in die Kamera lächelnd. Sie glaubte, die Gesichtszüge der Frau zu erkennen.

»Nein, ich weiß es nicht. Tut mir leid.«

Die Kommissarin wartete, bis ihre Gesprächspartnerin eine graublaue Rauchwolke vollends von sich gegeben hatte. »Wie steht es mit Freunden?«, fragte sie dann. »Ich meine, junge Leute, mit denen Andreas und vielleicht auch Julia öfter zusammen sind?«

»Lukas, ja.«

»Wie heißt der mit Nachnamen?«

»Lukas Feiner.« Sie nahm einen neuen Zug von der Zigarette, blies den Rauch zur Seite. »Sie spielen Schach. Julia, Andreas und Lukas.«

»Andreas Sattler spielt Schach?«

»Allerdings. Er ist ein Genie. Haben Sie ihn noch nie in der Zeitung gesehen?«

Neundorf brauchte nicht lange zu überlegen. Das waren die Seiten, über die sie prinzipiell hinweg sah. »Er ist bekannt als Schachspieler?«

»Und ob!« Helga Gerber reckte ihren Kopf in die Höhe. »Gerade vor zwei Monaten war er groß in der Zeitung. Sie haben es nicht gesehen?« Unüberhörbarer Stolz sprach aus ihrer Stimme.

»Tut mir leid, nein. Sie haben diesen Artikel aber doch sicher aufbewahrt, oder?«

Ihr Gegenüber löste sich ohne jedes Zögern aus den Armen ihrer Tochter, schnellte vom Sofa, kramte in einer Schublade der kirschbaumfarbenen Schrankwand. »Hier, da sehen Sie ihn.« Die Zigarette zwischen den Lippen, kehrte sie mit einem kleinen, sorgsam ausgeschnittenen Zeitungsartikel zurück, reichte ihn der Kommissarin. »Das ist Andreas«, erklärte sie stolz, hustete Rauch aus der Lunge.

Neundorf betrachtete das bleiche Gesicht eines jungen Mannes, vermisste jede Ähnlichkeit mit dem Toten. Den Blick voller Konzentration auf das Schachbrett vor sich gerichtet, schien der Porträtierte nichts um sich herum wahrzunehmen. Einzig die Partie um die Nase kam ihr bekannt vor.

Sie las die Überschrift, überlegte, dass es sich bei dem Toten wohl wirklich um ein kleines Schachgenie handelte. *Andreas Sattler Sieger beim Stuttgarter Schachturnier.*

Dem kurzen Text zufolge hatte der 25-jährige Reutlinger überraschend alle anderen Teilnehmer, auch seinen favorisierten Kameraden Lukas Feiner und einen russischen Großmeister, besiegt. »Das ist der pure Wahnsinn«, brachte der Artikel das Urteil des überglücklichen Siegers zum Ausdruck, »ich kann es noch gar nicht fassen.«

Neundorf betrachtete die in Falten gelegte Denkerstirn auf dem Foto, hörte die voller Stolz und Bewunderung gesprochenen Worte ihrer Gastgeberin.

»Ja, das ist unser Andreas. Ein Schach-Genie. Bald ist er in ganz Deutschland bekannt. Das sagen alle.« Helga Gerber stand mit strahlender Miene vor ihr, den Blick starr auf den Zeitungsausschnitt gerichtet. Sie hatte den Bezug zur Realität offenkundig völlig verloren.

»Dieser Lukas Feiner«, sagte die Kommissarin, »haben Sie seine Adresse?«

»Lukas?« Ihr Gegenüber rümpfte die Nase. »Nein. Weißt du, wo Lukas wohnt, Julia?«

Die junge Frau hatte Mühe, zu verstehen. Sie fuhr sich mit beiden Händen über ihr tränenbenetztes Gesicht, schaute dann mit müdem Blick zu ihrer Mutter auf. Helga Gerber nahm einen letzten Zug von der Zigarette, drückte sie dann im Aschenbecher auf dem Tisch aus.

»Andreas?«, hauchte ihre Tochter.

»Lukas.«

Die Stirn der jungen Frau legte sich für einen Moment in Falten. »Sie haben Streit.«

»Wer hat Streit?«, fragte Neundorf.

»Andreas und Lukas«, erklärte Helga Gerber mit kräftiger Stimme. »Ein widerlicher Kerl. Er will Geld von Andreas.«

»Weshalb?«

»Sein Auto hatte einen Totalschaden.«

»Na und? Was hat das mit Andreas Sattler zu tun?«

»Der Kerl behauptet, Andreas habe es gefahren.«

»Das ist doch Sache der Versicherung.«

»Normalerweise schon.«

»Aber?«

Helga Gerber griff erneut nach ihrer Zigarettenschachtel. »Dieser Lukas ...« Sie nahm eine Zigarette, steckte sie an, warf die Packung und das Feuerzeug auf den Tisch. »Der Kerl ist mir nicht ganz geheuer«, erklärte sie dann, eine große Rauchwolke zur Seite blasend.

»Wie soll ich das verstehen?«

»Na ja«, antwortete die Frau zögernd, »der hat doch mit allen Streit.«

Neundorf gab sich nicht zufrieden. Nur ein Blinder konnte übersehen, dass Helga Gerber sich vor einer konkreten Antwort drücken wollte. »Das müssen Sie mir genauer erklären. Andreas wurde ermordet, da will ich schon wissen, um was es bei diesem Streit ging.«

»Mein Gott, Sie glauben doch nicht etwa ...«

»Was soll ich glauben?«

»Na, dass der Kerl Andreas ...« Helga Gerber brach mitten im Satz ab, nahm einen tiefen Lungenzug, starrte die Kommissarin an.

Neundorf ließ sich nicht beirren. »Um was ging es bei dem Streit?«

»Der verlangt Geld von Andreas.«

»Wie viel?«

»Ziemlich viel.«

»Was heißt das genau?«

Die Frau schwieg, konzentrierte sich ganz auf ihre Zigarette. Laut schmatzend sog sie an dem Glimmstängel, blies den Rauch dann langsam von sich. »Ich kann es nicht fassen«, brummte sie.

»Wie viel?«

»An die Zehntausend, wenn ich richtig informiert bin.«

Neundorf pfiff durch die Zähne, streckte den Kopf zur Seite, versuchte, der Rauchwolke auszuweichen. »Zehntausend. Das klingt nicht schlecht. Aber Herr Sattler, ich meine, Andreas, war nicht bereit, das Geld zu zahlen?«

»Natürlich nicht«, mischte sich Julia Gerber unverhofft ins Gespräch. Ihre Stimme klang schwach und zerbrechlich, sie hatte Mühe, die Worte zu formulieren. »Lukas war doch selbst schuld, dass es zu dem Totalschaden kam.«

»Wieso?«

»Sie fuhren eine Abkürzung, weil Lukas es so wollte. Einen schlecht ausgebauten und für den Durchgangsverkehr eigentlich gesperrten Feldweg, um genau zu sein. Er ließ Andreas fahren, weil er selbst getrunken hatte und drängte ihn dann, den Feldweg zu nehmen. Dabei passierte es. Sie fuhren in eine Grube. Die Versicherung zahlt nichts. Und jetzt versucht er, es Andreas in die Schuhe zu schieben.«

»Woher wissen Sie das?«

»Andreas«, hauchte Julia Gerber. Ihre Stimme war kaum mehr zu hören. »Er hat es mir erzählt.«

»Wann war das?«

»Vorgestern. Am Donnerstagabend«, übernahm Helga Gerber die Erklärung. »Julia war gerade bei uns, als Andreas anrief, deshalb bekam ich alles mit. Er fühlte sich von Lukas bedroht und wollte Julia vor dem Kerl warnen. Der ist völlig durch den Wind, berichtete er, der hing gerade eine halbe

Stunde am Telefon und drohte mir Hölle, Tod und Teufel an, wenn er das Geld nicht binnen vierundzwanzig Stunden habe. Julia solle auf sich aufpassen und sich ja nicht mit dem Kerl einlassen, wenn er hier auftauche.«

Neundorf starrte die Frau überrascht an. »Das war vorgestern, am Donnerstagabend?« Blaue Schwaden hingen vor ihr in der Luft.

»Fragen Sie Julia, die wird es Ihnen bestätigen.«

Die Kommissarin wandte den Kopf, brauchte nicht lange auf eine Erklärung zu warten.

»Freitagabend um zehn«, sagte Julia Gerber, »zu dem Zeitpunkt wollte er das Geld endgültig haben.« Sie fuhr sich mit der Rechten übers Gesicht. »Sonst könne er für nichts garantieren.«

Neundorf war ohne jede weitere Überlegung klar, was das bedeutete. »Die Adresse von diesem Feiner«, sagte sie, »ich benötige sie. Jetzt sofort.«

7.

Das Plazet, die am frühen Morgen in Ossweil überfallene und misshandelte Frau sprechen zu können, war Steffen Braig kurz nach 15 Uhr an diesem Samstag vom leitenden Stationsarzt persönlich erteilt worden.

»Natürlich wäre es mir lieber, meine Patientin noch möglichst lange vor allzu zudringlichen Fragen verschont zu sehen«, hatte Dr. Raimund Willer bei seinem Anruf erklärt, »weil ich aber mit der Zunft Ihrer Kollegen oft genug zu tun hatte, bin ich mir bewusst, wie sehr es Ihnen auf den Nägeln brennt, Frau Reisch endlich interviewen zu können.«

Braig hatte sich bei dem Arzt bedankt und ihm zugesichert, die besondere Situation des Überfall-Opfers im Auge zu behalten und die Frau nicht länger als fünfzehn Minuten mit seinen Fragen zu belästigen, war dann auf dem kürzesten Weg ins Ludwigsburger Klinikum gefahren. Ob es sich lohnte, des Gesprächs wegen den Rest des Samstagmittags zu opfern, wusste er nicht zu sagen; die Tatsache, dass seine Lebensgefährtin heute Morgen mit ihrer Schwester in den Schwäbischen Wald aufgebrochen war, um gemeinsam mit deren Konfirmanden dort das Wochenende zu verbringen, erleichterte ihm auf jeden Fall die Entscheidung. Theresa Räuber stand seit über einem Jahr als angehende Pfarrerin im Dienst der Württembergischen Landeskirche, betreute eine Gemeinde am Rand des Stuttgarter Zentrums. Vor mehreren Wochen schon hatte sie ihrer Schwester und Braig vorgeschlagen, sie zum Herbstbeginn auf ihrer Konfirmandenfreizeit zu begleiten.

»Sechselberg liegt in einer reizvollen waldreichen Umgebung«, hatte sie das als Übernachtungsort ausgewählte Naturfreundehaus vorgestellt, »eine ideale Gegend für Spiele im Freien, eine Schnitzeljagd, dazu eine Nachtwanderung durch Wälder und Schluchten. Ihr könnt kräftig durchatmen, den ganzen Ballast des Alltags vergessen. Und die Mädels und Jungs bringen euch garantiert auf andere Gedanken.«

Ann-Katrin Räuber hatte ohne lange Überlegung zugesagt, sich diesen Samstag und Sonntag rechtzeitig vom Dienst befreien und in die Vorbereitungen ihrer Schwester mit einbeziehen lassen. Braig dagegen war sich spätestens nach dem zweiten brutalen Wochenend-Überfall vor acht Tagen über seine berufliche Unabkömmlichkeit zu dieser Zeit im Klaren – es sei denn, es wäre ihnen gelungen, den Täter schnell zu identifizieren und festzunehmen. Der Erfolg war nicht nur ausgeblieben, vielmehr ein weiteres Verbrechen geschehen, das die Handschrift desselben Mannes offenbarte – Braig wusste, wie abwegig es war, in naher Zukunft auf einen dienstfreien Tag zu spekulieren.

Er seufzte laut auf, als er den Eingang des Ludwigsburger Klinikums erreichte, nahm den Weg zu den Fahrstühlen, suchte nach der Abteilung, die ihm Dr. Willer avisiert hatte. Eine Gruppe in lange Gewänder gekleideter und mit dunklen Kopftüchern verhüllter Frauen kam ihm in Begleitung mehrerer vollbärtiger und auffällig grimmig dreinblickender Männer entgegen. Alle schwiegen, nicht ein einziger gab einen Ton von sich.

Braig wandte den Kopf, verfolgte die mit gedämpften Schritten fast lautlos zum Ausgang trottende Gruppe mit seinem Blick. So fremd ihm die Leute waren, ihr Verhalten sprach Bände, über alle Grenzen hinweg. Weshalb auch immer sie sich hier getroffen hatten – der Anlass war nicht erfreulich, die in einem der oberen Stockwerke von einer Ärztin oder einem Arzt erhaltene Hiobsbotschaft in ihren Mienen, ja ihrer gesamten Körperhaltung zu lesen.

»Wo sind wir hier?«, maulte ein bleicher, mit einer hellen Sommerjacke bekleideter Mann, der unmittelbar neben ihm vor der Fahrstuhltür Aufstellung genommen hatte, »in Istanbul oder Afghanistan?«

Der Kommissar ersparte sich eine Antwort, eilte stattdessen zur Treppe, lief nach oben. Er spürte, wie er ins Schwitzen kam, war dennoch froh, sich unerwünschte Gesellschaft erspart zu haben.

Das Treppenhaus schien verwaist. Er nahm Stufe um Stufe, versuchte, sich auf seinen Besuch bei der heute Nacht überfallenen Frau zu konzentrieren. Dass Stefanie Riedinger das Gespräch nicht hatte übernehmen können, war bedauerlich, aber nicht zu umgehen. Zwar waren sie darum bemüht, weibliche Gewaltopfer vorrangig von Beamtinnen betreuen zu lassen, doch erschwerte die angespannte Personalsituation des Amtes dieses Vorhaben. So gerne er es gesehen hätte, Riedinger an seiner Seite zu wissen, die junge Kollegin war drei Tage vorher zu einer Spezialeinheit versetzt worden, die sich um die Sicherheit der beiden Atomkraftwerke in Neckarwestheim kümmern sollte. Diese vorübergehende Abordnung war auf Anweisung des Innenministeriums erfolgt, fürchtete man dort doch die angekündigten Demonstrationen besorgter Bürger gegen die weitere Einlagerung der in den beiden Atommeilern entsorgten hochradioaktiven Brennstäbe im Umfeld der Reaktoren. Was ist das nur für eine erbärmliche Alte-Männer-Riege, hatte Braig überlegt, die ein Massenaufgebot an Polizei benötigt, um sich vor den Protesten der eigenen, um ihre Gesundheit besorgten Bevölkerung zu schützen.

Er erreichte das dritte Stockwerk, lief den Rest der Stufen hoch. Jetzt musste er sich eben selbst bemühen, der heute Nacht überfallenen Frau so gegenüberzutreten, dass sie Vertrauen zu ihm entwickeln und möglichst viel von dem, was sie vor und während des schlimmen Geschehens mitbekommen hatte, vor ihm in Worte fassen würde. Er hoffte, dass sie sich wenigstens an einige Charakteristika des Täters erinnerte, war es ihm in den vergangenen Stunden doch nicht gelungen, über das von Konrad Umgelter Geäußerte hinaus weitere Hinweise zu erhalten. Zwar hatte er den ganzen Samstag Vormittag in Ossweil verbracht und alle Anwohner des Tatorts wie auch des Fluchtwegs des Täters befragt, von ihnen jedoch keinerlei Informationen, das Verbrechen betreffend, bekommen.

Ja, wenn wir das gewusst hätten, Herr Kommissar, dass sich jetzt auch bei uns in Ossweil ...

Er zählte nicht, wie oft er sich diesen oder ähnlich geartete Sätze hatte anhören müssen. Die halbe Welt jammert über Schlaflosigkeit und durchwachte Nächte, überlegte er, wenn es dann aber wirklich darauf ankommt ... Niemand, überhaupt niemand hatte etwas gehört oder gesehen. Wie sollte es unter diesen Umständen gelingen, den Verbrecher zu ermitteln?

Braig näherte sich dem gesuchten Stockwerk, zog das Blatt aus seiner Tasche, auf dem er alle bisher ermittelten Daten zum Überfall-Opfer notiert hatte, überflog sie nochmals. Marianne Reisch, 1969 geboren, zwei Kinder, geschieden, wohnhaft in Ossweil, seit über einem Jahr gemeinsam mit einer Bekannten als Zeitungsausträgerin tätig. Bisher ohne jede Belästigung, so die Auskunft ihrer Mitausträgerin Sabine Hegner, die er selbst aufgesucht und befragt hatte.

Wir teilen uns den Ort, hatte die Kollegin erklärt, *Marianne kümmert sich um den nördlichen, ich um den südlichen Bezirk. Dass wir jetzt selbst hier bei uns schon nicht mehr sicher sind, hätte ich nie gedacht.*

Gab es Hinweise auf den Überfall, hatte er gefragt.

Hinweise, was für Hinweise denn? Glauben Sie denn allen Ernstes, wir tragen Zeitungen aus, wenn wir damit rechnen müssen, von irgendwelchen perversen Schweinen überfallen zu werden? Das war doch ein krankes perverses Schwein, wer sonst sollte denn so etwas tun, eine wehrlose alleinerziehende Frau ohne Reichtümer am frühen Morgen zu überfallen, oder? Und was passiert mit dem Kerl, vorausgesetzt, er wird überhaupt erwischt?

Wir werden alles dafür tun, hatte er erwidert. Aber um das zu erreichen, sind wir auf die Hilfe möglichst vieler Mitbürger angewiesen.

Ich kann nichts helfen, war die Frau immer aggressiver geworden, *was habe ich denn mit dem Dreckskerl zu schaffen?*

Frau Reisch wurde nicht schon in den vergangenen Tagen oder Wochen einmal bedroht? Hätte sie es Ihnen überhaupt mitgeteilt, falls ihr das passiert wäre?

Natürlich hätte sie mir das gesagt, war sich Sabine Hegner sicher, *ohne jeden Zweifel hätte sie mir das mitgeteilt, wir sind befreundet, ich habe es Ihnen doch erzählt, und außerdem helfen wir uns gegenseitig, wenn es irgendwelche Probleme mit der Zustellung gibt.*

Nein, die Unterhaltung mit der Frau hatte genauso wenig gebracht wie all die anderen Gespräche auch, weshalb er jetzt in ganz besonderem Maß auf die Beobachtungen des Opfers selbst angewiesen war.

Braig schob die laut quietschende Treppenhaustür zurück, betrat die Station. Er schaute nach links und nach rechts, sah einen jungen Mann in heller Schutzkleidung wenige Meter entfernt aus einem der Zimmer treten, bat ihn lauthals um Auskunft.

»Frau Reisch?«, fragte der Mann. »Die darf aber nach Anweisung von Dr. Willer noch keinen Besuch erhalten.«

Braig las auf dem Namensschild, das sein Gesprächspartner auf der Brust trug, dass Marco Lüttner als Krankenpfleger arbeitete, wies sich aus. »Ich habe mit Dr. Willer gesprochen. Er hat mich extra angerufen, um mir mitzuteilen, dass ich mit Frau Reisch reden kann.«

Lüttner gab seinen Widerstand auf. »Ich bin informiert. Bei Ihnen sollen wir eine Ausnahme machen.« Er deutete ans Ende des Gangs. »Kommen Sie mit. Ich zeige Ihnen das Zimmer.«

Braig folgte dem Mann bis zur vorletzten Tür, betrat dann den Raum. Zwei Betten standen hintereinander aufgereiht, eines davon war leer. Im anderen lag eine über und über bandagierte Gestalt, deren Geschlecht nicht auszumachen war.

Lediglich an der hohen Stimme konnte Braig erkennen, dass es sich um eine Frau handelte.

»Sie sind der Kommissar?«, fragte sie, kaum, dass er das Zimmer betreten hatte.

Er wunderte sich, dass sie das Gespräch von sich aus eröffnete, überlegte, dass dies ein gutes Zeichen sei. Wenn er der Frau nicht mühsam jedes Wort entlocken musste, war die Wahrscheinlichkeit, dass sie ihm irgendeinen im Endeffekt vielleicht wichtigen Hinweis auf den Täter geben konnte, umso größer. »Ich bin es, ja. Braig ist mein Name.« Er stellte sich ans Fußende des Betts, sah die Augen zwischen den Bandagen hervorlugen.

»Sie müssen den Kerl verhaften. Der ist schlimmer als ein Tier.«

»Wir werden alles tun, was wir können. Aber dazu benötigen wir Ihre Hilfe.«

»Ich weiß«, antwortete Marianne Reisch, »der Arzt hat mich informiert, dass sie auf meine Aussage angewiesen sind.«

»Es macht Ihnen nichts aus, darüber zu reden?« Braig sah die heftige Reaktion der Frau. Ihre Augenlider flogen auf und nieder, lautes Stöhnen machte die weitere Unterhaltung unmöglich.

»Sie müssen den Kerl kriegen«, gab sie schließlich mit gepresster Stimme von sich, »das ist das Wichtigste, ja?«

Er nickte mit dem Kopf, bewunderte die Willenskraft seiner Gesprächspartnerin. Die Frau schien über unbändige Energie zu verfügen, war offensichtlich bemüht, das alptraumartige Erlebnis aus freien Stücken zu bewältigen.

»Das Leben muss weitergehen«, erklärte sie. »Ich habe zwei Kinder zu versorgen, verstehen Sie?«

Das sagt sich so leicht, überlegte er. Aber war es wirklich zu schaffen, in ihrer Situation? Er musste sie schonen, durfte ihre Reserven nicht unnötig beanspruchen, soviel war ihm klar. »Was können Sie mir erzählen?«, fragte er. »Etwas, das uns zu dem Kerl führen könnte?«

Sie zögerte nicht lange mit ihrer Antwort. »Er ist zwei- oder dreimal an mir vorbeigefahren.«

Braig starrte die bandagierte Frau vor sich verwundert an. »Wann?«

»Kurz vor dem Überfall. Er muss es gewesen sein.«

»Sie meinen, er hat Sie beobachtet?«

»Genau. Ich habe mich noch gewundert ...« Sie hielt mitten im Satz inne, stöhnte laut auf.

Der Kommissar betrachtete sie erschrocken. »Sollen wir eine Pause machen?«

Marianne Reisch kam nur langsam zur Ruhe. »Dieses schreckliche Kopfweh! Ich versuche mich schon die ganze Zeit zu konzentrieren, ob ich *ihn* näher beschreiben kann, aber es geht einfach nicht. Als ob mein ganzer Schädel platzen wollte!«

Braig schwieg, wartete, bis sie von sich aus weitersprach.

»Er ist die Straße auf und ab gefahren, ich habe es aus den Augenwinkeln beobachtet. Wie ein Jäger auf der Pirsch. Aber zu dem Zeitpunkt war mir das nicht bewusst.«

»Mit einem Auto?«

»Ein grüner PKW.«

»Grün?«

»Ja. Nicht so wie die Polizei. Heller. Ein helles Grün.«

»Das haben Sie gesehen?«

»Sie meinen, weil es noch dunkel war?« Sie schwieg einen Moment, starrte zur Decke. »Doch, ein helles Grün. Ich weiß es, weil ich das Auto zweimal sah. *Der schon wieder*, irgend so etwas habe ich gedacht. Das muss *er* gewesen sein.«

»Ein hellgrüner PKW«, wiederholte Braig, »Sie wissen nicht zufällig den Typ?« Ein A-Klasse Daimler, hatte Konrad

Umgelter heute Morgen voller Nachdruck erklärt. Er war sich ziemlich sicher gewesen.

»Derselbe wie Sabine«, sagte die Frau.

»Sabine?«

»Sabine Hegner. Meine Freundin.«

»Ach so, ja.« Er musste die Frau anrufen, welches Auto sie fuhr. Ob sich das Überfall-Opfer richtig erinnerte oder nicht. Sie hatte ihm ihre Telefonnummer gegeben.

»So ein Daimler«, sagte Marianne Reisch, »ein kleiner Daimler. Genau.«

Dann hatte Umgelter tatsächlich richtig beobachtet. Endlich eine Spur, die unabhängig von zwei Seiten bestätigt wurde. Vielleicht gelang es doch, den Täter über sein Fahrzeug zu ermitteln. Braig spürte die Anspannung wie eine schwere Last von seinen Schultern fallen, suchte nach weiteren Fragen, die Hinweise auf die Identität des Mannes liefern konnten. »Er ist mehrmals an Ihnen vorbeigefahren«, griff er ihre Aussage auf. »Das Kennzeichen. Haben Sie irgendetwas erkennen können?«

Die Frau musste nicht lange überlegen. »Wie sollte ich? Ich war dabei, die Zeitungen zu verteilen. Möglichst schnell, um wieder nach Hause zu kommen. Es ist purer Zufall, dass ich das Auto wahrgenommen habe. Aus den Augenwinkeln, nicht mit voller Konzentration, das habe ich erwähnt. Ich konnte doch nicht ahnen, dass der mich überfallen will.«

»Nein, natürlich nicht.« Er nahm ihre Antwort ohne Anflug von Enttäuschung auf, war sich von Anfang an bewusst gewesen, dass dieses Wissen weit außerhalb ihrer Möglichkeiten lag. Der Täter hatte, darüber war er heute Morgen von Konrad Umgelter informiert worden, das Auto in gebührendem Abstand zum Ort seines Überfalls geparkt, wahrscheinlich um allen Risiken, enttarnt zu werden, vorzubeugen. Immerhin war ihnen der Fahrzeugtyp, vielleicht sogar die Farbe, inzwischen trotzdem bekannt.

Er hörte die Frau vor Schmerzen laut stöhnen, schaute beunruhigt auf ihr bandagiertes Gesicht. »Wird es Ihnen zuviel?«

Sie ließ ihn ohne Antwort, brummte leise vor sich hin. »Die Kopfschmerzen«, jammerte sie dann, »die schrecklichen Kopfschmerzen.«

Er wusste nicht, ob er es riskieren durfte, sie noch länger mit seinen Fragen zu belästigen, beschloss, noch ein paar Minuten zu warten, ob sie sich wieder beruhigte, hatte Glück.

»Manchmal kann ich es nicht mehr aushalten«, stöhnte Marianne Reisch, »es ist, als ob mein Schädel platzen wollte.«

»Vielleicht sollte ich gehen. Es sei denn ...«

»Was wollen Sie noch wissen?«, fragte sie. »Lassen Sie es mich versuchen, vielleicht ...« Sie verstummte, wartete auf seine Reaktion.

»Der Mann ...«, formulierte er vorsichtig, Wort für Wort, »Sie haben ihn nicht genauer gesehen?«

Sie blieb still, schien seine Frage nicht gehört zu haben.

»Irgendetwas an ihm, sein Gesicht, seine Kleidung, die Stimme, sein Geruch ...«

»Rasierwasser«, sagte sie plötzlich, »ein widerliches, ekelhaftes Rasierwasser, vermischt mit Schweiß und Zigarettenrauch. Er kam von hinten, packte mich, legte mir den Arm um den Hals. Ich habe ihn nicht gesehen, nicht eine Sekunde. Er schnürte mir die Luft ab, bevor ich kapierte, was da passierte, riss mir die Jacke weg, grabschte nach meinem Pulli. Ich versuchte zu schreien, um Hilfe zu rufen, so laut ich konnte, aber da stach er mir mit einem Messer oder einer spitzen Klinge ins Gesicht, in die Wangen, die Nase, den Hals, und alles tat so wahnsinnig weh, und dann drosch er mit einem Knüppel oder einem Stein wie verrückt auf mich ein ...« Ihre Stimme erstarb, von hemmungslosem Weinen gefolgt.

Braig nahm seine Hand, legte sie auf ihren Arm, spürte, wie es den gesamten Körper der Frau schüttelte. Er musste die Bestie fangen, bevor der Kerl erneut zuschlagen, ein neues Opfer suchen konnte. Fragte sich nur, wie.

8.

Die Wohnung in der Neuffener Straße in Nürtingen zu finden, hatte keinen großen Aufwand erfordert. Es handelte sich um ein etwas schmuddeliges altes Haus am Rand des Zentrums, unmittelbar an einer der meistfrequentierten Verkehrsachsen der Stadt gelegen. Neundorf hatte es angesichts des krassen Kontrasts zu der Villa in Reutlingen zuerst nicht glauben wollen, dass der Freund Andreas Sattlers hier in dieser unappetitlichen Umgebung hausen sollte, hatte sich vom Namensschild an der Haustür dann überzeugen lassen. Sie war ohne telefonische Voranmeldung losgefahren, in der Absicht, Lukas Feiner persönlich mit den Vorwürfen Julia Gerbers zu konfrontieren.

Ein vergebliches Unterfangen, wie sich bald zeigte. Sie hatte am Eingang unten mehrfach geläutet, war erst ins Innere gelangt, als ein kleiner, dem Anschein nach türkischer Junge, einen Ball in der Hand, ins Freie gestürmt war, die fremde Frau überhaupt nicht beachtend. Der strenge Geruch war ihr sofort aufgefallen, noch bevor sie die erste Stufe des Treppenhauses betreten hatte. Irgendein fauliger, modriger Gestank aus einer der dunklen Ecken des Kellers. Sie hatte es sich erspart, darüber nachzudenken, was da wohl vor sich hin moderte, war mit großen Schritten ins erste Stockwerk hoch geeilt, hatte an der Tür, die dem Schild nach zu Feiners Wohnung führte, zuerst geläutet, dann kräftig geklopft.

Eine alte Nachbarin war unverhofft hinter ihr aufgetaucht, zwei prall gefüllte Taschen in der Hand. »Sie kennet an die Tür bollere so viel se wellet, des bringt nix.«

»Herr Feiner ist nicht zuhause?«

»Noi. Der isch fort. Heut mitte in der Nacht. Der hats vielleicht eilig ghett, kann i Ihne sage!«

»Eilig? Woher wollen Sie das wissen?«

»Woher i des woiß? Weil der die Treppe hochgstürmt isch, dass i bald ausem Bett gfloge bin! Und no hat der in seiner Wohnung rumgwerkelt, dass i denkt han, uf dr Alb isch wieder a Erdbebe und aschließend isch er wieder die Treppe nontergsaut wie en Verrückter.«

»Um wie viel Uhr war das?«

»Ha, gege Mitternacht so etwa. I ka schlecht schlofe, deswege han i des genau mitkriegt.«

Neundorf war sich sofort darüber im Klaren, welche Brisanz dieser Aussage innewohnte. Hatte die Frau hier mit ihren Beobachtungen Recht, war Feiner nicht lange nach dem Mord an Andreas Sattler in großer Hektik in seine Wohnung gestürmt, hatte das Nötigste zusammengesucht und war dann wieder überstürzt aufgebrochen. Weshalb die Eile? War die Antwort nicht längst klar?

Der Tatort in Reutlingen lag gerade einmal 20 Kilometer entfernt, eine Affäre von weniger als einer halben Stunde. Welcher andere Grund konnte dahinter stecken, als dass er sich der Verfolgung durch die Polizei entziehen wollte? Natürlich waren die Beschreibungen der Nachbarin äußerst vage und großenteils von Vermutungen geprägt. Aber konnte sie die Aussagen der alten Frau deshalb ohne große Überlegungen zur Seite schieben und als bloße Spekulation abtun?

Nein, so einfach durfte sie es sich nicht machen, das wusste sie aus Erfahrung. Ältere, alleinstehende Menschen fanden aus der Not ihrer vereinsamten Situation heraus in der Beobachtung ihrer Nachbarn oft zu einem neuen Lebensmittelpunkt, einer Aufgabe, der sie mit solcher Intensität und Ausdauer nachgingen, dass es bald der Qualität einer polizeilichen Rund-um-die-Uhr-Bewachung nahekam. Inwieweit dabei Realität und Fiktion, das heißt wirkliches Geschehen mit nur vermeintlich wahrgenommenen Sachverhalten vermischt wurden, ließ sich pauschal nicht sagen. Natürlich bestand diese Gefahr, vor allem, wenn es sich nicht um optisch, sondern nur akustisch erfahrene Botschaften handelte wie im vorliegenden Fall. Neundorf war sich dennoch darüber im Klaren, dass sie das Verhalten Feiners überprüfen und seinen gegenwärtigen Aufenthaltsort identifizieren musste. Zu viel von dem, was sie von verschiedenen Seiten bisher über ihn gehört hatte, rückte ihn in ein höchst verdächtiges Licht.

Sie hatte versucht, der Frau weitere Informationen über ihren Nachbarn zu entlocken, war auf eine Wohnung eine Etage höher verwiesen worden.

»Der Duschle. Fraget se den. Vielleicht woiß der was. Die hocket manchmal zamme und saufet.«

Sie hatte den Rat befolgt, den Mann, einen etwas verlebt wirkenden kräftigen Typ Mitte Dreißig aus dem Bett geläutet. Um 12.30 Uhr am Mittag, wie sie sich durch einen Blick auf ihre Uhr überzeugte. »Ich suche Herrn Feiner. Wie ich hörte, sollen Sie Bescheid wissen, wo er sich aufhält.«

Duschle brauchte eine Weile, zu verstehen. Der immer noch zu kurze Schlaf und die durchzechte Nacht standen ihm ins Gesicht geschrieben. »Der Luke?«

Er bemerkte ihr zustimmendes Nicken, erklärte dann, dass Feiner zu einem Turnier irgendwohin ins Ausland aufgebrochen war.

»Ein Turnier? Was für ein Turnier soll das sein?«

»Ein Schachturnier natürlich. Der hockt fast jedes Wochenende bei einem Turnier. Ob er spielt oder nicht.«

»Und wieso im Ausland? Wie kommen Sie auf die Idee?«

»Weil er es mir heute Nacht erzählte. Er fährt nach ... Ich weiß nicht mehr, in welches Land. Ich war schon halb zu.«

Neundorf betrachtete seine blutunterlaufenen Augen, glaubte ihm aufs Wort. »Wann haben Sie sich mit ihm unterhalten? Wissen Sie noch die Uhrzeit?«

Duschle legte seine Stirn in Falten, holte mit dem Arm weit aus. »Der Tag ist kurz, die Nacht sehr lang. Woher soll ich das jetzt wissen?«

»Gegen Mitternacht vielleicht? Könnte das hinkommen?«

»Das könnte hinkommen, gnädige Frau, allerdings. Mitternacht ist Betriebsschluss, wenn ich das so formulieren darf, in meiner Stammkneipe, und von dort sind es fünf bis zehn Minuten hierher. Je nach meiner Verfassung und vorausgesetzt, ich finde überhaupt noch den Weg. Aber den habe ich gefunden, wie Sie sehen. Sonst wäre ich jetzt nicht hier.«

»Ist Ihnen an Herrn Feiner etwas aufgefallen?«

»Etwas aufgefallen?« Ihr Gegenüber verneinte ihre Frage mit einem kräftigen Kopfschütteln. »Gnädige Frau, das war kurz vor meinem endgültigen Untergang. Anschließend habe ich noch eine halbe Kiste geleert. Allein mit mir und der Glotze. Da kann ich Ihnen die Frage wirklich nicht beantworten, welche Unterhosen Herr Feiner zu dieser Stunde trug.«

»Er war nicht zufällig in großer Eile?«

»In großer Eile? Sie haben sehr viel Humor, Gnädigste. Der rannte mich beinahe über den Haufen, so eilig hatte der es.«

»Und das kam Ihnen nicht seltsam vor, mitten in der Nacht?«

»Seltsam? Seltsam kommt mir nur vor, warum Sie sich so sehr dafür interessieren, was zwei fremde Männer mitten in der Nacht auf der Treppe vor ihren Wohnungen miteinander zu besprechen haben.«

Er starrte mit solch dämlicher Grimasse zu ihr her, dass sie an sich halten musste, das Gespräch nicht auf der Stelle abzubrechen. Stattdessen zog sie ihren Ausweis aus der Tasche und hielt ihn ihm vor die Nase.

Duschle war keine große Verwunderung anzumerken. »Ja, Frau Polizeibeamtin, wir kennen uns gut, Ihre Truppe und ich.« Er lächelte ihr freundlich zu, deutete eine höfliche Verbeugung an.

»Also, wo kann ich den Mann jetzt finden?« Neundorf blieb hartnäckig. Sie hatte keinen Zweifel, was die Polizei-Bekanntschaft des Mannes betraf. Es war kaum ratsam, ihm im voll alkoholisierten Zustand zu begegnen.

»Da muss ich Sie enttäuschen«, beharrte ihr Gesprächspartner. »Ausland. Mehr kann ich Ihnen nicht mitteilen.«

»Wen kann ich dann fragen? Wissen Sie, wo Freunde oder Verwandte von Herrn Feiner wohnen?«

»An jedem Schachbrett«, war Duschles Antwort. »Überall, wo ein Schachbrett steht, finden Sie seine Freunde.«

»Geht es nicht etwas genauer?«

»Er stammt aus Urach. Dort leben auch seine Eltern. Mehr kann ich Ihnen nicht erzählen, Frau Polizeibeamtin.«

»Urach? Das wissen Sie genau?«

Duschle deutete erneut eine tiefe Verbeugung an, streckte beide Arme weit von sich. »Glauben Sie etwa, ich würde es wagen, Sie anzulügen, Gnädige Frau?«

Neundorf verzichtete auf eine Antwort, hoffte, dass es dem Mann gelingen möge, sich den Rest seines Blutalkohols aus dem Leib zu schlafen, um für das nächste nächtliche Besäufnis fit zu sein, ließ ihn freundlich winkend stehen.

9.

Das Anwesen der Feiners war der Sattlerschen Prachtvilla in Reutlingen durchaus ebenbürtig.

Neundorf hatte sich im Amt nach der Handy-Nummer des Mannes erkundigt, war abschlägig beschieden worden. Lukas Feiner schien eines der seltsamen Wesen zu sein, deren Existenz sich noch nicht vollständig über den Besitz eines Handys definierte. Daraufhin hatte sie um die Adresse seiner Eltern gebeten, ihren Besuch dort dann telefonisch angekündigt.

Das Haus lag in eine üppig grüne Umgebung gebettet am Hang über Bad Urach, mit mannshohen Büschen blickdicht vor den Nachbarn abgeschottet. Sie läutete an der Pforte, betrachtete den hohen schmiedeeisernen Zaun, der das weitläufige Gelände zur Straße hin abschirmte. Es war kaum nachvollziehbar, wie ein junger Mann aus diesem Milieu in das Gebäude in Nürtingen geraten konnte. Ein böses Zerwürfnis mit seinen Eltern als Ursache?

Die Stimme aus dem Lautsprecher riss sie aus ihren Überlegungen. »Sie wünschen?«

Sie drehte sich dem Kameraauge zu, das neben dem Namensschild angebracht war, nannte ihre Personalien. Im gleichen Moment schwang die Pforte zurück.

Neundorf betrat den Vorgarten, ging auf das Haus zu. Schmale Beete mit blühenden Astern und Dahlien auf beiden

Seiten des Weges, von kurz geschnittenem Rasen begrenzt. Auf halbem Weg zur Rechten ein hoher runder Brunnen mit dem Kopf eines wasserspeienden Ungetüms, dessen Plätschern alle anderen Geräusche übertönte.

Ursula Feiner persönlich erwartete sie an der Tür. Sie hatte lange, zu einer Dutt hochgesteckte blonde Haare, ein schmales, dezent geschminktes gebräuntes Gesicht, war mit einem weiten, beigefarbenen Sweat-Shirt und einer dunkelgrünen Hose bekleidet.

Eine aparte Schönheit jenseits der Fünfzig, attestierte Neundorf voller Bewunderung, eine Frau mit aristokratischen Zügen, fern jeder neureich-peinlichen Aufmachung. »Wir haben miteinander telefoniert«, stellte sie sich vor, »mein Name ist Neundorf, ich komme vom Landeskriminalamt.«

Ursula Feiners tiefblaue Augen konnten ihr Erstaunen nicht verbergen. »Meine Neugier ist nach wie vor groß, was Sie von uns wollen«, antwortete sie, »Sie haben nur erwähnt, es gehe um Lukas, unseren Sohn.« Sie bat die Besucherin ins Haus, führte sie in einen großen, mit drei schmalen, schwarzen Zweisitzersofas ausgestatteten Raum. Ein riesiges Aquarium erstreckte sich längs der Wand, Fische in den verschiedensten Farben schwammen darin umher. »Wenn Sie bitte Platz nehmen wollen.«

Neundorf ließ ihrer Gastgeberin den Vortritt, setzte sich dann ihr gegenüber auf einen der Zweisitzer. »Wir suchen Ihren Sohn«, eröffnete sie das Gespräch, »ich muss mit ihm reden. Es ist dringend.«

»Darf ich fragen, weshalb Sie sich nicht an ihn direkt wenden? Lukas ist längst volljährig.«

»Das habe ich versucht. Er ist nicht zu erreichen.«

»Sie waren in Nürtingen?«

Neundorf nickte. »Ich komme von dort. Sein Nachbar behauptet, er sei im Ausland. Genauere Angaben konnte er allerdings nicht machen. Deshalb bin ich hier.«

Ursula Feiner holte tief Luft. »Ja, so habe ich mir das in etwa vorgestellt.« Sie strich sich graziös über ihre Haare. »Aber ich will Ihnen sofort ehrlich gegenübertreten: Wir haben im Moment keine Verbindung mit Lukas. Er hat jeden Kontakt mit uns und seiner Schwester abgebrochen.«

»So etwas Ähnliches habe ich schon befürchtet.«

»Nachdem Sie seinen derzeitigen Wohnort gesehen haben.«

»Der Kontrast ist deutlich.«

»Ja, ... so lässt sich das vornehm umschreiben.«

»Das heißt also, Sie wissen wirklich nicht, wo er sich zur Zeit aufhält.« Sie musterte Ursula Feiners Gesichtszüge, beobachtete ihre Reaktion.

»Das weiß ich seit über einem Jahr nicht mehr. Und ich kann auch nicht sagen, wie lange das noch so bleiben wird.«

»Wer kann mir dann weiterhelfen? Ich muss ihn dringend sprechen.«

»Ich weiß es nicht«, erklärte Ursula Feiner, »so leid es mir tut.« Sie schaute ihr offen in die Augen, wandte den Blick nicht ab. Nicht eine Sekunde.

»Sie wollen ihn nicht schützen? Die Mutter ihr Kind?«

»Mein Kind ist inzwischen fünfundzwanzig Jahre alt«, entgegnete die Frau. »Außerdem: Könnte ich es denn? Trauen Sie mir nicht zu, dass ich so intelligent bin, zu begreifen, dass die Staatsmacht am längeren Hebel sitzt?«

»Doch«, murmelte Neundorf, »diese Intelligenz traue ich Ihnen zu.« Sie hatte keine Zweifel, was die Aufrichtigkeit der Frau betraf. Es schien sich wirklich um ein familiäres Zerwürfnis zu handeln, in dessen Folge der Kontakt zwischen den Eltern, der Schwester und dem Sohn unterbrochen worden war.

»Darf ich wissen, weshalb Sie mit Lukas sprechen wollen?«, unterbrach Ursula Feiner ihren Gedankengang. »Hat er ein besonders wertvolles Sortiment von Schachfiguren gestohlen?«

Neundorf ließ die Frau zappeln. »Sie wissen um sein Hobby?«

Ihre Gastgeberin lachte laut auf. »Darum geht es doch. Das ist kein Hobby, das ist ein Wahn.«

»Er spielt schon länger Schach?«

Ursula Feiner schüttelte den Kopf. »Seit drei Jahren. Normalerweise sollte man denken, mit Anfang Zwanzig sei der Lebensabschnitt, den wir als Pubertät bezeichnen, vorbei. Das glaubten wir jedenfalls bisher. Unser Sohn hat uns allerdings eines anderen belehrt. Bei ihm hat sie mit Zweiundzwanzig begonnen. Seither ist er diesem Zwang verfallen.«

»Gab es einen konkreten Auslöser?«

»Lukas fiel zum zweiten Mal durch sein Jura-Vordiplom in Heidelberg. Damit hatte es sich dann. Der Sohn eines überaus erfolgreichen Anwalts gescheitert. Zur gleichen Zeit ging auch noch die Beziehung zu seiner langjährigen Freundin in die Brüche. Sie können sich vorstellen, wie es damals in ihm aussah. Wir konnten ihn nicht auffangen, so sehr wir uns bemühten. Susanne, unsere Tochter, eine Zeitlang, ja. Aber dann lernte er durch einen Zufall die Clique um diesen Sattler kennen. Eine Handvoll verschrobener, weltabgewandter Gestalten aus allen Altersstufen, mit einem einzigen Thema: Schachfiguren auf dem Bildschirm hin und her schieben, bis der Schädel raucht. Aber wir können noch so sehr die Nase rümpfen, er fand dort, was ihm sonst verwehrt blieb: Erfolg. Sein erstes Turnier, oder wie ich diesen abstrusen

Vorgang beschreiben soll, verließ er als gefeierter Sieger. Zwar nur im Kreis dieser obskuren Leute und auf den Seiten irgendeines kleinen Blättchens, aber eben mittendrin. Alles, was er bisher vermisste, wurde ihm jetzt auf einmal zuteil: Erfolg.« Die Frau verstummte für einen Moment, warf ihrer Gesprächspartnerin einen fragenden Blick zu. »Was haben wir falsch gemacht in unserer Erziehung?«

Zu sehr alles auf den beruflichen Erfolg konzentriert, lag es Neundorf auf der Zunge. Die Karriere des Vaters, der weitläufige wertvolle Besitz – der Sohn dieser Familie stand unter gewaltigem Erwartungs-Druck. Das zu begreifen bedurfte es keines Psychologiestudiums. Sie behielt die Vermutung aber zurück, wollte die Frau nicht ungnädig stimmen. Es schien, als habe sie genug mit ihren familiären Problemen zu kämpfen. »Wir haben nicht alles in der Hand«, antwortete sie stattdessen, sah die Andeutung eines Kopfschüttelns bei ihrer Gastgeberin.

»Sie wollen mich trösten, danke«, sagte Ursula Feiner, »aber so einfach dürfen wir es uns nicht machen.« Sie starrte in die Ferne, fing unvermittelt wieder an zu sprechen. »Sein neuer *Spaß*«, sie betonte das Wort, sah Neundorf dabei in die Augen, »wurde regelrecht zur Manie. Wissen Sie, wie lange wir auf ihn eingeredet haben, ein neues Studium aufzunehmen?«

Die Kommissarin verzichtete darauf, zu spekulieren, wartete auf die Erklärung.

»Vergeblich. Er war nicht mehr dazu bereit, reiste nur noch von Turnier zu Turnier. *Das ist meine Welt,* erklärte er nur. Dumm, dass man von dieser Welt nicht leben kann. Wir haben seine Dummheit lange toleriert. Ich weiß nicht, wie viel meine Tochter und ich ihm hinter dem Rücken meines Mannes zugeschoben haben.«

»Aber irgendwann war es Ihnen genug.«

»Wir zogen die Notbremse, ja. Das war der Bruch. Seither sind wir voneinander getrennt.«

»Das heißt, er muss sich jetzt selbst ernähren.«

»Wie die meisten Menschen, ja. Er bearbeitet Computer-Software, da war er schon immer gut.«

»Was ist mit Ihrer Tochter? Weiß sie vielleicht, wo er sich aufhält?«

Ursula Feiner lächelte. »Garantiert nicht. Sie können sie aber gerne persönlich fragen, wenn Sie mir nicht glauben. Trotzdem wäre es mir lieber, Sie verzichten darauf. Sie sitzt oben und lernt.« Die Frau deutete in die Höhe. »Nächste Woche hat sie ihr Examen. Sie macht ihren Doktor in Jura.«

Neundorf fühlte sich in ihrer heimlichen Vermutung bestärkt. Was blieb dem Spross dieser erfolgssüchtigen Familie nach seinem zweimaligen Blackout anderes, als sich in eine andere Welt zu flüchten?

Sie wollte eine weitere Frage stellen, wurde vom sanften Vibrieren ihres Handy unterbrochen. Sie entschuldigte sich, zog das Gerät vor, sah, dass es sich um eine Nachricht ihres Lebensgefährten handelte. *Mama hat Schwächeanfall!!!* Sie kannte Thomas Weiss gut genug, um zu verstehen, dass mit ihrer Mutter etwas Außergewöhnliches geschehen sein musste, wenn er sie aus seinem Seminar heraus während ihrer Dienstzeit informierte. Sie steckte das Handy zurück, überlegte sich eine letzte Frage. »Sie erwähnten die Clique, die Ihren Sohn auf seine neue Idee brachte. Dieser Herr Sattler … kennen Sie ihn näher?«

»Andreas?« Die Frau rümpfte ihre Nase. »Mir war er von Anfang an nicht sympathisch. Typ verwöhntes Muttersöhnchen. Verzeihen Sie mein hartes Urteil, Lukas hat wohl auch etwas davon. Trotzdem: Nein, ich legte keinen Wert auf nähere Bekanntschaft.«

Neundorf dachte darüber nach, ob es allein die Tatsache war, dass Sattler Lukas Feiner zu der Schach-Manie verführt hatte, die Ursula Feiner zu ihrem harten Urteil veranlasste. »Sie können mir also nichts über ihn erzählen?«, fragte sie.

»Was soll ich Ihnen erzählen? Es ist mehr als ein Jahr her, dass ich von dem Mann gehört habe. Damit dürfte ich nicht mehr auf dem neuesten Stand sein, oder?« Sie erhielt keine Antwort, sah sich veranlasst, einen weiteren Satz hinzuzufügen. »Er klebt genau wie Lukas Tag und Nacht an irgendwelchen Schachfiguren. Was wollen Sie sonst noch wissen?«

Ganz so schlimm konnte es wohl nicht gewesen sein, überlegte die Kommissarin, schließlich hatte er einen Teil seiner Zeit mit seiner Freundin Julia verbracht und das sicher nicht nur mit gemeinsamem Schachspiel.

»Warum fragen Sie ihn nicht nach Lukas? Er weiß garantiert besser als wir, wo unser Sohn sich aufhält«, sagte Ursula Feiner.

Neundorf erhob sich von ihrem Platz. »Das geht leider nicht«, erwiderte sie. »Andreas Sattler wurde heute Nacht ermordet.« Sie betrachtete die Frau, sah, wie sie erschrak und mit weit aufgerissenen Augen zu ihr hoch starrte.

»Um Gottes Willen.« Ursula Feiner atmete schwer. »Und weshalb wollen Sie mit Lukas sprechen?«

»Er hat ihn bedroht«, erklärte die Kommissarin, ihre Gesprächspartnerin unmittelbar vor Augen. »Bedroht und sich dann auch noch verdächtig verhalten.« Sie sah, wie die Gesichtszüge der Frau erstarrten. Sie traut es ihm zu, überlegte sie, sie geht davon aus, dass er es war. Ihr eigener Sohn.

Erste Oktober-Hälfte

1.

Es war purer Zufall, dass er die Zeitung in die Hand genommen hatte. Normalerweise mutete er sich das nicht zu. Nichts als Politikergezänk, hohle Phrasen, wichtigtuerisches Gelaber. Lesen, das war reine Zeitverschwendung. Wenn ihn überhaupt etwas interessierte, war das Sport. Die Seiten im hinteren Teil.

Aber normalerweise nahm er nicht einmal die in die Hand. Bis die Ergebnisse in der Zeitung standen, waren sie schon veraltet. Lieber verfolgte er die Ereignisse im Fernsehen. Er hatte genügend Sender zur Verfügung. Da bekam er alles live mit. Den Kameras entging nichts. Sie übertrugen jeden Atemzug der beteiligten Sportler, ihren Einsatz, ihr Engagement, den Erfolg oder Misserfolg. Sieg oder Niederlage, alles. Lediglich die Stimmung, die Atmosphäre ging ihm dabei ab. Der gemeinsame Jubel, wenn der Favorit des Publikums in Führung ging. Das kollektive Raunen, wenn es zur Entscheidung kam. Das Heulen, Jammern und Schreien aus Tausenden von Kehlen, wenn die Rivalen davonzogen. In der Glotze kam das nicht so recht rüber. Allein mit sich, der Mattscheibe und einer Ladung Bier ging da stimmungsmäßig nur wenig ab. Zwar übertrugen die Lautsprecher auch das Geschrei der Zuschauer, zeigten für ausgewählte Augenblicke ihre schreckverzerrten Mienen oder siegestrunkenen Gesichter, doch zu Hause blieb er dennoch ein Stück weit außen vor, fühlte sich bei weitem nicht in dem Ausmaß ergriffen wie im weiten Rund des Stadions oder der Zuschauertribüne – mochte der Bildschirm auch noch so groß sein. Der Funke wollte einfach nicht überspringen.

Deshalb war auch die Glotze nur eine Notlösung – es sei denn, er lud Freunde ein. Im Kreis gemeinsamer Begeisterung ließ sich das Geschehen weit intensiver miterleben. Der Sieg des eigenen Idols etwa. Allerdings auch eine Niederlage. Kein Wunder, dass die dann in viel größerem Ausmaß an die Nieren ging.

In diesem Zusammenhang hatte er zu der Zeitung gegriffen. Irgendeiner aus der Runde musste das Blatt mitgebracht haben. Mittags, beim Aufräumen der Wohnung war es ihm in die Hand gefallen. Am Mittwoch, dem 3. Oktober. Nationalfeiertag. Arbeitsfrei. Eine wunderbare Gelegenheit, sich auch unter der Woche eine durchzechte Nacht zu gönnen.

Sie hatten den Feiertag genutzt, sich am Dienstag ab 20 Uhr bei ihm zu treffen. Platz war genug, der neue Flachbildschirm fast halb so groß wie die ganze Wand, Essen und Getränke ausreichend vorhanden. Jeder hatte angeschleppt, soviel er konnte. Der eine mehr, der andere weniger. Genug für ein fulminantes Zechgelage, wie sich am frühen Morgen gezeigt hatte. Einzig das Problem mit den Nachbarn, *dem einen* Nachbarn genauer. Wieder einmal hatte es nichts genützt, dem Mann gut zuzureden, obwohl sie sogar bereit gewesen waren, ihn einzuladen und mitfeiern zu lassen. Er hatte trotzdem mit dem Anruf bei der Polizei gedroht. Wegen Lärmbelästigung oder ähnlichem Larifari.

Erst als der dicke Roland persönlich zur Tür gewankt war und die Sache übernommen hatte, in schon leicht lallendem Ton zwar, aber doch recht eindrücklich, war der Mann einsichtig geworden. Der dicke Roland, bei dessen Anblick allein jeder Respekt bekam. *Die Bullen anrufen, das solltest du dir lieber zehn als nur drei Mal überlegen,* hatte der dicke Roland erwidert. *Die sind bald wieder fort, aber ich bin dann noch da.* So war dann also doch Stimmung aufgekommen, und sie hatten bis zum frühen Morgen durchfeiern können. Nationalfeiertag. Eine wirklich feine Sache.

Am Mittag dann, gegen 14 Uhr, war ihm die Zeitung in die Hände geraten. Die dicke Überschrift, das Foto, der erklärende Text. Er hatte ihn sofort erkannt, obwohl es sich nicht um das neueste Foto gehandelt haben konnte. *Student vor dem Elternhaus erschossen. Andreas S. in Reutlingen ermordet.*

Das Zittern hatte sich innerhalb weniger Sekunden über seinen ganzen Körper verbreitet. *Andreas S.* Das Foto verriet genug, um zu begreifen, um wen es sich handelte. Sattler. Ohne jeden Zweifel. Andreas Sattler. Vor seinem Elternhaus ermordet.

Er hatte mehrere Minuten gebraucht, sich so zu beruhigen, dass er sich imstande sah, den Text zu lesen. Vor Aufregung waren ihm dabei die Zeilen mehrfach durcheinander geraten. Vier oder fünf Mal hatte er sich so verhaspelt, dass er von vorne beginnen musste. Erst nach einer Viertelstunde etwa war ihm langsam aufgegangen, in welcher Weise Sattler ins Jenseits befördert worden war. Er spürte, wie sich seine Nackenhaare aufrichteten, als ihm der Sachverhalt vollends deutlich wurde. Der Täter hatte seinem Opfer vor dessen Tod Gesicht und Scham mit konzentrierter Salzsäure traktiert, den vor höllischen Schmerzen schreienden Mann dann mit zwei Schüssen aus nächster Nähe getötet. Ein einzigartig grauenvolles Verbrechen. Eine Bestie von Mensch, wer so etwas tat, wie die Zeitung schrieb. Salzsäure ins Gesicht und auf die Hose.

Er wusste sofort, wer dahintersteckte. Es gab keine andere Möglichkeit. Nicht der Hauch eines Zweifels, dass jemand anderes dafür infrage kam. *Salzsäure auf die Hose.* Er hatte es damals schon in diesen Augen gesehen. Den Augen, die fast zu Tode verletzt, dennoch nicht nur von Scham, sondern von Rache und Hass erfüllt waren. In denen selbst in jenem Moment nicht nur die Angst, sondern auch der Wille nach

Leben geglüht hatte. Nach Vergeltung, wie jetzt klar geworden war.

Was hatte er Sattler gewarnt, angebettelt, darauf aufmerksam gemacht, die Öffentlichkeit in den Folgemonaten zu meiden. Auf alles zu verzichten, was Aufsehen erregen, die Presse, das Fernsehen, überhaupt Journalisten neugierig machen könnte. Neun Monate hatte der Kerl stillgehalten, seiner Gier nach Ruhm, der Sucht nach Beifall widerstanden – dann war es geschehen. Er erinnerte sich noch genau des Momentes vor etwa zwei Monaten, als einer seiner Freunde, eine Zeitung in der Hand, die Wohnung gestürmt hatte. Ist das nicht Sattler, dein alter Kumpel, war er auf ihn zugekommen.

Er hatte das Bild betrachtet, ihn sofort erkannt. Sattler, wie er leibt und lebt, ein Schachbrett vor sich, voller Konzentration auf die Figuren gaffend. *Andreas Sattler Sieger beim Stuttgarter Schachturnier.*

Dieser Vollidiot, hatte er sofort gewusst. Dieser öffentlichkeitsgeile Hornochse. Dieses hirnrissige Rindvieh.

Wie viele Blätter seine Visage wohl präsentierten? In welcher Auflage seine Fresse verbreitet wurde? Hätte er auffälligere Spuren zu sich – und damit natürlich auch zu ihm – legen können?

Wer beachtet den Vollidioten schon, hatte er sich zu trösten versucht, wer schenkt seiner Visage Aufmerksamkeit? Gibt es Leute, die so dämlich sind, ihre Zeit – und seien es auch nur ein paar Sekunden – diesem Volltrottel zu widmen?

Es gab sie, wie er jetzt wusste und von Anfang an befürchtet hatte, es gab sie und genau die eine Person, die die Fotos nicht hätte sehen dürfen, auf keinen Fall, die hatte sie entdeckt. Wie und wo auch immer. Und das, was ihm von Anbeginn an klar war, war geschehen: Sie hatte sie nicht nur entdeckt, sondern auch die Konsequenzen gezogen. Die einzigen Konsequenzen, die in den nach Vergeltung lechzenden Augen zu erkennen gewesen waren. *Salzsäure ins Gesicht und auf die Hose.*

Es gab keine andere Möglichkeit. Sattler, der Vollidiot, hatte selbst den Anlass dafür geliefert. Die Fotos in den Zeitungen.

So musste es gewesen sein. So und nicht anders.

2.

Gegen 23 Uhr am Abend des 3. Oktober war es einer Streife der Schutzpolizei gelungen, den zur Fahndung ausgeschriebenen Lukas Feiner beim Betreten seiner Wohnung in Nürtingen festzunehmen. Der Mann hatte das Ansinnen der beiden Beamten überrascht zur Kenntnis genommen, sich jedoch ohne Gegenwehr abführen lassen.

Die Nachricht des erfolgreichen Zugriffs wurde Neundorf gegen 6.30 Uhr am nächsten Morgen durch einen Anruf des Kollegen Weisshaar zuteil. Die Kommissarin nahm die Information erleichtert zur Kenntnis, schälte sich müde aus dem Bett. Sie spürte die Anstrengungen des Feiertags, den sie zum großen Teil gemeinsam mit ihrem Sohn und ihrer Mutter im Altenheim in Großheppach verbracht hatte. Zwar war Johannes den gesamten Nachmittag nicht von der Seite seiner Großmutter gewichen, die ständigen Spitzen und Kabbeleien der von ihrem Schwächeanfall offenkundig wieder genesenen Frau hatten dennoch an ihren Nerven gezehrt.

»Du bist nur gekommen, weil Thomas heute arbeiten muss und du mit deiner Langeweile nichts anzufangen weißt. Sonst hättest du doch keine Zeit für die lahme Alte«, hatte sie sie empfangen.

Neundorf war freundlich geblieben, hatte die Zähne zusammengebissen, alle Provokationen an sich abprallen lassen. Der Feiertag, der eigentlich der physischen und vor allem der psychischen Regeneration hätte dienen sollen, war so zu kräfteverschlingenden Stunden voller Stress mutiert. Am Abend hatte sie sich ähnlich erschöpft gefühlt wie nach einem langen Arbeitstag.

Sie ließ ihren verhalten atmenden Partner im Schlafzimmer zurück, trat ins Zimmer ihres Sohnes, weckte ihn mit sanftem Streicheln, versuchte, ihren Kreislauf im Bad zu neuem Leben zu erwecken. Das Frühstück fiel einfach und bescheiden aus; eine kleine Schale Müsli für Johannes, zwei dünne Scheiben Vollkornbrot mit Käse für sich selbst. Sie überließ ihren Sohn der Obhut ihres aus dem Schlaf erwachten Lebensgefährten, verabschiedete sich von beiden, machte sich auf den Weg ins Amt. Zehn Minuten vor Acht war sie in ihrem Büro angelangt.

Der Packen Fotos mitten auf ihrem Schreibtisch holte sie jäh in die berufliche Wirklichkeit zurück. Andreas Sattlers Leiche in allen Variationen. Das von Säure verätzte Gesicht, die weit geöffneten Augen, der von den Einschüssen gezeichnete und von ausgetretenem Blut verklebte Oberkörper, der Säurefraß an der Kleidung. Von oben, von der Seite, mit und ohne Kleidung, in kompletter Ansicht, winzigen Ausschnitten, lebensechter Wiedergabe und mehrfacher, bis ins kleinste Detail reichender Vergrößerung. Neundorf musterte ein Bild nach dem anderen, sah sich unwillkürlich wieder mit den Fragen konfrontiert, die sie seit dem ersten Anblick des toten Körpers am vergangenen Samstagmorgen beschäftigten.

Wieso diese seltsame Hinrichtung? Weshalb die Säure? Warum ins Gesicht und auf die Hose?

Alles nur Zufall? Einzig und allein deshalb benutzt, weil der oder die Täter im Moment des Geschehens neben ihrer

Waffe auch Säure bei sich führten – aus welchem Grund auch immer?

Neundorf spürte selbst, wie unbefriedigend diese Theorie letztendlich war. Wer führte schon zufällig irgendwelche Säuren bei sich? Ein Apotheker, der Angestellte eines Labors, der Ingenieur einer Chemiefabrik?

Absurd, völlig absurd. Niemand lagerte dieserart gefährliche Materialien zufällig in seinem Handgepäck.

Blieb also nur eine Antwort.

Es war Absicht. Bewusst ausgeführt. Von Anfang an so geplant.

Aber warum? Mit welcher Intention?

Seit ihrem Gespräch mit der Staatsanwältin am Samstag Mittag war Neundorf sich bewusst, dass der Weg zum Täter aller Wahrscheinlichkeit nach nur über diese Frage aufzufinden war.

»Weshalb hat er oder haben sie das getan?«, hatte Thekla Kliss ungläubig gefragt, nachdem sie die Fotos des Toten ausführlich betrachtet hatte. »Wir haben es hier doch nicht mit einem normalen Tötungsdelikt zu tun?«

Was ist schon normal bei einem Mord, hatte es Neundorf auf der Zunge gelegen. Sie hatte sich die Replik erspart, war ihr die Frau bisher doch noch nie persönlich begegnet. Sie hatte weder privat noch beruflich mit ihr zu tun gehabt, außer verunglimpfenden Gerüchten noch nichts über sie gehört. Von *die Unfähigkeit in Person* über *Alibifrau der staatsanwaltlichen Männermafia* bis zur *Schlampe, die sich durch die richtigen Betten hoch geschlafen hat* waren mehrere Varianten übler Nachrede im Umlauf. Neundorf versuchte im Umgang mit der Beamtin möglichst sachlich zu bleiben, hatte ihren ersten Kontakt nicht als unangenehm empfunden. Mochte die Frau ihre Tücken haben – wer hatte die nicht? – besser als mit Koch, dem personifizierten Ekel zusammenarbeiten zu müssen, war es allemal.

»Sie sprechen die Säure an?«, hatte sie erwidert.

»Säure auf Kopf und Unterleib. Was steckt dahinter?«

Sie war ruhig geblieben, hatte es ihrer Gesprächspartnerin überlassen, eine Theorie zu präsentieren.

»Will uns der Täter ablenken?«

»Absichtlich auf falsche Spuren führen?«

»Weg von dem normalen Raubmord, mit dem wir es eigentlich zu tun haben.«

»Und wir ermitteln in eine völlig falsche Richtung.«

»Eine gute Chance für ihn, ungeschoren davonzukommen.«

»Das glauben Sie wirklich?« Die Skepsis in Neundorfs Miene war nicht zu übersehen gewesen.

Thekla Kliss hatte ihren Kopf geschüttelt. »Nicht wirklich, nein. Aber ganz ausschließen können wir es nicht.«

»Wir sollten die Theorie im Hinterkopf behalten. Aber dabei doch nicht vergessen, dass es wohl eher bewusst so durchgeführt wurde. Mit voller Absicht.«

»Weshalb? Was war das Ziel?«

»Das Ziel? Dem Opfer besondere Schmerzen zuzufügen.«

»Es nicht nur zu töten, sondern auch noch leiden zu sehen?«

»Aus welchem Grund auch immer.«

»Opfer und Täter standen also in Beziehung zueinander.«

»Das ist anzunehmen. In einer Beziehung, die aus den Fugen geraten war.«

»Oder schon immer von Auseinandersetzung oder Hass geprägt war.«

Neundorf hatte skeptisch aufgeschaut, der Frau aber insgeheim Recht gegeben. Das war genauso gut möglich, ja. Falls Täter und Opfer in einer Fehde miteinander standen, konnte es sich auch um eine alte, seit Jahren schwelende Sache handeln. Der Streit musste nicht zwangsläufig jüngeren Datums sein.

»Habe ich Sie aus der Fasson gebracht?«, hatte die Staatsanwältin gefragt.

»Ich habe keine fertige Antwort parat. Wir müssen alle Möglichkeiten durchspielen.«

»Aber zu Ihrem Hauptverdächtigen passt es nicht.«

»Lukas Feiner? Ich weiß zu wenig über ihn. Aber laut der Aussagen von Julia Gerber und auch der ihrer Mutter waren die beiden Freunde. Schachfreunde, um es genau zu sagen.«

»Und sie sind sich erst vor Kurzem in die Haare geraten.«

»Nach meinen Informationen, ja. Aber die fallen bisher noch recht bescheiden aus.«

»Schachfreunde. Leidenschaftliche Schachspieler«, hatte Thekla Kliss eingeworfen. »Diese Spezies Mensch verbinde ich nicht gerade mit Aggressionen, Gewalt und Mord.«

Natürlich war Neundorf längst der gleiche Gedanke durch den Kopf gegangen. Lukas Feiner und Andreas Sattler, zwei begeisterte Schachspieler. Waren das nicht eher vergeistigte, weltfremde Existenzen, den schnöden Verlockungen des Alltags längst entflohen, in jeder freien Minute mit mathematischen Berechnungen und taktischen Winkelzügen beschäftigt? Wesen mit überdurchschnittlich viel Gehirnmasse, weitgehend frei von trainierten Muskeln und zu Gewalt stimulierendem Testosteron? Und ausgerechnet zwei dieser Ausnahmeerscheinungen sollten wutentbrannt und von Mordlust getrieben aufeinander losgegangen sein?

Neundorf erinnerte sich noch gut an eine Schwärmerei ihrer frühen Jugend, die einem wenige Jahre älteren Mitschüler gegolten hatte. Thomas Häfner, ein sanfter, von seinem Faible für die Königin der Brettspiele beseelter junger

Mann, eine, wie ihr damals schien, von den üblichen pubertären Störungen seiner Geschlechtsgenossen absolut freie Person. Natürlich hatte sich nichts ergeben, war dem allein von seinem Schachspiel bewegten Idol das in heimlicher Zuneigung entflammte weibliche Wesen an seiner Seite wahrscheinlich nicht ein einziges Mal aufgefallen. Trotzdem hatte sie seine stille, zurückhaltende Art bewundert, mit der er nicht nur die dem vor- und nachmittäglichen Unterricht zwischengelagerten Spielrunden mit Mitschülern und Lehrern bestritt, sondern auch im ganz normalen Alltag durchs Leben zu gehen schien – jedenfalls in der subjektiven Wahrnehmung seiner jungen Verehrerin. Eine dieserart sozialisierte Person sollte zu einem kaltblütig vollzogenen Mord, zu einer bestialischen Attacke mit Säure und tödlichen Schüssen fähig gewesen sein?

Zwei Tage nach dem Gespräch mit der Staatsanwältin, am Montag Mittag, hatte Andreas Sattlers endlich aufgespürter und aus seinem Urlaub zurückgekehrter Vater seinen Teil dazu beigetragen, ihre Überlegungen zu bestätigen. »Andreas ist nicht ganz von dieser Welt«, hatte der vom Schicksal seines Sohnes sichtlich betroffene Mann erklärt, »seit Jahren steckt er seine ganze Freizeit in diese stupiden Figurenschiebereien. Er schwebt in anderen Sphären, nimmt die Realität nicht einmal mehr in den Pausen zwischen zwei Schachpartien wahr. Ich konnte seine Begeisterung noch nie nachvollziehen, für mich sind das nur Figuren ohne jede Bedeutung. Aber seit uns seine Mutter vor fünf Jahren verließ, hat Andreas in diesem Spiel eine neue Heimat gefunden.«

»Sie glauben, als Resultat des Verlusts seiner Mutter?«

»Ich kann mir seinen Fanatismus nur so erklären«, hatte Stefan Sattler erklärt, »wenige Wochen nachdem sie sich mit ihrem neuen Freund in die USA abgesetzt hatte, fing er damit an. Vielleicht hätte ich einen Psychologen um Rat fragen sollen, was dahinter steckt, als ich seinen fast abnormalen Eifer bemerkte. Andererseits, wenn ich ehrlich bin, war ich damals froh, dass der Junge einen neuen Lebensinhalt gefunden hatte. Melanie, meine ehemalige Frau, hatte für solche Spielereien nichts übrig. Zuhause am Bildschirm zu sitzen oder irgendetwas intensiv zu spielen, war für sie der absolute Horror. Sie wollte immer raus, unter Leute, sich zeigen, gesehen werden. Vor einem Schachcomputer hocken? Um Gottes willen! Vielleicht ist es seine Art, gegen seine Mutter und ihr Verhalten zu protestieren. So versuche ich mir seinen Fanatismus jedenfalls zu erklären.«

»Sie kennen Andreas' Freunde?«

»Seine Freunde? Na ja, mit Freunden hat er es ja nicht so wild, das ist der nächste Punkt bei diesem seltsamen Zeitvertreib. In jeder freien Stunde hockt er an seinem Laptop oder am Schachcomputer und spielt gegen den oder einen seiner Freunde, manchmal sogar gegen einen Unbekannten, was weiß ich. Zeitweise hockt er auch einfach dort und brütet über neuen Strategien. Dann ist er vollends weggetreten, wie in einem anderen Universum. Zum Glück hat er Julia, mit ihr ist er seit ein paar Monaten zusammen. Sie spielt Schach, natürlich, wie soll es auch anders sein, aber bei weitem nicht so besessen wie er. Eher aus Liebe zu ihm, wie mir scheint. Ja, und dann dieser Lukas aus Nürtingen, mit dem hat er ab und zu Kontakt, nicht nur übers Internet, wenn ich das richtig beobachte. Das war es dann aber auch schon, ich sag Ihnen doch, der hockt fast nur vor seinem Laptop oder dem Schachcomputer.«

»Wie gut ist Ihnen dieser Lukas bekannt?«

»Lukas? Was soll ich Ihnen sagen? Wenn ich ehrlich bin, so gut wie gar nicht. Außer einigen flüchtigen *Hallo* oder *Wie geht´s?* zwischen Tür und Angel überhaupt nicht. Ein unauffälliger Typ, würde ich mal sagen. Der hockt wahrscheinlich genau so oft und so lang vor seinem Computer wie Andreas.«

»Sie haben nichts von einem Streit zwischen den beiden bemerkt?«

»Streit?«, hatte Stefan Sattler geantwortet. »Glauben Sie, dazu sind zwei so blutarme Typen überhaupt fähig?«

Neundorf hatte dem Gespräch keine neuen Erkenntnisse entnehmen können. Nein, hatte der Mann abschließend betont, ihm sei niemand bekannt, mit dem sein Sohn im Clinch liege und die von der Kommissarin vorgetragene angebliche Bedrohung durch Lukas Feiner beruhe sicher auf einem Missverständnis. Wer als Täter noch dazu eines solch bestialischen Vorgehens infrage komme, sei ihm völlig unerklärlich.

Neundorf war am Montagnachmittag enttäuscht ins Amt zurückgekehrt, hatte Schöffler gebeten, sich den Laptop des Toten vorzunehmen und sich um den Inhalt seiner in den letzten Wochen ausgetauschten Mails sowie um die Identifizierung von deren Absendern oder Empfängern zu kümmern. Anschließend war sie bei Hutzenlaub vorstellig geworden, sich um die Herkunft der bei dem Mord verwendeten Säure zu kümmern. Gab es Hinweise auf einen Einbruch oder einen Diebstahl in einer Apotheke, einem Labor oder anderen Einrichtungen innerhalb der letzten Monate, in deren Folge Salzsäure abhanden gekommen war? Lagen anderweitige Berichte über ein bisher nicht geklärtes Verschwinden der gefährlichen Flüssigkeit vor?

Neundorf schob die Fotos von Sattlers Leiche zur Seite, sah Hutzenlaubs Bericht auf dem Schreibtisch liegen. Es handelte sich um einen Schriftsatz von insgesamt sechsundzwanzig Seiten, auf denen akribisch genau 123 Fälle eines belegten

Abhandenkommens kleinerer und größerer Mengen von Salzsäure innerhalb der letzten zwölf Monate irgendwo in Deutschland polizeilich protokolliert waren. Hundert-drei-und-zwanzig Fälle in einem einzigen Jahr, überlegte sie, nur in Deutschland. Müssen wir die alle auf einen möglichen Zusammenhang mit unserem Mordfall überprüfen?

Sie blätterte die Berichte durch, las den Vermerk wenige Zeilen unterhalb des Titels. *Hier führen wir nur die zur Anzeige gebrachten Delikte auf. Die Höhe der Dunkelziffer uns nicht zur Kenntnis gebrachter Fälle wird aufgrund der Erfahrungen der vergangenen Jahre auf mindestens denselben Level geschätzt.*

Sisyphos, überlegte Neundorf. Wenn uns das auf den Weg zum Täter bringen soll, dann werden wir uns über Wochen, wenn nicht sogar Monate hinweg mit jedem einzelnen dieser Fälle befassen dürfen. Apothekeneinbruch auf Apothekeneinbruch durcharbeiten und auf mögliche Querverbindungen zu Andreas Sattler hin untersuchen. Sie überflog die Berichte der zur Anzeige gebrachten Diebstähle, Überfälle und Einbrüche, bei denen nachweislich Salzsäure entwendet worden war, fühlte sich von der aufgeführten Materialmenge erschlagen. Nein, das konnte warten. Erst wenn sich alle anderen Versuche, den Täter aufzuspüren, als Fehlschlag erwiesen, würde sie sich dieser Mühe unterziehen. Vielleicht hatte sie Glück und war nicht mehr darauf angewiesen, weil ein anderer Weg schneller zum Ziel führte. Das Verhör Lukas Feiners etwa, das in einer halben Stunde auf sie wartete.

Sie schob den Schriftsatz zur Seite, hörte das Telefon läuten, nahm ab. Weisshaars Stimme am anderen Ende klang sachlich und nüchtern wie immer.

»Ich hoffe, ich störe nicht. Es gibt neue Informationen im Fall Sattler.«

Neundorf horchte auf. »Und? Wie sehen die aus?«

»Die Kollegen haben die Aussage einer Nachbarin. Eine Frau Baumhauer. Sie behauptet, am späten Freitagabend einen Mann vor Sattlers Anwesen beobachtet zu haben.«

»Am späten Freitagabend? Das war die Nacht, in der Andreas Sattler getötet wurde. Wieso meldet sie sich erst jetzt?«

»Weil sie erst gestern Abend zurückkam und heute Morgen von dem Mord erfuhr. Kurzurlaub über den Nationalfeiertag. Auf jeden Fall war sie am Freitag etwa eine halbe Stunde vor Mitternacht dabei, ihren Wagen zu starten, als sie das Auto vor Sattlers Haus anhalten und den Mann aussteigen sah. Sie erkannte sofort, dass es sich weder um den Vater noch den Sohn handelte, wunderte sich, wer da so spät noch unterwegs war. Ein alter VW-Käfer, wie sie erklärte. Sie wissen, wer diesen Fahrzeugtyp fährt?«

Neundorf brauchte nicht lange zu überlegen. Lukas Feiner, das hatten die Ermittlungen ergeben.

»Frau Baumhauer bedauert zwar, sich das Kennzeichen nicht gemerkt zu haben, dafür kann sie den Mann aber recht gut beschreiben. Sie sah ihn nämlich aussteigen und durch das Licht seiner beiden Scheinwerfer aufs Haus zu laufen.«

Sie wusste augenblicklich, wie wertvoll diese Beobachtung war. Eine Person in der Nacht im Licht von Autoscheinwerfern zu sehen, kam deren kurzzeitigem Aufenthalt in einem erleuchteten Schaufenster gleich. Wenn sie Glück hatten, handelte es sich hier um den entscheidenden Hinweis auf den Täter. Sie musste die Frau sofort sprechen.

»Sie haben die Nummer von Frau Baumhauer?«

Neundorf spürte Erregung in sich wachsen, als sie die Ziffern notierte.

3.

Zwei Monate etwa hatte es gedauert. Zwei Monate vom Anfang bis zum Ende.

Vor zwei Monaten etwa, an das genaue Datum konnte er sich nicht mehr erinnern, war die Visage Sattlers in der Zeitung zu sehen. *Andreas Sattler Sieger beim Stuttgarter Schachturnier.* Sattler, wie er leibte und lebte, ein Schachbrett vor sich, voller Konzentration auf die Figuren gaffend. Dazu der ausführliche Bericht über all die erfolgreichen Partien des Tages, vor allem seine überraschenden Siege über den Vorjahressieger Lukas Feiner und über den insgeheimen Favoriten des Turniers, einen russischen Großmeister. Zwei Monate nur und schon war es geschehen. Zwei Monate, die genügt hatten, Sattler aufzuspüren, sich über seine alltäglichen Gewohnheiten kundig zu machen und ihn zur Strecke zu bringen. Zwei Monate. Das Foto und der Bericht in der Zeitung, und zwei Monate später war er tot.

Und jetzt? Jetzt war er an der Reihe. Erst Sattler, dann er.

Gab es irgendeinen Zweifel?

Salzsäure ins Gesicht und auf die Hose.

Das passte. Genau das. Nein, es gab keinen Zweifel. Nicht den Hauch eines Zweifels. Jetzt war er an der Reihe. Erst der eine, dann der andere.

Er überlegte, wie lange es wohl dauern würde. Zwei Monate für Sattler, zwei Monate für ihn? Zwei Monate, um Sattlers Lebensgewohnheiten genau auszukundschaften und dann zuzuschlagen – genau dieselbe Zeit, um die Sache mit ihm zu erledigen?

Oder nicht einmal so lange, weil er selbst ebenfalls längst überwacht, seit Wochen verfolgt und auf seine Verhaltensweisen hin ausspioniert worden war?

Er spürte, wie es ihm kalt über den Rücken lief. Gänsehaut kroch ihm über die Schulterblätter, erreichte seine Oberarme, breitete sich dort aus. Wie, wenn es tatsächlich so war? Sattler aufspüren, sich in dessen Umgebung nach *ihm* erkundigen, beide gleichzeitig beobachten und dann auf die erste Gelegenheit warten, die sich ergab? Vielleicht war es nur Zufall, dass es Sattler zuerst erwischt hatte, vielleicht hatte sich bei *ihm* bisher noch keine so günstige Gelegenheit ergeben? Zufall, wirklich nur Zufall? Stand er die ganze Zeit schon unter Beobachtung, hatte bisher aber noch nicht die Situation geboten, während der es problemlos möglich war, ihn zu erledigen?

Er zitterte am ganzen Leib, hatte Mühe, seine Gedanken in Zaum zu halten. Was gab ihm die Gewissheit, dass es nicht bald schon so weit war, dass er sich täuschte, die Angst ihn völlig unbegründet in Panik geraten ließ? Stand der Killer vielleicht bereits vor seiner Tür, die Säure und die Pistole, die Mordwerkzeuge in den Händen?

Er spürte sein Herz rasen, den Angstschweiß aus den Achseln perlen. Nein, die Gewissheit, dass es nicht mehr weit auch zu *seinem* Finale war, die konnte ihm niemand geben, nicht ein einziger Mensch. Vielleicht ... !

Er stampfte mit dem Fuß auf den Boden, versuchte, einen klaren Gedanken zu fassen. Vielleicht, vielleicht, vielleicht! Das half jetzt nicht weiter, nicht einen Schritt. Er musste sich zusammenreißen, um nicht die Übersicht zu verlieren, das war die einzige Chance, der Bestie nicht ebenfalls zum Opfer zu fallen. Klaren Kopf bewahren, genau überlegen, was von jetzt an zu tun war, wie er sich auf die Attacke vorbereiten oder ihr aus dem Weg gehen, sie vermeiden, vielleicht sogar den Spieß umdrehen und den Killer jagen, ihn angreifen könne, das war die Aufgabe der Stunde. *Er* allein wusste, um wen es sich handelte, *er* allein kannte die Identität des Mörders. Oder hatte ihn die Polizei bereits erwischt?

Er atmete tief durch, spürte, wie seine Erregung langsam nachließ, nahm sich den Bericht der Zeitung noch einmal vor. In der Nacht von Freitag auf Samstag war Sattler ermordet worden, vor fast einer Woche also. Vielleicht hatten sie die Bestie längst gefasst? Das war der Nachteil, wenn man keine Zeitungen las, die Nachrichten nicht verfolgte, dem aktuellen Geschehen keinen Wert beimaß.

Er lief zum Telefon, erfragte bei der Auskunft die Nummer der *Stuttgarter Zeitung*, erkundigte sich dort nach dem Stand der polizeilichen Ermittlungen.

»Weshalb interessiert Sie das?«, fragte der Redakteur.

»Mein Sohn soll einen Aufsatz schreiben über ein aktuelles Geschehen. Da kamen wir auf die Idee.«

Der Mann am anderen Ende gab sich zufrieden, erklärte, dass seines Wissens zwar nach einem Tatverdächtigen gefahndet werde, der Fall aber noch nicht abschließend geklärt sei.

»Und wie heißt dieser Tatverdächtige?«, fragte er mit unverhohlener Neugierde.

»Feiner«, antwortete der Journalist, »Lukas Feiner.«

Er konnte sich nicht mehr halten, fing lauthals an zu lachen, reagierte auf die erstaunte Frage des Mannes am Telefon, indem er den Hörer auf die Gabel warf. Feiner, tobte es in ihm, ausgerechnet Feiner. Die begriffen wohl überhaupt nichts. Konnte man wirklich so dämlich sein, zu glauben, dieses harmlose Jungmännchen sei fähig, einem anderen Gewalt anzutun? Halleluja, welche Stümper versahen denn da den Dienst bei der Polizei, bar jeder Menschenkenntnis, ein weitgehend aggressionsfreies Wesen wie Feiner eines Mordes zu bezichtigen? Boten die wirklich ihre gesamte Maschinerie auf, nach diesem Hasenfuß zu fahnden?

Er hatte Mühe, sich zu beruhigen, lachte in einem fort, befreite sich Minute um Minute mehr und mehr von dem ganzen Berg an Angst und Sorgen, die auf ihm lasteten. Nein, Feiner hatte mit der Sache nichts zu tun, das war absolut sicher. Der war vollkommen harmlos im Vergleich zu der Bestie, die wirklich dahinter steckte.

Die wichtigste Frage, die jetzt zu beantworten war, lautete deshalb: Was konnte *er* tun, dem Angriff auszuweichen? Sich in Acht nehmen, sich vorsichtig bewegen, jeden seiner Schritte genau überlegen, in jeder Sekunde auf die Attacke gefasst sein?

Er brauchte nicht lange nachdenken, um zu begreifen, wie das enden würde: Entweder wie Sattler oder in einer geschlossenen Anstalt der Psychiatrie. Tag und Nacht damit rechnen zu müssen, überfallen, mit Säure attackiert, von Pistolenkugeln zersiebt zu werden – wie sollte er diese Ungewissheit überstehen, die unaufhörliche Bedrohung aushalten? Kein Mensch konnte eine solche Situation bewältigen, kein lebendes Wesen diese psychische Anspannung ohne bleibenden Schaden ertragen. Nein, das war keine Lösung, nicht im Entferntesten der Weg, der ihn vor der Bestie in Sicherheit bringen würde. Wenn er sein Leben retten, dem Schicksal Sattlers entgehen wollte, gab es nur eine Chance: Er musste abtauchen, aus seiner gewohnten Umgebung verschwinden, alles aufgeben, was ihm bisher vertraut gewesen war: Jetzt, ohne jedes Zögern, sofort.

Es dauerte ein paar Minuten, bis er sich der Tragweite dieser Überlegung klar wurde. Raus aus der Wohnung, Schluss mit dem Job, abruptes Kappen aller Beziehungen – jedenfalls fürs Erste, die nächsten Wochen oder Monate.

Gab es wirklich keine Alternative?

Er trat vom Telefon weg, kam an der schmalen Anrichte vorbei, sah den Zeitungsartikel. *Student vor dem Elternhaus erschossen. Andreas S. in Reutlingen ermordet.*

Nein, es gab keine Alternative. Er musste weg. Jetzt, ohne jedes Zögern, sofort. Jede Minute konnte zu spät sein. Wenn er Pech hatte, war die Bestie bereits unterwegs auf dem Weg zu ihm.

In dem Moment, in dem er seine einzige Zukunftsperspektive endlich begriffen hatte, läutete es an seiner Tür.

4.

Gab es noch den geringsten Zweifel? War die Sache nicht vollkommen klar?

Neundorf hatte gut daran getan, sich sofort nach Weisshaars Anruf persönlich mit Iris Baumhauer in Reutlingen in Verbindung zu setzen und die Frau um eine möglichst genaue Beschreibung des am vergangenen Freitag zu später Stunde vor dem Anwesen der Sattlers beobachteten Mannes zu bitten. Mitte Zwanzig, kurze dunkle Haare, breite Koteletten und ein schmaler Kinnbart, von eher kleiner Körpergröße und schlanker Figur – die kurze Aufzählung reichte, Neundorfs Gedanken sofort in die Richtung der Person zu lenken, die vor wenigen Stunden in Nürtingen festgenommen und deren Aussehen ihr bei ihrer Nachfrage von den Kollegen der Schutzpolizei kurz und knapp als *kleiner dünner Koteletten-Spitzbart* übermittelt worden war.

»Wären Sie zu einer Gegenüberstellung bereit, eventuell heute Mittag noch?«, hatte sie ihre Gesprächspartnerin gefragt.

Iris Baumhauer war nach kurzem Zögern auf ihren Wunsch eingegangen, hatte ihren Besuch im LKA für 16 Uhr angekündigt. Dermaßen ermutigt, hatte Neundorf keinen Grund gesehen, das Verhör Lukas Feiners nicht offensiv zu beginnen. Thekla Kliss, die neben ihr Platz genommen hatte, war unruhig auf ihrem Stuhl hin und her gerückt, als sie die eröffnenden Worte der Kommissarin vernommen hatte.

»Wir können uns dieses Gespräch eigentlich sparen, weil wir sowieso alles wissen. Ich fasse mich deshalb kurz: Sie, Lukas Feiner, sind in der Nacht vom vergangenen Freitag auf Samstag, den 29. September, nach Reutlingen zu den Sattlers gefahren, haben eine halbe Stunde vor Mitternacht mit ihrem VW-Käfer vor deren Anwesen angehalten, sind ausgestiegen und haben dann Ihren Freund Andreas Sattler vor dem Haus seiner Eltern mit Säure attackiert und getötet. Sie hatten Streit miteinander, waren in großer Wut und konnten sich nicht länger beherrschen. Sie sollten erst gar nicht versuchen, das abzustreiten. Wir haben nämlich Zeugen, die Sie dabei beobachtet haben.«

Die kleine, schmächtige, ohnehin schon zerbrechlich wirkende Gestalt des jungen Mannes war in sich zusammengefallen, hatte kaum die Kraft gefunden, den aggressiven Sätzen der Beamtin entgegen zu halten.

»Es dreht sich nur noch um die Unterschrift unter Ihr Geständnis«, hatte Neundorf ohne Pause hinzugefügt, den Druck auf den Beschuldigten bewusst verstärkend. »Hier sind der Stift und das Papier. Ersparen Sie sich und uns jeden weiteren unnützen Palaver. Wir wissen ...« Sie hatte sich über den Tisch gebeugt und ihm ein leeres Blatt und einen Kugelschreiber zugeschoben, den Mann dabei scharf musternd.

Feiners Reaktion war mitten in ihrer provozierenden Aktion erfolgt. Er hatte nicht länger an sich halten können, war ihr mitten ins Wort gefallen. »Er, er war, war schon tot«, hatte er gestottert, »Andreas war, war tot, als ich, ich kam.« Seine bleiche, ausgezehrt wirkende Miene war hellrot angelaufen, hatte einem verzweifelt um Verständnis heischenden Ausdruck Platz gemacht.

Neundorf war ruhig geblieben, hatte völlige Teilnahmslosigkeit vorgetäuscht.

»Sie, Sie müssen mir glauben, glauben«, hatte Feiner hinzugefügt. »Ich, ich habe außen, außen geläutet, die Gartentür, Gartentür aufgedrückt. Und als ich, ich um die Ecke, Ecke komme, ist alles, alles hell erleuchtet und Andreas, Andreas liegt vor mir auf, auf dem Boden.«

»Wo haben Sie die Pistole her?«, hatte Neundorf ungerührt erwidert.

»Sie, Sie müssen mir glauben, glauben. Ich kann so, so eine Pistole, Pistole gar nicht verwenden, das ist, ist nichts für mich. Ich, ich weiß überhaupt nicht, wie, wie ich mit so, so was umgehen soll. Andreas, Andreas war tot. Ich, ich bin um die Ecke, Ecke gelaufen und Andreas, Andreas liegt vor mir.«

Sie hatten den Mann zweieinhalb Stunden vernommen, seine Behauptung, er habe Andreas Sattler tot vor dem Haus aufgefunden, wieder und wieder zurückgewiesen und als billige Ausrede gebrandmarkt, ihn trotz unaufhörlicher Beschwörungen, endlich die Wahrheit zu sagen, nicht einen Millimeter von seiner Aussage abgebracht.

»Sie sind voller Wut nach Reutlingen gefahren, wollten bei Sattler das Geld für ihren verunglückten Wagen eintreiben. Der weigerte sich aber und stellte sich taub. Wahrscheinlich verhöhnte er sie sogar noch. Sie gerieten jedenfalls völlig außer sich, zogen die Pistole und töteten ihn. Und dann flohen Sie voller Panik und versteckten sich irgendwo im Ausland.«

»Ich, ich bin nicht geflohen. Wir, wir spielen Schach, Andreas und ich. Wir, wir wollten zu einem Turnier nach Luxemburg. Von, von Samstag bis Dienstag. Vier Tage, wegen dem 3. Oktober. Aber, aber dann bekamen wir Streit und Andreas, Andreas wollte nicht mehr mit. Ich, ich sollte ihn in Frankfurt abholen zu dem Turnier, das hatten wir so ausgemacht. Aber dann rief, rief er mich an, dass er nach Reutlingen gefahren sei und nicht mitkomme. Deshalb, deshalb bin ich so spät noch nach Reutlingen. Ich wollte ihn überreden, mitzufahren. Und dann liegt er plötzlich tot vor mir.«

»Weil Sie ihn erschossen haben.«

»Ich, ich kann nicht schießen, das, das habe ich vorhin schon gesagt. Andreas und ich sind Freunde. Wir, wir spielen Schach.«

»Aber Sie hatten großen Streit. Ihr angeblicher Freund baute einen Unfall mit Ihrem Wagen und war nicht bereit, dafür aufzukommen. Deshalb haben Sie ihn bedroht. Wir haben Zeugen dafür.«

Feiner hatte nur den Kopf geschüttelt, war ohne jede Überlegung auf Neundorfs Behauptung eingegangen. »Streit, Streit ist nicht das richtige Wort. Ich war sauer, letzte Woche, ja, weil Andreas so spät aus Frankfurt gekommen ist. Freitagabend ist er da, hat er mir versprochen, aber dann wurde es Samstagmorgen. Und ich wartete die ganze Zeit, weil wir bei dem Turnier in Baden-Baden angemeldet waren. Wir sind gefahren wie die Verrückten, am Schluss sogar noch eine Abkürzung, aber die war falsch. Um wieder auf die richtige Straße zu kommen, nahmen wir einen Feldweg. Das war idiotisch, aber wir waren so dumm. Dabei blieben wir liegen. Irgendein Schlagloch am Rand. Wir waren angemeldet und sind zu spät gekommen, deshalb bin ich in der Punktewertung zurückgefallen. Deswegen, deswegen war ich sauer. Das ärgert mich sehr. Schach bedeutet mir viel, sehr viel.«

»So viel jedenfalls, dass es ausreichte, Sie so in Wut und Rage zu versetzen, dass Sie nach Reutlingen fuhren und

Ihren Freund töteten. Genau davon sprechen wir die ganze Zeit.«

Sie hatten die Vernehmung kurz vor 16 Uhr beendet, den Mann dann gemeinsam mit vier etwa gleichaltrigen Beamten des LKA Iris Baumhauer hinter einer breiten Glasscheibe präsentiert, die ihn ohne jedes Zögern innerhalb weniger Sekunden identifiziert hatte. Doch so erfolgreich die Arbeit dieses Tages vordergründig auch schien, entscheidend weitergebracht hatten sie die Ermittlungen nicht: Lukas Feiner war nicht bereit, über seine Aussagen hinauszugehen. Er hatte seinem Freund in jener Nacht einen kurzen Besuch abstatten wollen, um ihn doch noch zur Teilnahme an dem Turnier in Luxemburg zu bewegen, hatte ihn aber tot vor seinem hell erleuchteten Hauseingang gefunden. Wie er danach nach Nürtingen in seine Wohnung gekommen war, lag außerhalb seines Erinnerungsvermögens; er war voller Panik von Sattlers Leiche geflohen und in derselben Nacht noch nach Luxemburg gefahren, um sich dort wie vorgesehen an dem Turnier zu beteiligen. Mit wenig Erfolg, wie er zugeben musste.

»Oder, oder glauben Sie, Andreas, Andreas wäre mir aus dem Kopf gegangen, so wie er da vor seiner Haustür auf dem Boden lag? Bei, bei jedem Zug musste ich zuerst an ihn denken, deshalb habe ich acht, acht von elf Partien verloren. So schlecht war ich noch nie.«

Weil er seinen Freund getötet hatte?

Neundorf war sich nicht sicher, inwieweit sie seinen Aussagen Glauben schenken sollte. So wenig überzeugend seine Behauptung auch klang, Andreas Sattler habe bereits tot vor dem Haus gelegen, als er kurz vor Mitternacht dort aufgetaucht war, eine Replik des Mannes hatte sie laut aufhorchen lassen und war ihr auch jetzt, nach dem Ende des Verhörs, noch deutlich präsent.

»Wer soll es denn gewesen sein, wenn Sie es angeblich nicht waren?«, hatte sie ihn bedrängt.

Feiner war – zum einzigen Mal an diesem gesamten Nachmittag, wie sie sehr genau erinnerte – in einen kurzen Anfall heftiger Aggression verfallen, hatte ihr seine Antwort ganz im Gegensatz zu seinen übrigen Worten voller Emotionen, ja sogar Wut und Zorn entgegengeschleudert – Gefühle, die sie dem Mann zumindest in diesem Ausmaß nicht im Entferntesten zugetraut hätte.

»Ja, wissen Sie denn nichts von seinem Streit mit diesem Falk?«, hatte er zwar nicht gebrüllt, aber in für ihn ungewohnter Lautstärke und Vehemenz von sich gegeben.

»Was für ein Falk?«

»Holdenried. Sie waren befreundet, bis Andreas ihm Julia wegschnappte. Julia, Holdenrieds Braut. Die waren schon so gut wie verheiratet. Und dann schnappte Andreas sie ihm weg. Der hat mehrfach gedroht, ihn umzulegen, wissen Sie nichts davon?«

»Wann soll das gewesen sein?«

»Was weiß ich? Vor einem halben Jahr, vielleicht auch schon etwas länger.«

»Wir werden das nachprüfen«, hatte Neundorf erklärt, Feiners Antworten dadurch augenblicklich die Schärfe genommen.

War das nur ein billiges Ablenkungsmanöver oder beruhte dieser Hinweis auf einem realen Hintergrund?

»Ich muss den angeblichen Drohungen dieses Holdenried und der Sache mit Sattlers Freundin auf jeden Fall nachgehen«, war sie sich ihrer Aufgabe im Gespräch mit der Staatsanwältin bewusst, »wenn Feiners Aussage auch nur einen Kern von Wahrheit enthält, hätten wir ein weiteres Motiv.«

»Tun Sie das«, zeigte sich Thekla Kliss einverstanden. »Wir werden den Mann vorerst in Untersuchungshaft behalten. Der Richter unterschreibt mir das sofort, auch wenn ich ihm kein Geständnis bieten kann. Die Tatsache, dass Feiner ohne jede Gegenwehr einräumte, seinen Freund in der Tatnacht aufgesucht zu haben, befreit ihn schließlich nicht automatisch von jeder Schuld. Vorerst bleibt er unser Hauptverdächtiger, auch wenn ich gewisse Zweifel nicht abstreiten kann.«

5.

Den von Lukas Feiner erwähnten Falk Holdenried aufzuspüren, erforderte weit mehr Aufwand als Neundorf erwartet hatte. Fast den gesamten Freitag war sie damit beschäftigt, den Mann zu finden.

»Sehe ich das richtig: Sie waren ursprünglich mit Falk Holdenried befreundet«, hatte sie am Vormittag Julia Gerber gefragt, nachdem sie sie nach mehreren Versuchen endlich an ihrem Arbeitsplatz im Steinenberg-Klinikum in Reutlingen telefonisch erreicht hatte. »Dann lernten Sie Andreas Sattler kennen und verließen Ihren früheren Freund.«

»Wieso interessiert Sie das?«

»Wieso? Weil ich die Antwort auf folgende Frage benötige: Ist es möglich, dass Falk Holdenried auf Andreas Sattler äußerst schlecht zu sprechen ist, weil er ihm vorwirft, dass er ihm seine Freundin ausgespannt hat?«

»Wollen Sie damit etwa andeuten, dass Falk ...«

»Jetzt antworten Sie doch bitte auf meine Frage.«

Die junge Frau hatte lange mit ihrer Erklärung gezögert. »Also, was soll ich dazu sagen ...«

»Ja oder nein.« Der Ärger in Neundorfs Stimme war nicht länger zu überhören gewesen.

»Also, wenn Sie das so meinen: Ja, das ist möglich.« Sie hatte einen Moment geschwiegen, dann eine kurze Ergänzung hinzugefügt. »Jedenfalls aus der Sicht von Falk. Aber aus seiner Sicht ist alles möglich.«

»Wie soll ich das verstehen?«

Julia Gerber hatte eine Weile gebraucht, sich zu einer offenen Antwort durchzuringen. »Also, Falk, er ist, wie soll ich es formulieren, sagen wir so, ein schwieriger Mensch. Er fühlt sich von jedem und allem verfolgt und belästigt.«

»In welcher Form äußert sich das?«

»Wie sich das äußert? In allem. Manchmal war es nicht einfach mit ihm.«

Neundorf hatte sich die umständlichen Formulierungen mit immer größerer Ungeduld angehört, hatte versucht, die verklausulierte Botschaft zwischen den Zeilen zu entziffern. »Holdenried ist ein launischer Typ, verstehe ich das richtig? Er ist oft rücksichtslos, kommt nicht besonders gut mit anderen aus, wird auch gewalttätig. Korrekt?«

Am anderen Ende war es ruhig geblieben.

»Sind meine Schlussfolgerungen korrekt?«, hatte Neundorf wiederholt. Zu oft schon war sie mit Frauen, die Ähnliches erlebt hatten, zusammengetroffen, zu oft schon hatte sie sich die beschönigenden, eine heile Welt vortäuschenden Erzählungen aus vorwiegend weiblichem Mund angehört, als dass sie sich davon noch länger in die Irre führen ließ.

Mehr als ein zögerndes: »So kann man das vielleicht sagen«, war nicht erfolgt.

»Ab und an ist er gewalttätig. Je nach Laune. Hat er auch Sie geschlagen?«

»Darüber will ich nicht sprechen.«

»Er hat also auch Sie geschlagen, seine eigene Freundin«, hatte Neundorf erklärt. »Wie oft mussten Sie lange Kleidung tragen und eine Sonnenbrille aufsetzen, um es zu verbergen?« Sie kannte Typen dieser Art und die von ihnen abhängigen Frauen zur Genüge, wusste nur allzu gut, wie das Ganze ablief. »Zwei, drei Mal in der Woche?«, hatte sie hinzugefügt, als keine Antwort gekommen war.

»Nein, was denken Sie denn, doch nicht so oft.« Julia Gerbers Stimme war nur noch ein Hauch ihrer selbst gewesen.

»Gut, also meist nur am Wochenende, wenn er trank. Holdenried säuft, richtig?«

»Nur wenn ich nicht bei ihm war.«

»Und er hat Sie bedroht, als Sie sich von ihm trennen wollten.«

In der Leitung hatte es mehrfach gerauscht und geknackt, bis endlich eine Antwort erfolgt war. »Nur, wenn er getrunken hatte.«

»Womit hat er Sie bedroht? Dass er Sie umbringt, tot schlägt, mit seinen eigenen Händen erwürgt?«

»Nur, wenn er viel getrunken hatte.«

»Und dass er sich Andreas Sattler vorknöpft und ihn abschlachtet wie ein Schwein, höchst persönlich. Korrekt?«

»Mit Andreas war ich erst später zusammen.«

»Aber Holdenried sah in ihm den Schuldigen für die Trennung.«

»Ja.«

»Hat er Sattler aufgelauert?«

Julia Gerber hatte keine Antwort gegeben.

»Oder Ihnen beiden, als Sie zusammen unterwegs waren. Richtig, ja?« Sie kannte das Verhalten dieser Hirnlosen, auf ihre vermeintliche Ehre und ihren Unterleib reduzierten Testosteron-Krüppel zur Genüge. Fünfundzwanzig Jahre

Polizeialltag hatten ihr die gründlichste Charakteranalyse dessen, was sich als *männlich* gerierte, geliefert. Gründlicher ging es nicht mehr.

»Als wir abends ins Kino wollten, ja.«

»Wie schwer wurde Andreas Sattler verletzt?«

»Er zerriss ihm seine Jacke.«

»Sonst nichts?«

»Andreas hatte Glück. Er konnte abhauen.«

»Dafür hat Holdenried dann Sie verprügelt.«

Julia Gerbers Protest war zu schwach ausgefallen, um Neundorf ernsthaft beeindrucken zu können. Die junge Frau war mit interessanten Partnern gesegnet, hatte sie überlegt. Der eine hatte sie mehr oder weniger regelmäßig geschlagen, der andere seine Freundin an seiner Stelle verprügeln lassen. Was um alles in der Welt waren Frauen noch bereit, sich von Männern antun zu lassen, hatte sie sich zum vielleicht zehntausendsten Mal gefragt. Weshalb nur ließen sich so viele weibliche Wesen zum Spielball ausgearteter männlicher Gewalt abrichten?

Sie war in Gefahr gewesen, mit ihren Gedanken abzudriften, hatte sich dann aber doch auf die Überlegung konzentriert, die sich im Verlauf des Gesprächs immer deutlicher auskristallisiert hatte: War Falk Holdenried der Mörder des Mannes, der ihm – zumindest seiner kranken Auffassung nach – seine Partnerin ausgespannt hatte?

Es gab nur eine Möglichkeit, eine korrekte Antwort zu finden: Sie musste sich den Mann persönlich vornehmen, ihn auf Herz und Nieren überprüfen. »Wo finde ich Holdenried?«, hatte sie deshalb gefragt.

Die junge Frau hatte ihr die Adresse und die Telefonnummer ihres ehemaligen Freundes gegeben, sie zudem über seine familiären und beruflichen Verhältnisse aufgeklärt, soweit sie ihr bekannt waren. Holdenried lebte ihrer Aussage nach in einer kleinen Zwei-Zimmer-Wohnung in Neckarsulm und betrieb zusammen mit einem Freund eine Werkstatt für Kraftfahrzeug-Reparaturen in Heilbronn.

»In Neckarsulm?«, hatte Neundorf überrascht gefragt, »das liegt aber nicht gerade in nächster Nähe von Reutlingen.«

»Sie haben nebenbei noch einen kleinen Kurierdienst. Dadurch kam er öfter hierher. Er hatte einen Unfall mit seinem Lieferwagen und musste sich bei uns in der Klinik behandeln lassen. So lernten wir uns kennen.«

»Wie lange waren Sie zusammen?«

»Zwei Jahre. Nicht ganz.«

»Wann haben Sie sich getrennt?«

»Vor acht Monaten.«

»Und seither waren Sie mit Andreas Sattler befreundet.«

Julia Gerber hatte mit ihrer Antwort gezögert, dann ein kaum vernehmbares »Ja» hören lassen.

»Und Holdenried? Er hat eine neue Partnerin?«

»Ich weiß es nicht. Wir haben keinen Kontakt mehr.«

Sie hatte sich den Namen und die Anschrift seiner Werkstatt und seines Geschäftspartners in Heilbronn notiert, abschließend noch nach seiner Freizeitbeschäftigung gefragt. »Holdenried ist ebenfalls begeisterter Schachspieler?«

Ihre Worte hatten die Stimmung der jungen Frau unüberhörbar verändert. Sie hatte laut aufgelacht, das einzige Mal während ihres Telefongesprächs. »Falk und Schach? Oh nein, wirklich! Das passt hinten und vorne nicht. Bei Falk muss die Post abgehen, verstehen Sie, Schach wäre ihm viel zu langweilig. Er steht total auf Sport und Action. Autorennen, Rallyes, Fußball, das sind seine Hobbys.«

»Er fährt oder spielt selbst?«

»Nein, was denken Sie denn! Aber es vergeht kaum ein Wochenende, an dem er nicht als Zuschauer unterwegs ist. Irgendwo, bei einem Rennen oder wenigstens vor dem Fernsehen, zusammen mit Freunden.«

Neundorf hatte sich für die Informationen bedankt, die junge Frau gebeten, in nächster Zeit nicht ohne vorherige Rücksprache mit ihr Verbindung zu Holdenried aufzunehmen, sich kurz darauf auf den Weg nach Heilbronn gemacht. Falls der Mann in irgendeiner Weise mit dem Verbrechen zu tun hatte, gar selbst der Täter war, wollte sie ihn nicht durch einen Anruf vorwarnen.

Kurz vor 12 Uhr hatte sie den Betrieb im Heilbronner Gewerbegebiet erreicht. Ein auffälliges gelbes Kunststoffband quer über einem mannshohen Maschendrahtzaun kündete in dicken roten Lettern von der *KFZ-Reparatur Gaiser und Holdenried*. Das Gelände hinter dem Zaun glich einem ungepflegten Autofriedhof: Fahrzeuge in den verschiedensten Modellen und Farben, deren einziges gemeinsames Merkmal die Tatsache schien, dass sie schon vor vielen Jahren außer Betrieb genommen worden waren, rosteten in enger Nachbarschaft vor sich hin.

Neundorf ging durch den breiten Eingang an einem niedrigen Flachdachbau vorbei zu einer großen, mit Maschinen aller Art bestückten Halle, sah einen Mann vor dem Fahrgestell eines Transporters knien. Der Beschreibung nach, die sie von Julia Gerber erhalten hatte, konnte es sich nicht um deren ehemaligen Freund handeln, dazu war der Mann viel zu lang und zu dünn, seine Glatze zudem viel zu weit fortgeschritten. Er steckte von Kopf bis Fuß in mit Ölschlieren und anderen Flecken beschmutzter Arbeitskleidung, starrte misstrauisch zu ihr auf, als er ihre Schritte hörte.

»Guten Tag, ich suche Herrn Holdenried.«

»Falk? Den suchen Sie vergeblich.«

»Wieso? Ist das nicht sein Betrieb?«

Der Mann richtete sich mühsam auf, wies auf das gelbe Kunststoffband über dem Maschendrahtzaun. Er griff sich an den Rücken, streckte sich durch. »Seiner und meiner«, erklärte er dann, »halb und halb.«

»Das ist schön für Sie. Und wo finde ich Ihren Partner?«

»Warum wollen Sie unbedingt zu ihm? Haben Sie Probleme mit Ihrem Wagen? Ich bin genauso fit wie er.«

»Das glaube ich Ihnen gern. Trotzdem möchte ich zu Herrn Holdenried. Privat.«

»Privat.« Ihr Gesprächspartner pfiff laut durch die Zähne. »Ja, dann sind Sie hier wirklich an der falschen Stelle.«

»Er ist nicht da?«

»Urlaub. Der Herr hat mich mal wieder versetzt.«

»Versetzt? Wieso?«

Er streckte die Arme von sich, wies auf die Umgebung. »Das müssen Sie ihn selbst fragen. Arbeit ist genug da.« Er deutete auf die zwei Personenwagen und den Transporter, deren Karosserien mehrere Dellen aufwiesen. »Irgendeine Rallye wahrscheinlich wieder. Aber das fiel ihm erst gestern Abend ein.«

»Kommt es öfter vor, dass er sich so kurzfristig entschuldigt?«

Der Mann fuhr sich über seine Glatze, suchte nach dem Rest seiner Haare, strich sie über die Ohren, musterte seine Besucherin dann mit einem misstrauischen Blick. »Warum wollen Sie das so genau wissen?«

Neundorf zog ihren Ausweis aus der Tasche, hielt ihn ihm entgegen. »Deswegen.«

»Ach, du grüne Scheiße. Er war wieder besoffen. Davon hat er mir nichts erzählt.«

»Er wird gewusst haben, warum.« Sie steckte die Kennkarte zurück, blickte sich auf dem Gelände um. Nichts, was sie nicht zuvor schon vom Eingang aus gesehen hatte. Vor sich hin rostende alte Karossen, verschiedene Maschinen, zwei kleine geschlossene Garagen unmittelbar neben der Halle. Es schien keine weiteren Beschäftigten zu geben.

»Wie viel Promille?«, fragte der Mann.

»Genug«, erwiderte Neundorf. Sie hatte keine Lust, lange um den heißen Brei zu reden, versuchte, zur Sache zu kommen. »Ist es außergewöhnlich, dass Holdenried Sie alleine arbeiten lässt?«

Ihr Gesprächspartner nickte mit dem Kopf. »Also, wir sind eine ordentliche Firma. Da muss man sich aufeinander verlassen können. Unbedingt.«

»Aber dass er zu einer Rallye fährt übers Wochenende, das kommt vor?«

»Ja. Auch dass er mal ne Runde trinkt, mit Freunden oder so. Aber nur nach vorheriger Absprache, so komisch das jetzt klingt. Dass er mich so kurzfristig sitzen lässt wie heute, ist neu.«

Neundorf horchte auf, überlegte. »Und das wissen Sie seit gestern Abend.«

»Kurz vor Elf, als ich mit meiner Frau nach Hause kam. Ich hörte den Anrufbeantworter ab, da war seine Mitteilung drauf. Er könne die nächsten Tage nicht kommen, ich solle mir keine Gedanken machen.«

»Die nächsten Tage?«

»Ja. Ich denke: heute, Freitag und morgen, Samstag. Am Montag wird er wieder da sein.«

»Wie begründete er sein Fernbleiben?«

»Was weiß ich? Mehr war nicht auf dem Band. Ich rief noch bei ihm an, aber er nahm nicht ab. Wahrscheinlich ist er schon abgedampft zu einem Rennen.«

»Aber er hat vorher nichts davon erwähnt.«

»Null. Deswegen wundert es mich ja so.«

»Herr Holdenried ist nicht verheiratet?«

Gaiser schüttelte den Kopf.

»Hat er eine Freundin?« Sie wusste nicht, inwieweit ihr Gesprächspartner über das Privatleben seines Kompagnons informiert war, wunderte sich über seine schnelle Antwort.

»Zur Zeit nicht«, sagte der Mann und strich sich wieder über seine Glatze. »Nicht dass es da keine Gelegenheit gäbe, aber Falk trauert immer noch seiner Ex nach, die ihm so ein Schwein ausgespannt hat.«

»Woher wissen Sie, dass sie ihm ausgespannt wurde?«

»Na, weil er mir das selbst erzählte. Was heißt *erzählte*. Jeden Tag aufs Neue fängt er damit an. Seit einem halben Jahr ungefähr geht das so.«

»Er ist noch nicht darüber hinweg?«

»Darüber hinweg? Haben Sie eine Ahnung. Der hat kein anderes Thema. Ich kann es nicht mehr hören. Dann geh doch hin und hau dem Kerl den Ranzen voll, habe ich ihm erklärt, damit er endlich Ruhe gibt.«

»Und? Wie hat Holdenried reagiert?«

Gaiser runzelte die Stirn, zuckte dann mit der Schulter. »*Den Ranzen voll hauen, diesem Sitzpisser, das soll es sein?* Ihr Neuer ist ein Schachspieler«, Gaiser betonte das Wort mit spitzer Zunge, »verstehen Sie? Ein Schachspieler«, wiederholte er, als handelte es sich bei dem Mann um ein Geschöpf von einem anderen Stern. »*Den Ranzen voll hauen, das bringt doch nichts. Ich werde das Schwein abschlachten*, hat er getobt. Was man halt so sagt in solchen Situationen.«

»Abschlachten?«, vergewisserte sich Neundorf. »Das wissen Sie genau?«

Gaiser trat einen halben Schritt zurück, betrachtete sie mit aufmerksamer Miene. »Oh je, habe ich jetzt was Falsches gesagt?«

»Nein, das haben Sie nicht. Ich möchte nur genau wissen, wie Herr Holdenried sich ausgedrückt hat.«

»Sie werden das doch jetzt nicht für bare Münze nehmen und Falk eine reinwürgen wollen?«

»Weshalb sollte ich?«

»Weil Sie alles so genau wissen wollen.« Er trat wieder einen halben Schritt näher, winkte mit der Rechten ab. »Falk hat es eben noch nicht verwunden, dass seine Ex ihm wegen so einem Sitzpisser den Laufpass gegeben hat. Ein Schachspieler, verstehen Sie, ein Schachspieler!!« Gaiser stampfte mit beiden Füßen abwechselnd auf den Boden. »Kein Wunder, dass er den Kerl umbringen wollte. Mir ginge das auch nicht anders, wenn meine Frau mit so einem Sitzpisser daherkäme.«

6.

Die Binswanger Straße führte mitten durchs Zentrum von Neckarsulm. Vom mächtigen Wall der Stadtmauer, die die Häuserzeilen zum Neckartal hin abschirmte, war an dieser Stelle nichts zu sehen. Neundorf erreichte das Haus mit der Wohnung Holdenrieds kurz vor 14 Uhr. Sie hatte die Staatsanwältin telefonisch über den Inhalt ihres Gesprächs mit Norbert Gaiser unterrichtet und sich aufgrund der gehäuften Verdachtsmomente die Erlaubnis zur Durchsuchung der Wohnung geben lassen, anschließend die Spurensicherer über ihr Vorhaben informiert. Danach war sie in einer Heilbronner Bäckerei eingekehrt, hatte einen Kaffee getrunken und einen Imbiss zu sich genommen.

Der Beschilderung der Klingelanlage nach wohnte der Gesuchte im obersten Stockwerk des Gebäudes, der dritten Etage. Neundorf läutete mehrmals, kam erst ins Haus, als eine junge Frau die Tür öffnete und ins Freie trat. »Vielen Dank, ich möchte zu Herrn Holdenried«, erklärte sie, um den misstrauischen Blick der jungen Frau zu besänftigen.

»Ist der da?«

»Warum soll er nicht da sein?«

Die Frau legte ihre Stirn vollends in Falten, deutete nach oben. »Hören Sie irgendwelchen unerträglichen Lärm?«

Neundorf zuckte mit der Schulter, trat ins Haus, hörte die Tür hinter sich ins Schloss fallen. Sie folgte den hellen Marmorimitatstufen nach oben, las den Namen *Holdenried* an der rechten Tür des dritten Stockwerks, läutete erneut. Sie hörte das gleichmäßige Summen der Glocke, wartete vergeblich auf weitere Geräusche. Einzig ihr Handy vibrierte.

Sie stieg die Treppe hinunter zur nächsten Etage, nahm das Gespräch an. Volker Seibert war in der Leitung.

»Ich stehe auf dem Marktplatz in Neckarsulm, meinem Plan nach zwei Gehminuten vom Haus dieses Holdenried entfernt. Wann kann ich damit rechnen, dass Frau Kollegin dort erscheinen, um sich von mir in die Wohnung begleiten zu lassen? Soll ich vorher noch im nächstbesten Lokal einkehren und mir einen Rostbraten bestellen?«

»Die Kollegin wartet bereits vor der Wohnungstür. Es wäre schön, wenn der Herr auf den Rostbraten verzichtet und sich stattdessen beeilt.«

»Oh, das klingt gut. Ich fliege.«

Neundorf eilte die Stufen vollends nach unten, öffnete die Tür, sah den Spurensicherer kurz darauf um die Ecke kommen. Er trug einen großen schwarzen Koffer in der Hand, winkte von weitem.

Sein Gesicht war hochrot angelaufen, als er sie erreichte. Er gab ihr die Hand, begrüßte sie, deutete in die Richtung, aus der er gekommen war. »Ich habe den Wagen im Parkhaus abgestellt«, erklärte er um Luft ringend. »Sicherheitshalber. Ich wusste nicht, wo genau das Haus liegt.« Sein Atem ging stoßweise, er musste erst kurz verschnaufen, bevor er zu einer ausführlicheren Unterhaltung fähig war.

»Sehr gut. Du hast alles dabei?« Sie deutete auf den Koffer.

»Tür öffnen und die Wohnung untersuchen. Das volle Programm, ja?«

Neundorf nickte. »Der Typ scheint ausgeflogen. Ich habe es schon mehrfach versucht, da kommt keine Reaktion.«

»Dann gehen wir rein.«

Sie stiegen die Stufen hoch, bauten sich vor Holdenrieds Wohnungstür auf. Neundorf läutete zweimal, wartete das Echo der Glocke ab, klopfte an die Tür. »Herr Holdenried, hier ist die Polizei. Wir kommen jetzt in Ihre Wohnung. Die Erlaubnis des Untersuchungsrichters liegt vor.« Sie entsicherte ihre Waffe, ließ den Kollegen an die Tür.

Seibert zog einen Schlüsselbund vor, machte sich am Schloss zu schaffen, probierte mehrere Kombinationen aus. Plötzlich sprang die Tür auf.

Der Spurensicherer warf einen demonstrativen Blick auf seine Uhr. »Fünfundfünfzig Sekunden«, sagte er mit triumphalem Lächeln. Er öffnete seinen Koffer, reichte ihr mehrere Schutzüberzüge für Hände und Schuhe, verschloss ihn wieder.

Neundorf nickte ihm anerkennend zu, streifte das hauchdünne Plastik über ihre Schuhe, schob die Tür ganz auf. Sie wiederholte lauthals ihr Vorhaben, betrat dann, die Waffe in der Hand, die Diele. Vorsichtig um die Ecken spähend inspizierte sie Raum auf Raum. Niemand zu sehen, keine Menschenseele. Holdenried schien tatsächlich ausgeflogen.

»Du kannst kommen«, gab sie Seibert Bescheid, »alles okay.« Sie sah, wie er seinen Koffer aufnahm und ihr in die Wohnung folgte.

Die gesamte Einrichtung wies Spuren eines alleinstehenden männlichen Wesens auf: Stapel von Kartons und Bierkisten in der schmalen, über und über vollgestellten Diele, Berge von schmutzigem Geschirr in der abgenutzt wirkenden Küche, abblätternde Lackstreifen am Schlafzimmerschrank, leere Bierflaschen kreuz und quer über den Wohnzimmerboden verstreut. Wohin auch immer Holdenried verschwunden war, er schien es sehr eilig gehabt zu haben – Zeit zum Aufräumen war ihm nicht mehr geblieben.

»Der Herr des Hauses liebt Ravioli aus der Dose«, meldete sich Seibert bei einer ersten Inspektion der Küche, »hier liegen jedenfalls Tonnen leerer Dosen dieser exquisiten Delikatesse.«

Neundorf nahm die Worte des Kollegen kaum wahr. Sie stand mitten im Wohnzimmer, betrachtete die einer Fototapete ähnlich von unzähligen Bildern geschmückten Wände des Raums. Die Anzahl der Fotos zu ermitteln war kaum möglich, fast die komplette Fläche jeder Wand, soweit sie nicht von der Polstergruppe oder dem überdimensionierten Flachbildschirm verdeckt war, zeigte sich von Bildern in Beschlag genommen. Kleine und große Formate wechselten einander ebenso ab wie Motive mit und ohne Rahmen. So unterschiedlich alle Fotos jedoch ausfielen, ein gemeinsames Merkmal war auf allen zu finden: Das Porträt einer hübschen jungen Frau, aufgenommen an den verschiedensten Orten und zu den verschiedensten Zeiten. Häuser, Bäume, Berge, Wasser im Hintergrund, Frühlingsblüten, Sommerblumen, farbiges Laub, mit Schnee bedeckte Wege rings um die Frau herum.

Neundorf musste nicht lange überlegen, erkannte die Person auf den ersten Blick, hatte sie sich doch ausführlich mit ihr unterhalten und noch am Morgen zum letzten Mal mit ihr telefoniert: Julia Gerber, Holdenrieds ehemalige Freundin. Der Mann musste in außergewöhnlichem Maß an ihr hängen, anders waren die vielen Fotos hier im Zimmer nicht zu erklären. In wirklich außergewöhnlichem Maß. So sehr, dass er über Andreas Sattler, den Mann, der ihm die Frau des Lebens gestohlen hatte, hergefallen war und ihn ermordet hatte?

7.

Endlich hatten die letzten Besucher die Zehntscheuer in Köngen verlassen. Tanja Giebert hörte das Schloss der Eingangstür einrasten, schob die restlichen Stühle vollends an den gewohnten Platz.

»Zehn vor Elf«, schallte die Stimme ihrer Kollegin aus dem Vorraum. »Ich kann es kaum glauben. Wir haben es tatsächlich geschafft.«

Sie sah die Frau mit müdem Gesicht und leicht nach vorne gebeugter Körperhaltung in den Veranstaltungsraum zurückkommen, konnte deren Erleichterung fast körperlich spüren. Über drei Monate hinweg hatten sie sich auf diesen Freitag Abend vorbereitet, Plakate und Handzettel drucken lassen und sie ausgehängt, Journalisten mehrerer Zeitungen, Buchhändler, Schulen, Vereine, Mitteilungsblätter und Rundfunksender der gesamten Umgebung verständigt und informiert, Tag für Tag die Kundinnen und Kunden der Gemeindebücherei an die Veranstaltung erinnert und unablässig die Werbetrommel gerührt – alles zusätzlich zu den gewohnten beruflichen Verpflichtungen.

Lesen statt glotzen - Bücher statt Bildschirm – die Zukunft unserer Kinder sichern!

Dem Vortrag samt anschließender Diskussion waren Gäste aus der gesamten Umgebung des Städtchens gefolgt. Der erst vor wenigen Jahren frisch renovierte, im Fachwerkstil der alten Zehntscheuer stimmungsvoll von mächtigen Holzbalken geprägte Saal war bis auf den letzten Platz besetzt gewesen, ein erstaunlich großer Teil der Zuhörer hatte sich an der den Ausführungen des Vortragenden anschließenden öffentlichen Diskussion beteiligt.

Ob die große Nachfrage allein der an diesem Abend zur Sprache gebrachten Problematik oder eher der bewusst provokanten Formulierung des Themas sowie dem hochkarätigen Referenten zu verdanken war, blieb dabei sekundär. Martin Grauselmaier, alt gedienter Abgeordneter des Landtags in Stuttgart und zuvor des Bundestags, schien mit seinem vehementen Plädoyer für eine Renaissance der Lesekultur und einer staatlich gebotenen Bändigung der neuen Medien dem lang anhaltenden Beifall am Ende der Veranstaltung nach den Nerv des Publikums voll getroffen zu haben. *Dieser Abend war ein Highlight des Kulturherbstes unserer Region,* hatte ein bekannter Journalist vor wenigen Minuten in einem ersten Statement öffentlich attestiert, die örtlichen Honoratioren mit stolz geschwellter Brust in dem Bewusstsein aus der Zehntscheuer schreiten lassend, es denen in Esslingen, Plochingen, Wendlingen, Wernau, Deizisau, Kirchheim, Nürtingen und Denkendorf wieder einmal gezeigt zu haben. Und in der Tat war es dem um die rührige junge Gemeindebüchereileiterin gescharten Team gelungen, dem kleinen, durch sein aufwendig restauriertes römisches Kastell, die 1602 an der Stelle ihrer römischen Vorgängerin erbaute Ulrichsbrücke über den Neckar, die spätgotische evangelische Kirche und das aus dem 12. Jahrhundert stammende Schloss bekannten Ort mit regelmäßig im Abstand von wenigen Wochen stattfindenden Vorträgen, Lesungen und Diskussionen ein eigenständiges kulturelles Profil im Kreis der weit größeren Nachbarstädte zu verleihen. Dieser Abend trug, das ließ sich jetzt schon sagen, einen guten Teil zu dieser Entwicklung bei.

Erschöpft, aber zufrieden schob Tanja Giebert den letzten Stuhl an seinen gewohnten Platz.

»Wir können?«, fragte ihre Kollegin. Marina Hölzle lehnte müde an der Tür, wartete, bis die junge Büchereileiterin den Raum verlassen hatte, löschte das Licht. Augenblicklich versanken die mächtigen Holzbalken im Dunkel der Nacht. Sie schlossen die Tür, folgten der Treppe nach unten.

Der Bücherei-Eingangsbereich war hell erleuchtet. Tanja Giebert gähnte leise, nahm ihre Jacke vom Haken, streifte sie sich über, half ihrer Kollegin in den Mantel.

»Du bist ganz schön fertig«, meinte Marina Hölzle. »Schaffst du es noch nach Dettingen?«

»Das geht schon. Hauptsache, ich muss nicht in der Bücherei übernachten.« Sie griff nach ihrer Tasche, spürte, wie sie ihr aus der Hand rutschte. Mit einem lauten Schlag klatschte das dunkle Leder auf den Boden. Kugelschreiber, Cremedosen, Schminkutensilien verteilten sich unter der Garderobe.

»Na, wer weiß, ob das nicht besser wäre«, frotzelte Marina Hölzle, »wenn du schon deine Tasche nicht mehr halten kannst ...« Sie verstummte, lauschte auf ein Geräusch draußen auf der Straße, starrte zur Tür. »Was war das?«

Irgendein lautes Knallen, kurz darauf die quietschenden Reifen eines abrupt startenden Wagens.

Tanja Giebert sah das angespannte Gesicht der Kollegin, suchte den Inhalt ihrer Tasche zusammen, richtete sich wieder auf. »Ich glaube, da hat noch jemand seine Tasche fallen lassen«, versuchte sie zu scherzen.

Ihr Lachen wirkte erlösend. Marina Hölzle klopfte ihr kumpelhaft auf die Schulter, ging zur Tür. »Schluss für heute?«

»Meinetwegen ja! Alles okay.«

Sie drückte auf den Lichtschalter, tauchte den Büchereieingang ins Dunkel, öffnete die Tür. »Dann raus mit dir an die frische Luft. Die macht müde Frauen munter.«

Sie traten auf die Straße, spürten den kalten Wind. Einzelne Blätter wirbelten durch die Luft. Es hatte sich um mehrere Grad abgekühlt, der Herbst schien den Spätsommer endgültig vertrieben zu haben. Die Straße war menschenleer, lediglich drei geparkte Autos waren mehrere Meter entfernt auf der anderen Seite der Straße zu sehen.

Tanja Giebert spürte ein leichtes Frösteln im Nacken, zog ihre Jacke fester. Sie ließ die Tür einrasten, schloss sie ab, steckte den Schlüssel in die Tasche. Von der nahen Schlossstraße her waren die Geräusche mehrerer Fahrzeuge zu hören. Sie wandte sich von der Bücherei ab, wies auf ihr Auto, warf ihrer Kollegin einen fragenden Blick zu. »Es ist ganz schön kalt. Fährst du mit?«

Marina Hölzle nickte. »Weil es so spät ist, gern.«

Eine neue kräftige Windbö peitschte durch die Straße, wirbelte einen Schwarm trockener Blätter in die Höhe. Sie passierten das weiß gestrichene Metallgitter, das den Gehweg vor dem Büchereieingang von der Fahrbahn abschirmte, querten die Straße, liefen auf Tanja Gieberts Wagen zu.

»Puh, bin ich froh, dass wir alles gut geschafft haben.« Marina Hölzle blies die Luft laut von sich. Ihrer Stimme war die Erleichterung deutlich anzuhören. Sie atmete tief durch, wandte sich zur Seite. »Mal sehen, was die Zeitungen schreiben und wie die Leute in den nächsten Tagen reagieren, ja?«

Tanja Giebert setzte gerade an, ihr zuzustimmen, als sie den seltsamen, in den Schatten der Rückfront ihres Autos getauchten Umriss bemerkte. Sie verharrte mitten im Schritt, streckte ihren Arm zur Seite, hielt die Kollegin zurück.

Marina Hölzle drehte sich überrascht zu ihr um. »Was ist los?«

Die junge Büchereileiterin stand wie erstarrt mitten auf der Straße, die Augen auf die Lücke hinter ihrem Auto gerichtet.

»Was ist los?«, wiederholte ihre Begleiterin.

Tanja Giebert bewegte sich nicht von der Stelle, öffnete langsam, wie in Zeitlupe, den Mund. »Was, was liegt ...« Sie starrte nach vorne, suchte die Dunkelheit mit ihrem Blick zu durchdringen. Es dauerte mehrere Sekunden, bis sich ihre Augen an das Dämmerlicht gewöhnt hatten. Zuerst erkannte sie nur einen großen, im blassen Schein eines weit entfernten Lichts glänzenden, blitzblank polierten Schuh, dann das Bein, das dazu gehörte und schließlich ...

Schrilles, markerschütterndes Schreien übertönte alle anderen Geräusche. Erschrocken wandte sie sich zur Seite, sah die wie in einem Horrorfilm entstellten Gesichtszüge ihrer Kollegin. Marina Hölzle stierte in die Lücke zwischen den Autos, schrie sich ihr Entsetzen aus dem Leib. Selbst das ältere Ehepaar, das gerade wohlgesättigt und zufrieden nach einem rundum gelungenen Abend aus der mehr als hundert Meter entfernten, durch mehrere Gebäude vom Kiesweg getrennten *Alten Vogtei* ins Freie trat, blieb unmittelbar vor dem Eingang des pittoresken Fachwerkhäuschens stehen. Ob sie es wollten oder nicht, irgendein Unterton in diesem Schreien ließ jeden Gedanken an die romantischen Stunden in der bezaubernden Gaststätte vergessen!

8.

»Erschosse? Bei os in Könge?«

Die aufgeregte Stimme schallte laut durch die Nacht, als Neundorf auf die ins grelle Licht gleißender Strahler getauchte Gruppe am Rand der Straße zulief. Einer der Männer in den hellen Schutzanzügen sah sie kommen, hob seine Hand zu einem matten Gruß. Sie erkannte Hutzenlaub, wunderte sich über sein blasses Gesicht. Seine Augen wirkten eingefallen, sein Teint bleich, fast wie Papier. Das war sie von dem Spurensicherer nicht gewöhnt. War er krank oder lag es an der späten Stunde? Sie nickte ihm kurz zu, schob sich an ihm vorbei, sah Helmut Rössle, halb auf den Boden gestützt, mit einem jungen, gut aussehenden Mann reden. Beide wandten ihr die Seite zu, waren auf einen von ihren Körpern verdeckten Gegenstand unter ihnen fokussiert.

»Abend zusammen«, sagte sie etwas lauter als bei einem normalen Gespräch üblich, um die Männer auf sich aufmerksam zu machen.

Rössle sah als Erster auf. Er benötigte ein paar Sekunden, um zu begreifen, wer vor ihm stand. »*Abend* isch gut«, brummte er schließlich, drückte sich etwas zur Seite, gab den Blick auf das Objekt unter ihm frei. »En guter *Morge* träfs besser, fascht a Stund nach Mitternacht.«

Neundorf kam zu keiner Antwort, starrte wie gebannt auf den Boden. Der Schock übermannte sie im selben Moment, ergriff innerhalb einer Sekunde von ihrem ganzen Körper Besitz. Sie fühlte sich wie ein angezählter Boxer, spürte buchstäblich die Schläge, die man ihr in den vergangenen Runden angetan hatte. Mindestens zwei Dutzend in den Leib, eine Handvoll mitten ins Gesicht. Was sie hier vor sich sah, übertraf ihre schlimmsten Befürchtungen.

»Scheiße, was?«, tönte es hinter ihr.

Sie wusste nicht, wie lange sie benötigte, zu begreifen, dass es sich um Hutzenlaubs Stimme handelte. Der schockartige Zustand, der ihren Körper im Griff hatte, war von seltsamer Ambivalenz: Einerseits versetzte er sie in einen Taumel außergewöhnlicher Erregung, andererseits hatte er eine alle vernünftigen Gedanken und Handlungen lähmende Starre zur Folge. Davon hatte man ihr nichts erzählt, als der Notruf nach Köngen erfolgt war. Sie kam erst wieder voll zu sich, als der junge, gerade noch auf dem Boden kniende Mann hoch aufgerichtet vor ihr stand und nach ihrer Hand griff.

»Holger Schäffler«, stellte er sich vor, »ich bin der Gerichtsmediziner.«

Sie ließ sich die Hand schütteln, nahm erst Sekunden später seinen Anblick genauer wahr. Ein großer Mann Mitte Dreißig mit langen dunklen Haaren. Irgendwie kam er ihr bekannt vor. Sie wusste nicht, woher, fand nicht die Konzentration, darüber nachzudenken. Der tote Mensch vor ihr beanspruchte ihre gesamte Aufmerksamkeit.

»So eine verdammte Scheiße«, schimpfte Hutzenlaub hinter ihr.

Sie benötigte keinerlei Erklärung, zu verstehen, was er meinte. Der leblose Körper am Rand der Fahrbahn offenbarte im grellen Licht der gleißenden Strahler unbarmherzig alle Entstellungen und Verletzungen, die man ihm angetan hatte. So gerne sie sich seine genauere Untersuchung erspart hätte, sie konnte nicht darauf verzichten – das war nun mal ihr Beruf. Eine seiner besonders unangenehmen Seiten.

Sie musterte das Gesicht des Toten, eines mit ursprünglich weißem Hemd, gemusterter Krawatte und dunklem Anzug bekleideten Mannes zwischen Fünfzig und Siebzig, sah die verunstalteten Partien am Kinn, den Wangen, dem Hals. Von

Säure zerfressene, verkochte, aufgequollene Haut. Etwas tiefer, zwei von getrocknetem Blut gesäumte Einschusslöcher mitten in der Brust; unterhalb des Nabels Reste aufgelöster Stoffteile der Jacke und der Hose. Ob sie es wollte oder nicht, es gab keinerlei Zweifel, was die Stunde geschlagen hatte.

Wie in Reutlingen, schoss es ihr durch den Kopf. Haargenau dieselben Entstellungen, fast auf den Zentimeter genau die gleichen Wunden. Das gleiche Vorgehen, der gleiche Sadismus – derselbe Täter? Die Parallelität war nicht zu übersehen.

»Säure«, erklärte Rössle, »wahrscheinlich Salzsäure.« Er schaute, immer noch neben der Leiche kniend, zu ihr hoch, kratzte sich heftig am Kinn. »Da war scho wieder dieser Deifel am Werk.«

Sie wandte ihren Blick von dem toten Körper weg, konzentrierte sich auf den Spurensicherer.

»Alle Idiote von Sindelfinge, des isch an schöner Mischt, was?«, brummte der.

Sie nickte nur, ersparte sich jeden Kommentar. Der Schock saß zu tief in ihren Gliedern. Das war das Schlimmste, was hatte geschehen können. Derselbe Täter. Schon wieder ein Mensch auf solch barbarische Weise überfallen und ermordet.

»Wie in Reutlingen. Dieselbe Scheiße.« Hutzenlaub drängte sich vorsichtig an ihr vorbei, ließ sich zu Rössle nieder. Er hatte eine Kamera in der Hand.

»Genau derselbe?«, rutschte es ihr von den Lippen. »Oder vielleicht ein Nachahmer?«

Der Spurensicherer schaute zu ihr auf, hielt sich die Hand vor die Augen, um sich vor dem gleißenden Licht zu schützen. »Ich bin zwar nicht der Ermittler«, sagte er, »aber soweit ich das beurteilen kann, ist die Handschrift eindeutig. Das so zu bewerkstelligen, ist wirklich nicht einfach.«

Sie wusste, was er meinte, erinnerte sich ihres ausführlichen Gesprächs nach dem ersten Mord. Was auch immer den Täter veranlasst hatte, seine Opfer vor deren Tod noch mit Säure zu quälen, seine sadistischen Attacken beinhalteten stets ein zusätzliches Risiko für ihn selbst.

»Der Kerl attackiert sein Opfer mit Säure. Wie soll ich mir das vorstellen, wie er die an den Tatort bringt?«, hatte sie gefragt. »Der trägt das Zeug doch nicht in einer Flasche oder einem Glas mit sich herum, oder?«

»Du meinst, er hat das Problem, jede Berührung mit dem Material vermeiden zu müssen, es andererseits aber schnell als Waffe einsetzen zu können?«

»Genau. Er muss doch damit rechnen, sich selbst zu verletzen. Wie kann er das ausschließen?«

»Ausschließen?«, hatte Hutzenlaub erwidert. »Ausschließen kann er das nicht. Dieses Risiko bleibt. Hochprozentige Säuren sind nun mal gefährlich. Aber trotzdem wird er natürlich Vorkehrungen getroffen haben, zu vermeiden, sich selbst Schaden zuzufügen. Schon allein um nicht durch etwaige Hautverätzungen den Verdacht auf sich zu lenken.«

»Und wie hat er das getan? Ein möglichst geringes Risiko einzugehen, meine ich?«

»Er benutzt Spritzen«, hatte sich Markus Schöffler eingemischt, »stabile Spritzen aus bruchfestem Glas und mit einer speziellen Verankerung, so dass sie ihren Inhalt nicht aus Versehen freigeben können. Die findest du in Massen in jedem Krankenhaus. Du steckst sie in deine Jackentasche und wenn dein Opfer kommt, löst du die Sicherheitssperre und bist bereit.«

»Und das Risiko, sich selbst mit dem gefährlichen Inhalt zu verletzen?«

»Du musst dich schon granatenmäßig dämlich anstellen, um das hinzubekommen. Das ist so gut wie unmöglich. Das Material ist absolut bruchfest.«

Schöffler war kurz in seinem Labor verschwunden, hatte ihr eine Spritze mitgebracht und deren spezielle Sicherheitstechnik detailliert erklärt. »Im Prinzip bleibt nur ein einziger gefährlicher Moment«, hatte er ergänzt, »nämlich der, in dem er sein Opfer mit dem Zeug attackiert. Wenn er nicht weit entfernt genug steht oder die Spritze zu schnell entleert, können ein paar Tropfen von der Haut oder der Kleidung des Überfallenen abprallen und ihn selbst treffen.«

»Das heißt, der Täter könnte selbst Spuren von Verätzung aufweisen?«

»Nur wenn du viel Glück hast, sehr viel Glück«, hatten Hutzenlaub und Schöffler übereinstimmend geantwortet. »Wahrscheinlich war der Abstand zwischen Täter und Opfer zu groß. Wir haben keinerlei Schmauchspuren seiner Pistole entdecken können. Ich kann mir nicht vorstellen, dass er ausgerechnet bei der Säureattacke näher bei seinem Opfer stand.«

»Was ist mit seiner Hand?«, war ihr eingefallen. »Ist das nicht ein wunder Punkt?«

»Du meinst die Hand, in der er die Spritze hält?«

»Genau. Nehmen wir an, er geht so oder zumindest so ähnlich vor, wie ihr es eben beschrieben habt. Er sieht sein Opfer, greift nach der Spritze, zieht sie aus seiner Tasche, entsichert sie und streckt sie seinem Opfer entgegen. Er hält sie möglichst weit von sich weg, um ja selbst nichts von dem Zeug abzubekommen. Seine Hand aber ist dieser Gefahr weit stärker ausgesetzt.«

»Das ist richtig, ja. Aber dafür gibt es Handschuhe. Gute, säurebeständige Exemplare. Oder zumindest so dick Gepolsterte, dass die Säure, sollten Teile davon tatsächlich auf dem Handschuh landen, zumindest für den Moment davon abgehalten wird, zur Haut durchzudringen. Der Täter benutzte Handschuhe, damit musst du rechnen.«

»Es sei denn ...«

»Mit viel Glück für dich trug er Verätzungen auf seiner Hand davon, ja. Aber dann muss es sich schon um einen besonderen Idioten handeln.«

Sie hatten die Verätzungen der Kleidung und der Haut Andreas Sattlers genau überprüft, waren zu dem Ergebnis gekommen, dass der Täter den Spuren nach zu urteilen wohl tatsächlich eine – wenn auch recht großvolumige – Spritze benutzt hatte. Die Spur des Säure-Strahls war trotz der am Kinn und im Schambereich vorhandenen flächenmäßigen Zerstörungen vor allem im Brust- und Bauchbereich des Hemds des Toten in Form einer gewunden verlaufenden Linie nachzuweisen.

»Wir können nur hoffen, uns nie mehr mit so einer abartigen Schweinerei beschäftigen zu müssen«, hatte Hutzenlaub abschließend geäußert.

Neundorf erinnerte sich noch gut an seine Bemerkung, starrte auf die Leiche. Die Parallelität der Verbrechen war nicht zu übersehen. Unterhalb des völlig entstellten Halses zog sich die Spur der Säure fast senkrecht hinunter bis zum Nabel, nur dort unterbrochen, wo sich zum Zeitpunkt des Attentats die inzwischen zur Seite gerutschte Krawatte befunden haben musste. »Derselbe also, ja?«, sagte sie leise, wie zu sich selbst.

Hutzenlaub hatte immer noch die Hand über den Augen. »Wenn du mich fragst, ja. Ohne jeden Zweifel.«

Sie atmete tief durch, versuchte, nicht an die Konsequenzen dieses Sachverhalts zu denken: Den Berg an Arbeit, den immensen Druck durch die verschärfte Aufmerksamkeit der Presse und der Öffentlichkeit, die großen Erwartungen auf schnellen Erfolg, die in den nächsten Tagen, Wochen, vielleicht sogar Monaten auf sie als ermittelnde Hauptkommissarin warteten. Dankbar dafür, in ihrem trübsinnigen Gedankengang unterbrochen zu werden, registrierte sie den ungefragt geäußerten Befund des Gerichtsmediziners.

»Ich kenne den Reutlinger Fall nur aus den Aufzeichnungen der Kollegin. Was die hier aufgefundene Leiche anbetrifft, kann ich aber mit Sicherheit sagen: Der Mann wurde mit der Säure attackiert und zwar primär im Gesicht und dem Schambereich und dann unmittelbar danach mit zwei gezielten Schüssen in die Brust getötet. Vor etwa zwei Stunden.«

»Wo war das? Hier?«

»An Ort und Stelle«, mischte sich Rössle vom Boden her ins Gespräch, »mir hent Spure von Säure uf dem Lack von dem Karre do.« Er wies auf das Auto, das direkt vor der Leiche geparkt war. Ein dunkler Opel Astra, wie Neundorf sah.

»Die Schüsse?«, fragte sie. »Aus unmittelbarer Nähe?«

Dr. Schäffler nickte. »Wie die Säure, ja. Ich schätze, derselbe Täter.«

»Wer ist der Tote? Haben wir seine Identität?«

»Grausmüller oder so«, antwortete Rössle, »frag die Fraue dort drübe, die kennet den.«

»Wir haben Zeugen?«, fragte die Kommissarin überrascht.

»Dort drübe in der Bücherei. Bei dene Beamte wartet zwoi Fraue. Die hent den entdeckt.«

Neundorf verabschiedete sich von dem Gerichtsmediziner, lief auf das im Eingangsbereich hell erleuchtete Gebäude auf der anderen Straßenseite zu, wies sich bei dem an der Tür wartenden Kollegen aus. Die Beamten der Schutzpolizei hatten die Straße auf beiden Seiten weiträumig abgesperrt, ebenso den Zugang vom Haupteingang der Zehntscheuer her. Mehrere Uniformierte waren damit beschäftigt, Massen von Neugierigen vom Tatort fern zu halten. Neundorf hörte die aufgeregten Stimmen, wandte sich angewidert ab. War es denn nicht einmal mitten in der Nacht möglich, ihre Arbeit ohne die Belästigung einer aufdringlichen, nach Sensationen lechzenden Meute zu erledigen?

Sie öffnete die Tür, sah sich im hell erleuchteten Eingangsbereich einer Bücherei. Drei Frauen, eine davon eine uniformierte Kollegin, saßen in ein Gespräch vertieft nebeneinander. »Ich kann es nicht verstehen, beim besten Willen nicht«, äußerte gerade die Jüngste. Neundorf schätzte sie auf Ende Zwanzig, bemerkte die Erschöpfung in ihrem Gesicht. Trotz ihres von den Anstrengungen des langen Tages gezeichneten Zustands war nicht zu übersehen, dass es sich um eine bildhübsche junge Frau handelte. Die Nachbarin zu ihrer Linken musste heftig geweint haben, ihre Wangen zeigten Spuren verwischter Schminke, Lidschatten erstreckte sich den rechten Nasenflügel entlang fast bis zu den Lippen.

Neundorf hörte die Tür hinter sich ins Schloss fallen, sah die Augen der drei Frauen auf sich gerichtet. Sie trat näher, stellte sich vor.

»Dann sind Sie endlich die Kommissarin?«, fragte die Frau mit der verwischten Schminke.

»Es tut mir leid, wenn Sie warten mussten«, entschuldigte sie sich, »ich hoffe, Sie haben Verständnis, dass ich Sie heute Nacht noch persönlich sprechen möchte. Wir haben schließlich einen Toten ...« Sie hielt inne, weil ihr Gegenüber plötzlich laut losheulte, sah, wie sich die Frau vor Erregung schüttelte.

Neundorf waren solche Reaktionen vertraut, vermutete, dass ihre Gesprächspartnerin den Toten gefunden hatte.

Die Jüngere legte der Weinenden behutsam den Arm um die Schulter, versuchte, sie zu trösten. »Sie hat ihn entdeckt«, sagte sie dann, zu Neundorf gewandt, »das heißt, eigentlich bin ich zuerst auf ihn aufmerksam geworden, aber sie hat vor mir begriffen, wer da am Rand der Straße liegt. Ich habe nur die Umrisse gesehen, zuerst jedenfalls, wenn Sie verstehen ...«

Die Kommissarin nickte, bedankte sich bei der uniformierten Kollegin, die aufgestanden war und ihr ihren Stuhl anbot, nahm Platz. »Sie waren zusammen, als Sie ihn fanden?«, fragte sie.

Die junge Frau fuhr ihrer Nachbarin sanft über die Wange, brachte sie langsam zum Verstummen. »Wir, wir liefen aus der Bücherei über die Straße ...«

»Wann war das?«

»Gegen Elf. Ich meine 23 Uhr«, verbesserte sie sich.

Neundorf erkundigte sich nach der Identität der beiden Frauen, erfuhr, dass es sich um Tanja Giebert, die junge Leiterin der Gemeindebücherei und ihre Kollegin Marina Hölzle handelte, ließ sich den Grund ihres späten Aufbruchs, den Verlauf des Abends und die genauen Umstände des Auffindens des Toten genau erklären. »Und ich verstehe das richtig: Bei dem Toten, den Sie dort fanden, handelt es sich um Herrn Grauselmaier, den Referenten Ihrer Veranstaltung?«

»Das ... ist doch ... der Wahnsinn«, rief Marina Hölzle in nur schwer verständlichen, von kurzen Heulkrämpfen unterbrochenen Worten, »der Mann kommt zu uns und hält ... seinen Vortrag und diskutiert mit den Leuten und dann, dann ...«

»... wird er ermordet«, ergänzte Tanja Giebert mit gedämpfter Stimme. »So ist es doch, oder?« Sie warf der Kommissarin einen fragenden Blick zu.

Neundorf bestätigte ihre Vermutung mit einem wortlosen Kopfnicken.

9.

Stuttgart 21. Der Abend war länger geworden als Braig es sich vorgestellt hatte. Zuerst ein bunter, die Zukunft in den prächtigsten Farben ausmalender Werbefilm der Befürworter, dann die Statements von Vertretern der Landesregierung, der Stadt, der Bahn sowie von mehreren Umwelt- und Verkehrsverbänden, anschließend die lange, unüberhörbar von Betroffenheit über bisher offensichtlich verschwiegene, verheimlichte oder bewusst verlogene Behauptungen geprägte Diskussion. Gemeinsam mit Theresa Räuber, Katrin Neundorf und Thomas Weiss hatten sie die Veranstaltung im völlig überfüllten Hospitalhof in der Stuttgarter Innenstadt verfolgt. Theresa Räubers ursprünglicher Plan, die Veranstaltung in ihrer eigenen Gemeinde abzuhalten, war durch die zunehmend in den Blickpunkt der öffentlichen Diskussion geratene Problematik obsolet geworden; Vertreter des Gesamtkirchengemeinderats hatten sie davon überzeugt, dass der von der Landeskirche getragene Hospitalhof der geeignetere Vortragsort sei. Die große Anzahl der abendlichen Besucher hatte diese Entscheidung im Nachhinein bestätigt.

»Mir fällt es schwer, meine Meinung zu dem Projekt *Stuttgart 21* zu äußern«, hatte Theresa Räuber als Moderatorin zu Beginn der Veranstaltung bekannt. »Fünfzehn Jahre lang habe ich von den politisch Verantwortlichen und den meisten Medien unisono nur Lobeshymnen und überschwängliche Begeisterungsstürme zu der Sache gehört und erst jetzt, wo das Vorhaben durchgepaukt scheint, lässt man auch Kritiker zu Wort kommen.« Sie konnte, wie viele andere Teilnehmer des Abends, nicht ahnen, wie fundamental sich ihre Stellung zu dem Projekt in den nächsten Stunden ändern sollte.

Die Vertreter der Landesregierung, der Stadt und der Bahn schienen sich einig: *Stuttgart 21* war der einzig richtige Weg in eine gloriose Zukunft des ganzen Landes. Der alte Stuttgarter Kopfbahnhof solle samt der großen zentrumsnahen Flächen des bereits brachliegenden Güterbahnhofs sowie des Wagen- und Lokabstellbahnhofs zugunsten eines unter die Erde verlegten hypermodernen Durchgangsbahnhofs aufgegeben, dazu mit einem etwa dreißig Kilometer langen Tunnel mit dem zweihundertfünfzig Meter höher gelegenen Stuttgarter Flughafen und der daran anschließenden, parallel zur Autobahn verlaufenden Schnellfahrstrecke nach Ulm verbunden werden. Bahnreisenden böten sich dadurch große Vorteile: Die Reisezeiten verkürzten sich deutlich, von Stuttgart nach Ulm etwa um fast dreißig Minuten, die internationale Verbindung Paris - Budapest werde um eine halbe Stunde beschleunigt. Auch der Stadt Stuttgart eröffneten sich völlig neue Perspektiven, würden doch nahe dem Zentrum große Flächen für Siedlungs- und Grünareale frei, dazu erhalte die Stadt einen neuen Bahnhof. *Stuttgart 21* also ein Symbol für Dynamik, Fortschritt, Tempo, Exklusivität, Einzigartigkeit, Future, Vitalität ... Die Lobeshymnen wollten kein Ende nehmen.

All diese rosigen Visionen einer traumhaft zum Paradies verwandelten Welt inmitten des Ländles hatte Braig in den letzten Jahren tausendfach vernommen, die Korrektur dieser Behauptungen führte jedoch zu einem völlig anderen Bild. Mit Erstaunen nahm er wahr, dass sich unzählige bundesweit bekannte Verkehrswissenschaftler und Stadtplaner von Rang und Namen vehement gegen dieses Projekt wehrten. Nicht dem neuen, mehrere Milliarden Euro teuren Bahnhof ist die Zeitersparnis von fast dreißig Minuten Richtung Ulm zu verdanken, belegten die Vertreter der Umweltverbände, von Pro Bahn und Verkehrsclub Deutschland mit detaillierten Berechnungen, sondern der Neubaustrecke von Wendlingen im Neckartal entlang der Autobahn über die Alb. Diese Strecke hat jedoch mit dem Bahnhofsneubau überhaupt nichts zu tun. Sie ist dem Votum der meisten Bahnexperten nach notwendig und sollte trotz ihrer ca. 3,5 Milliarden Euro Kosten gebaut werden.

Der neue Bahnhof dagegen wird die Reisezeit der meisten Bahnreisenden, die den Raum Stuttgart tangieren, nicht verkürzen, sondern verlängern. Die Mehrheit der Reisenden ist nämlich nicht von Paris nach Budapest unterwegs, sondern z. B. aus dem Raum Heilbronn in Richtung Tübingen oder aus der Region Schwäbisch Gmünd in Richtung Rottweil. Weil die neue Station jedoch nur über acht Gleise verfügen wird, können die zum Umsteigen nötigen Anschlusszüge nur nacheinander ein- und ausfahren, was die Umsteigezeiten deutlich verlängert – besonders schlimm wird dies im Fall von Verspätungen. In Stuttgart soll genau das Gegenteil dessen realisiert werden, was überall sonst auf der Welt angestrebt wird: Prinzipiell legt man bei Bahnhofsumbauten Wert auf viele Gleise, damit gleichzeitige Anschlüsse gewährleistet werden können.

Sogar die Hochgeschwindigkeitszüge Paris - Budapest werden durch den neuen Bahnhof nur um eine einzige Minute schneller, korrigierten die Umweltverbände, die ICEs hielten heute schon nur drei Minuten. Soviel Zeit aber werde benötigt, um die Reisenden aus- und einsteigen zu lassen. Im Gegenteil: Der geplante Halt am Flughafen wird die Züge nach München inklusive Abbremsen und Beschleunigen acht Minuten kosten, sodass ein Teil des Zeitgewinns der teuren Neubaustrecke dadurch aufgezehrt wird.

Ein weiterer großer Nachteil, wurde ausgeführt, wird sein, dass alle Reisenden Treppen, Rolltreppen oder Aufzüge benützen müssen, um zu den Zügen zu gelangen. Kann man heute noch vom Nordeingang her ebenerdig in den Bahnhof und zu allen Gleisen gelangen, was besonders für ältere und gehbehinderte Menschen ein unschätzbarer Vorteil ist, fällt dies flach. Wie oft Rolltreppen und Aufzüge jedoch defekt sind, kann man heute schon täglich an den Zugängen zur S-Bahn erleben.

Vollends am Rand der Legalität verläuft die Finanzierung des Projekts, belegten die Verbände mit genauen Zahlen. Wichtigstes Fundament des Bauvorhabens sind die Gelder des Nahverkehrs: 700 Millionen Euro, die dem Land in den nächsten Jahren von der Bundesregierung überwiesen werden, um damit den öffentlichen Nahverkehr in ganz Baden-Württemberg zu betreiben, sollen in den Bau der Tunnel fließen. Dies stellt nicht nur einen Verstoß gegen geltende Vorschriften dar, sondern bedeutet den Ausfall tausender Züge, ja die Stilllegung ganzer Strecken im Land. Damit nicht genug: Um die Deutsche Bahn für das Projekt einzunehmen, übergab die Landesregierung den Nahverkehr fast aller Bahnstrecken im Land für die nächsten fünfzehn Jahre an diesen Konzern, obwohl Konkurrenzunternehmen den Betrieb bei gleicher Qualität um 40 Millionen Euro pro Jahr billiger durchgeführt hätten. Auf diese Weise werden dem Nahverkehr zusätzliche 600 Millionen Euro entzogen.

Wer jedoch glaubt, nach der Fertigstellung des Projekts würde alles besser, täusche sich gewaltig: Der Bau der kilometerlangen Tunnel werde das Bahnfahren drastisch verteuern. Allein die Unterhaltung der komplizierten unterirdischen Bauwerke verschlinge gewaltige Summen. Der vielen Trinkwasser-Quellen im Stuttgarter Gebiet wegen müsse ständig mit Verwerfungen gerechnet werden. Werde aber ein einziger Tunnelabschnitt gesperrt, sei der gesamte Bahnverkehr von und nach Stuttgart lahmgelegt.

Braig wusste, wie problematisch dies war. Alle paar Wochen kam es heute schon zu Vorfällen im S-Bahn-Tunnel, die den Betrieb oft über Stunden hinweg blockierten. Noch konnte man in diesen Situationen einen Teil des Zugverkehrs in den Kopfbahnhof verlegen, doch genau der sollte ja beseitigt werden. Er erinnerte sich zudem an einen Besuch Barcelonas vor wenigen Jahren. In einem Papierkorb des unterirdischen Hauptbahnhofs Sants war unter starker Rauchentwicklung ein Feuer ausgebrochen und hatte zur Sperrung des gesamten Bahnverkehrs geführt. Wenige Tage später waren wieder unzählige Züge ausgefallen: Unbekannte hatten mit der Zündung einer Bombe in einem der Tunnel gedroht. Wie naiv musste man sein, sich freiwillig solchen Risiken auszusetzen – noch dazu in einer Zeit ständiger Bedrohung durch Terroristen?

Die nächste Hiobsbotschaft riss ihn aus seinen Gedanken: Weil die Landesregierung die unterirdische Strecke vom Stuttgarter Hauptbahnhof unbedingt über den Flughafen bauen wollte, benötigten die Züge nach Ulm der starken Steigung wegen in Zukunft vierzig Prozent mehr Energie als heute. Und das in einer Zeit, in der man sich der Notwendigkeit, Energie zu sparen, mehr und mehr bewusst wurde.

Wir brauchen keinen unterirdischen Durchgangsbahnhof, um zentrumsnahe freie Flächen zu schaffen, erläuterten die Sprecher der Umweltverbände anhand fertig ausgearbeiteter Pläne, eine Renovierung des Kopfbahnhofs bewirkt fast das gleiche Ergebnis: Nahezu siebzig Prozent des projektierten Areals – vom ehemaligen Güterbahnhof über den Wagen- bis zum Lokabstellbahnhof – lässt sich auch mit einer weit preiswerteren Überholung der bisherigen Station von Gleisen befreien, zu Kosten von etwa 1,3 Milliarden im Vergleich zu den heute gerechneten weit über 3 Milliarden für das von der Landesregierung avisierte Projekt.

»In Frankfurt und München trug man sich angesichts der dort vorhandenen Kopfbahnhöfe jahrelang mit den gleichen Ideen und verwarf sie jetzt endgültig. Warum wohl? Sind die Leute dort dämlicher als wir? Zwölf Jahre Großbaustelle in Stuttgart erwarten uns«, schloss der Vertreter der Umweltverbände, » wenn es Sie aber gelüstet, die einzigartige Atmosphäre und das wunderbare Feeling des geplanten Stadtteils zu erkunden, dann gehen Sie zum Nordeingang des Hauptbahnhofs und geben sich dem Reiz und der städtebaulichen Erotik des bereits verwirklichten ersten Bauabschnitts hin.«

Braig benötigte nicht das tosende Gelächter, das die Worte des Mannes begleitete, um zu verstehen, was er meinte. Ein abstoßend inhumanes Revier aus sterilen Beton- und Glasfassaden war dort entstanden, das jeder Atmosphäre entbehrte; ein Areal, wie es – zum Glück – in der ganzen Stadt kein zweites Mal anzutreffen war.

Was waren die Beweggründe, allen sachlichen Argumenten zum Trotz dieses Projekt zu verwirklichen, überlegte Braig, als sie lange nach Abschluss der Veranstaltung gemeinsam in *Sophies Brauhaus* im Zentrum Stuttgarts saßen. »Ist es allein die Bau-Mafia?«

Theresa Räuber wollte ihm nicht bedingungslos zustimmen. »Natürlich stehen unzählige Abgeordnete in den Diensten der mächtigsten Banken und Bau-Löwen und wissen um ihre primäre Verpflichtung, ihren eigentlichen Herren ein großes Stück vom Kuchen zu besorgen. Zudem geht es eher um vier Milliarden als nur um drei, weil alle Großprojekte der letzten Jahre sich am Ende als weit teurer als projektiert erwiesen. Vier Milliarden Steuergeld – eine irre Ausbeute für eine Hand voll Profiteure. Und dennoch glaube ich, dass noch ein ganz anderer Punkt eine wichtige Rolle spielt.«

»Was meinst du?«

»Ein völlig irrationales Phänomen«, sagte Theresa Räuber. »Abseits jedes logischen Gedankengangs. Kein Außenstehender kann es begreifen. Der *schwäbische Komplex*, wenn ich es so nennen darf.«

»*Schwäbischer Komplex*?«, fragte ihre Schwester.

»Schau dir das Auftreten schwäbischer Politiker in der Öffentlichkeit an, den Ministerpräsidenten und den Stuttgarter Oberbürgermeister, und was siehst du? Zwei von der Last und der Verantwortung ihres Amtes fast erdrückte durch das Bild huschende Gestalten, ängstlich, linkisch, verstohlen, Schatten ihrer selbst. Und dann Politiker aus anderen Regionen wie etwa den Regierenden Bürgermeister von Berlin: Klaffen da nicht Welten im Auftreten dieser Leute? Hier die verkniffenen, gramgebeugten Gesichter der Schwaben, dort die vor Lebenslust und Selbstbewusstsein geradezu überbordenden Genussmenschen aus nördlichen Gefilden. Ihr Minderwertigkeitskomplex ist ihnen buchstäblich ins Gesicht geschrieben. Die grauen Mäuse der Republik – wo anders als in Schwaben sollen sie zu Hause sein? Und weil es immer noch Regionen gibt, wo man genau so über die Schwaben und ihr Provinz-Stuttgärtle denkt, wollen sie endlich raus aus dieser Versenkung, wollen Anerkennung, geachtet werden, dabei sein im Spiel der Großen: Stuttgart – der Nabel der Welt. Rio de Janeiro, Shanghai, Stuttgart – in dieser Gesellschaft wollen sie stehen, im Rampenlicht des Weltgeschehens und nicht dort im Südwesten der Republik.

Anstatt stolz zu sein auf ihre landschaftlich so schöne, wirtschaftlich prosperierende, kulturell vielschichtige, städtebaulich mit vielen kleinen Höhepunkten ausgestattete Provinz, grämen sie sich wie pubertierende, verpickelte Jünglinge, dass sie nicht mitmischen dürfen im gelangweilt–lustlosen

Spiel der Lebemänner, dass ihr Stuttgärtle außerhalb des Ländles nicht als globale Metropole registriert wird, sondern als das, was es wirklich ist: eine landschaftlich reizvoll gelegene Stadt mit lebens- und liebenswerten Stadtteilen und interessantem Umland – etwas abseits vom Weltgeschehen zwar, aber mit hoher Lebensqualität, selten niedriger Kriminalitätsrate und freundlichen, na ja, meist freundlichen Menschen. Weil den Großkopfeten aus Politik, Wirtschaft und den Medien dies aber nicht genügt, versuchen sie sich an den eigenen Haaren aus dem selbst verursachten Sumpf zu ziehen. Ihr Minderwertigkeitskomplex bohrt und nagt an ihnen und es fuchst und wurmt sie, dass sie nicht ganz oben mitspielen dürfen und deshalb tun sie auf Teufel komm raus alles, um endlich überall in der Welt als hypermodern, kultig- trendig, future-styled anerkannt zu werden. München hat seinen Flughafen – wir auch! Frankfurt hat seine Messe – wir auch! Berlin hat seinen Durchgangsbahnhof – wir auch! Pubertäres Verhalten verpickelter Jünglinge, fernab jeden rationalen Gedankens – der Versuch, die wohl aus der pietistischen Tradition resultierenden Minderwertigkeitsgefühle zu bewältigen. Ich fürchte, dieser *schwäbische Komplex* spielt eine wichtige Rolle bei der Entscheidung für dieses Projekt.«

»Der *schwäbische Komplex* ...« Braig wurde vom Läuten seines Handy überrascht. Er verstummte mitten im Satz, schielte auf Ann-Katrins Uhr, sah die beiden Zeiger nah beieinander stehen. Der Große nur wenige Millimeter rechts vom Kleinen. Fünf nach Zwölf. Kurz nach Mitternacht. Früher Samstag Morgen, wenn man so wollte. Wer konnte das sein, außer ...

Der Signalton ertönte zum dritten Mal.

»Worauf wartest du noch?«, seufzte Ann-Katrin laut.

Braig griff in seine Tasche, zog das Gerät vor, warf einen Blick aufs Display. »Das Amt«, sagte er.

»Wer sonst?«, antwortete sie.

Er nahm das Gespräch an, drückte das Handy an sein Ohr.

»Weisshaar hier, ich weiß, wie spät es ist, aber es handelt sich um ...«

Das laute Gelächter einer Gruppe Männer am Nachbartisch übertönte alle anderen Geräusche. Braig hatte Mühe zu verstehen, verstärkte den Druck auf sein Ohr.

»... in Esslingen«, hörte er die Stimme des Kollegen.

»Was ist in Esslingen?«

»Eine Frau wurde überfallen. Angeblich von einem mit einer Militärjacke bekleideten Mann. Sie verstehen?«

Braig fuhr es siedendheiß durch sein Inneres. Und ob er verstand! Freitagabend, Wochenende. War es wieder geschehen? Hatte der Kerl wieder zugeschlagen? Überall im gesamten Großraum Stuttgart waren die Kollegen der Schutzpolizei mit besonderer Aufmerksamkeit unterwegs, aber das war natürlich viel zu wenig. Ein Tropfen auf den heißen Stein, überlegte er. »Was ist mit der Frau?«, fragte er. »Sie lebt?« Er bemerkte den erstaunten Blick der jungen Bedienung, die gerade vorbei kam, konzentrierte sich auf die Antwort des Kollegen.

»Mir liegen keine Informationen darüber vor, tut mir leid. Es gibt aber einen Zeugen. Die Kollegen sprechen gerade mit dem Mann. Du kümmerst dich um die Sache?«

Braig sagte zu, ließ sich die Handy-Nummer der Schutzpolizei-Streife in Esslingen geben.

Wenige Minuten später war er unterwegs zur S-Bahn-Station *Stadtmitte*, nahm einen der letzten Züge nach Esslingen und suchte den Kollegen der Schutzpolizei, der dort vor dem Bahnhof auf ihn wartete.

»Eine seltsame Sache ist das«, erklärte der Beamte, als er neben ihm im Dienstwagen Platz genommen hatte.

»Was für eine seltsame Sache?«

»Die Frau ist offensichtlich verschwunden.«

»Welche Frau?«

»Hano, die Frau, die überfallen wurde.«

Braig glaubte nicht richtig zu hören. »Was heißt *verschwunden*?« Er starrte zur Seite, warf dem Kollegen einen überraschten Blick zu.

»Sie ist weg«, antwortete der Mann, »spurlos verschwunden. Wir haben nach ihr gesucht, die gesamte Umgebung überprüft, nichts. Sie ist nicht mehr da.«

Braig versuchte sich zu konzentrieren. Es fiel ihm nicht leicht, die späte Stunde forderte ihren Tribut. »Verstehe ich das richtig: Die Frau, die hier heute Nacht überfallen wurde, ist nicht mehr aufzufinden?«

Der Beamte bog in eine andere Straße ein, die nur mäßig beleuchtet war, bestätigte die Worte seines Gesprächspartners. »Ja, sie ist weg. Und so seltsam es klingt: Wir wissen nicht, wieso und auch nicht, wohin.«

Er schüttelte den Kopf, massierte seine Schläfen, versuchte zu verstehen. »Wie konnte das passieren?«

»Tut mir leid. Wir wissen es nicht.«

»Sie sind detailliert über das Geschehen informiert?«

»Nur teilweise. Sie müssen die Kollegen fragen. Wir sind gleich da.«

Braig sah die beiden Blaulichter von weitem. Ihre grellen Blitze stachen ihm schmerzend in die Augen. Er blickte zur Seite, wartete, bis der Wagen zum Stillstand gekommen war, bemerkte jetzt erst die große Gruppe aufgeregter Neugieriger, die von zwei uniformierten Kollegen in Schach gehalten wurden. Nachts kurz nach Eins. Was wollten die hier? Benötigten die keinen Schlaf?

Er stieg aus dem Auto, schaute sich um. Vor ihm im fahlen Licht der Lampen die Otto-Bayer-Straße, auf der linken Seite von mehrstöckigen Wohnhäusern gesäumt, zur Rechten die Gebäude verschiedener Betriebe. Zwei Polizeifahrzeuge waren quer über den Gehweg geparkt, offensichtlich in der Absicht, einen kurzen Abschnitt des Fußgängerbereichs von den Schaulustigen freizuhalten. Einen großen Teil der Neugierigen hinderte das nicht daran, sich auf der Straße zu postieren, mühsam von den beiden Schutzpolizeibeamten am Betreten des Gehwegs gehindert.

Braig drängte sich durch die Meute der Gaffer, zog seinen Ausweis, streckte ihn einem der uniformierten Kollegen entgegen. Der Mann nickte ihm zu, ließ ihn passieren. Er lief weiter, erreichte den abgesperrten Teil des Gehwegs unmittelbar vor dem Areal einer Firma. Drei Beamte der Schutzpolizei, zwei Männer und eine Frau waren in ein intensives Gespräch mit einem jungen, mit einem hellem Anzug und gemusterter Krawatte bekleideten Mann vertieft.

»... so wahr ich hier stehe!«, hörte Braig die aufgeregte Stimme des Mannes. »Wie oft soll ich es noch wiederholen?«

Er räusperte sich laut, sah die erstaunten Gesichter, stellte sich vor. »Braig vom LKA. Guten Abend.«

Die einzige Frau in der Gruppe reagierte als erste. Sie nahm ihre Mütze vom Kopf, ließ einen Seufzer der Erleichterung hören. »Endlich! Mein Gott, bin ich froh, dass Sie die Sache übernehmen!«

Braig sah, wie sie sich zur Seite drehte, eine Zigarette aus ihrer Jacke fischte und ansteckte. Ihre langen blonden zu einem Zopf geflochtenen Haare lagen kreisrund um ihren Kopf.

»Eine Frau wurde überfallen?«, fragte er, um nicht lange um den heißen Brei herumzureden.

»Ja, angeblich ...«, äußerte einer der Beamten.

Der Mann in dem hellen Anzug fiel ihm mitten ins Wort. »Nicht angeblich! Ich verbitte mir diese Kritik. Ich habe es gesehen, mit meinen eigenen Augen! Das war kein Spiel!«, rief er so laut, dass es bis auf die Straße schallte.

»Was hot der gsehe?«, kreischte es aus der Gruppe der Neugierigen.

Braig versuchte, seinen Gesprächspartner zu beruhigen. »Moment. Darf ich zuerst um Ihre Personalien bitten?« Er zog sein Notizbuch aus der Tasche, wartete auf eine Antwort.

Der Mann im Anzug holte tief Luft. Er hatte ein schmales, bleiches Gesicht, trug einen dünnen Oberlippenbart. »Mein Gott, ist das umständlich hier«, schimpfte er. »Sie sollen nach der Frau suchen, das ist viel wichtiger. Nicht, dass die sich noch was antut nach dem Schock. Die muss völlig fertig sein. Meinen Namen und meine Adresse habe ich doch denen da schon längst mitgeteilt.« Er zeigte auf die uniformierten Beamten.

»Ihre Personalien, bitte«, wiederholte Braig unbeirrt.

Der Mann hatte Mühe, sich zu beruhigen. »Bareiss, Bernhard.«

»Sie wohnen hier?«

Er schüttelte den Kopf. »Nicht direkt. Dort vorne in der Katharinenstraße.« Er deutete auf die andere Seite der Fahrbahn. »Ich war in Deizisau bei meinem Chef. Er hat gekocht, mit Hilfe seiner Frau allerdings. Deshalb.« Er griff nach seiner Krawatte, hielt sie vor sich hin. »Sonst wäre ich nicht so angezogen.«

»Und? Was haben Sie gesehen?«

Bareiss atmete tief durch. »Also, jetzt wiederhole ich alles zum zehnten Mal!«

»Ich bitte darum.«

»Ich war bei meinem Chef in Deizisau«, begann er erneut, »bis kurz vor Mitternacht. Zehn, fünfzehn Minuten vor Zwölf etwa. Wir haben uns vorhin schon ausführlich über die

Uhrzeit unterhalten, genauer bekomme ich es nicht mehr auf die Reihe. Vielleicht erinnern sich Herr Ellinger, mein Chef, und seine Frau noch daran, ich habe sie seither nicht mehr gesprochen. Weil es so spät ist. Ich wollte sie nicht wecken, die schlafen bestimmt. Auf jeden Fall«, er holte mit seiner rechten Hand weit aus, zeigte in die andere Richtung, »kam ich von dort die Otto-Bayer-Straße entlang.« Er betrachtete Braig mit aufgeregter Miene, vergewisserte sich, dass der Kommissar seinen Ausführungen mit voller Aufmerksamkeit folgte.

»Und dann?«

»Und dann?«, wiederholte Bareiss entgeistert über so viel sachliche Nüchternheit. »Dann sah ich den Kerl, hier, genau an dieser Stelle, wie er auf die Frau einschlug. Brutal, wie im schlimmsten Film. Hier, mit diesem Eisen oder was immer das ist.« Er deutete auf einen schmalen, etwa dreißig Zentimeter langen Stab, der keinen Meter von ihm entfernt auf dem Boden lag. »Ihre Kollegen haben darum gebeten, ihn liegen zu lassen, für Ihre Untersuchungen, also wegen der Abdrücke.«

Braig betrachtete den Gegenstand, sah, dass es sich um ein schmales Metallrohr handelte, das wohl von Handwerkern benutzt wurde. Wenn der Täter tatsächlich mit diesem Stück auf die Frau eingeschlagen hatte, musste sie schwer verletzt sein.

»Sie haben es nicht berührt?«

»Ich?« Bareiss wehrte Braigs Frage entsetzt ab. »Um Gottes Willen. Ich habe doch selbst gesehen, wie der Kerl es benutzt hat, um ...« Er brach seinen Satz ab, überlegte, kam dann auf einen anderen Punkt zu sprechen. »Ich wusste am Anfang natürlich nicht, dass es sich um einen Eisen- oder Metallstab handelt. Das ging alles viel zu schnell. Sie dürfen nicht vergessen, ich fuhr die Straße entlang, als ich den Kerl plötzlich auf die Frau einschlagen sah.«

»Ich verstehe. Und dann?«

»Und dann? Ich stieg voll auf die Bremse, hielt mitten auf der Straße an und sprang aus meinem Golf.«

»Sie hatten keine Angst?«

»Mein Gott, haben Sie sonst keine Sorgen?« Bareiss schüttelte ungeduldig den Kopf. »Ob ich Angst hatte? Was weiß ich. Ich bin nicht besonders mutig, das sicher nicht. Aber das ging alles so schnell. Ich komme die Straße entlang, sehe den Kerl auf die Frau einschlagen und springe auf die beiden zu. Das war eben so. Glauben Sie, ich hatte lange Zeit, zu überlegen, was ich jetzt tun soll? Gesehen und raus, fertig.«

»Sie haben auf jeden Fall vorbildlich gehandelt«, attestierte Braig. »Wie reagierte der Kerl?«

»Wie der reagierte?« Bareiss holte tief Luft. »Der bemerkte mich überhaupt nicht, zuerst jedenfalls, meine ich. Der drosch weiter auf die Frau ein, wie im Rausch. Erst als ich schon fast bei ihnen angelangt war und ihn direkt vor mir hatte, nahm er mich wahr.«

»Er griff Sie nicht an?«

»Der rannte davon, von einer Sekunde auf die andere. Er starrte mich an, total perplex, drehte sich zur Seite, sprang den Gehweg entlang, dann auf die Straße. Wie ein Karnickel, dachte ich in dem Moment. Er schlug Haken, lief nicht gerade über die Fahrbahn. Das Eisen ließ er sofort, gleich am Anfang, fallen. Ich höre jetzt noch den metallischen Ton des Aufpralls auf dem Boden.«

»Was war mit der Frau?«

»Mit der Frau? Sie kniete auf dem Boden, schrie vor Schmerzen. Ich bückte mich nieder, versuchte ihr zu helfen. Sie stieß mich weg. Ich dachte, die steht unter Schock, die begreift überhaupt nicht, dass ich nicht der Angreifer bin. Deshalb ließ ich sie in Ruhe, drehte mich um, schaute nach dem Kerl. Der rannte an meinem Golf vorbei, sprang zu einem Daimler, der dort drüben auf der anderen Seite geparkt war, riss die Tür auf und startete den Motor.«

»Sofort? Er startete sofort?«

»Auf der Stelle. Es muss sein eigenes Fahrzeug gewesen sein. Er hatte es offensichtlich dort abgestellt.«

»Ein Daimler?«

»E- oder S-Klasse. Genau kann ich es nicht sagen.«

Braig starrte sein Gegenüber überrascht an. »Keine A-Klasse?«

Bareiss schüttelte energisch seinen Kopf. »Nein. E oder S. Ein dicker Schlitten. Ich sah es genau, als ich hinter ihm her raste.«

»Sie haben ihn verfolgt?«

»Sie haben ihn verfolgt?« Der Mann stampfte mit dem Fuß auf den Boden. »Was glauben denn Sie? Natürlich habe ich ihn verfolgt. Ich wollte das Schwein doch zur Rechenschaft ziehen.«

»Und weiter?«

»Weiter? Ich habe ihn verloren, irgendwo bei der Auffahrt auf die Adenauerbrücke.«

Braig kannte die innenstadtnahen Bereiche Esslingens, wusste in etwa, was der Mann andeutete. »Sie haben sein Kenzeichen?«

Bareiss wirkte mit einem Mal völlig niedergeschlagen. »Tut mir leid«, sagte er dann in gedämpftem Ton, »es war mitten in der Nacht, total dunkel, dazu die Hektik. Ich war überhaupt nicht auf so etwas vorbereitet und dann fuhr der Kerl auch noch ohne Licht, und der Abstand war einfach zu groß ...«

Wäre auch zu schön gewesen, überlegte Braig, zu einfach, zu nah an der Lösung des Falles.

»Ein *S*«, fuhr Bareiss fort, »auf jeden Fall ein Stuttgarter Wagen, da bin ich mir sicher. Aber das nützt Ihnen nichts, ich weiß. Davon gibt es einfach zu viele.« Er verstummte, wirkte frustriert, hatte allen Elan verloren. »Und ich kann ihn nicht einmal richtig beschreiben, den Kerl«, setzte er dann von Neuem an. »Es ging einfach alles viel zu schnell. Aber er ist nicht allzu groß und kräftig, ja, und er hat ein breites Gesicht. Und auf seinem linken Backen einen Pickel oder eine Warze, irgend so etwas.«

»Das haben Sie so genau gesehen?«, fragte Braig überrascht.

»Ich würde es Ihnen sonst nicht erzählen«, antwortete der Mann in beleidigtem Ton. »Mein Gedächtnis ist gut.« Er hustete, hielt sich die Hand vor den Mund. »Und er roch nach Rasierwasser. Ekelhaft penetrant ...«, setzte er hinzu. »Aber das nützt Ihnen nichts.«

»Nach Rasierwasser?« Braig fühlte sich elektrisiert, wagte kaum zu atmen. Handelte es sich tatsächlich um denselben Täter?

Bareiss nickte. »Hier stank alles danach. Als ich ihn beinahe erwischt hätte, meine ich. Und dort, wo er über die Straße rannte.«

»Was ist mit der Frau?«

»Mit der Frau?« Bareiss fand zu seiner alten Lebendigkeit zurück. »Das ist es ja. Die ist weg. Verschwunden.«

»Seit wann?«

»Seit wann?« Der Mann schüttelte energisch den Kopf. »Was wollen Sie? Ich fuhr dem Kerl hinterher, von einer Straße in die andere, verlor ihn irgendwann aus den Augen, ich erwähnte es ja schon, kam nach einer Weile hierher zurück.

Nach fünf oder vielleicht auch zehn Minuten, ich weiß es nicht. Sie war weg, spurlos verschwunden.«

»Sie haben sich nicht gewundert?«

»Gewundert?« Bareiss holte tief Luft. »Gewundert, Sie sind gut. Ich rannte hier in der Gegend rum, fuhr dann die Straßen in der Umgebung ab und suchte nach ihr. Nichts. Überhaupt nichts. Keine Spur von ihr. Sie war weg.«

»War sie noch fähig, zu laufen? Ich meine, konnte sie aus eigener Kraft von hier verschwinden?«

»Woher soll ich das wissen? Ich habe nur gesehen, wie der auf sie einschlug. Und als ich vor ihr stand? Sie kniete auf dem Boden und schrie. Vor Schmerzen, denke ich. Ich bückte mich, versuchte ihr zu helfen. Sie stieß mich weg. Was soll ich sagen? Ich weiß es nicht.«

»Und der Täter?«, fragte Braig. »Kann er hierher zurück gekommen sein und sie in seinen Wagen gezerrt haben, um seine Spuren zu verwischen? In der Zeit, als Sie ihn aus den Augen verloren hatten?«

»Der Täter?« Bernhard Bareiss schien die Sprache verloren zu haben. Diese Möglichkeit hatte er offensichtlich noch nicht bedacht. »Das kann nicht sein«, sagte er dann nach einigem Zögern. »Das ist unmöglich.«

Braig betrachtete sein Gegenüber mit nachdenklicher Miene. »Er kann nicht hierher zurückgekehrt sein?«

Der Mann im hellen Anzug schluckte heftig. »Warum soll der noch mal hierher kommen? Weshalb?«

Der Kommissar blieb ruhig, dachte über die seltsame Situation nach, in die er hier geraten war. Ein Überfall – ganz nach dem Muster der vergangenen Wochenenden, diesmal aber ohne Opfer. Wo war die Frau? Wieso war sie verschwunden? Bareiss behauptete, unmittelbar nach seiner Rückkehr die Umgebung nach ihr abgesucht zu haben.

Wieso hatte er sie – eine seinem Bericht nach erheblich verletzte Frau – nach den wenigen Minuten, die er sich von hier entfernt hatte, nicht mehr gefunden? Weil sie hier in der Nähe wohnte?

Braig schaute auf die andere Seite der Straße, sah die Häuser. Das war natürlich möglich, erklärte auch, weshalb sie hier so spät noch unterwegs gewesen war. Weshalb aber hatte sie diese Straßenseite benutzt, mitten in der Nacht, allein, wo nur die leeren Gebäude verschiedener Firmen standen, warum war sie nicht auf den Gehweg auf der anderen Seite der Fahrbahn gewechselt, unmittelbar an den Häusern, wo ein Echo auf etwaige Hilferufe viel schneller zu erwarten war als hier? Mitten in der Nacht, allein, als Frau? Ob er wollte oder nicht, eine Antwort drängte sich ihm immer stärker auf: Weil es diese Frau gar nicht gab, sie nur in der Fantasie des aufgeregten Mannes im hellen Anzug existierte?

Er wandte sich Bareiss zu, betrachtete ihn stillschweigend. Ein Zeuge, der es auffallend wichtig hatte. Sehr wichtig sogar. Fährt kurz nach Mitternacht zufällig hier vorbei und sieht, wie die Frau attackiert wird. Von einem Mann mit einem Metallstab. In der Nacht von Freitag auf Samstag, so wie an mehreren Wochenenden zuvor auch schon. Er sieht den Überfall, stoppt seinen Wagen und eilt der Frau zu Hilfe. Sofort. Ohne jede Überlegung. Er, der nicht gerade muskulös wirkende Mann im feinen hellen Anzug. Wie mutig! Welch heldenhafter Einsatz!

Er treibt den Täter in die Flucht, jagt ihn weg, verfolgt ihn. Das Fluchtfahrzeug – ein dicker Daimler. Er verliert ihn aus den Augen, erkennt nur das *S*, kehrt an den angeblichen Tatort zurück. Nach wenigen Minuten. Doch die Frau ist nicht mehr da. Das angebliche Opfer spurlos verschwunden.

Weil sie nur in seiner Fantasie existierte? Weil er sich – wenigstens einmal im Leben – wichtig machen, als bedeutende Persönlichkeit vorstellen wollte? Warum war der Mann so aufgeregt, was wollte er mit seinen großen Worten? Die Aufmerksamkeit der Ermittler, der Journalisten, der Öffentlichkeit erregen? Band er ihm deshalb einen Bären auf, eine spannende, allein seinem Gehirn entsprungene Geschichte?

»Dort vorne ist Blut.«

Braig hörte die Stimme der uniformierten Beamtin, schaute auf. Sie stand wenige Meter von ihm entfernt, wies auf den Boden, winkte ihn zu sich her. »Blut«, fuhr sie ungefragt fort, »wir glauben es zumindest.«

»Es sieht wirklich danach aus«, ergänzte ihr Kollege, »wir haben die Stelle vorhin mit Taschenlampen untersucht.«

Hatten sie seine Zweifel bemerkt? Er folgte ihrem Hinweis, kniete sich nieder, leuchtete das Pflaster mit der Lampe der Kollegin aus. Zwei rotbraune Flecken mitten auf dem Weg. Auch wenn das Licht nicht optimal war, musste er nicht lange überlegen. Er wusste aus langjähriger Erfahrung, wie Blutflecken aussahen. Dann handelte es sich also doch nicht um die Fantasie eines gelangweilten Mannes?

»Ich kenne die Frau«, meldete sich Bareiss plötzlich wieder zu Wort.

Braig sprang hoch, starrte dem Mann ins Gesicht.

»Wie – Sie kennen die Frau?«

Bareiss holte tief Luft. »Also, ich kann Ihnen jetzt nicht ihren Namen und ihre Anschrift mitteilen, aber ich habe sie schon gesehen. Ein-, zweimal, vielleicht auch öfter. Ich habe ein gutes Gedächtnis für Menschen, ob Sie es mir glauben oder nicht. Die Frau wohnt wahrscheinlich irgendwo in der Nähe, deshalb. Ich kenne sie. Garantiert.«

»Die Frau, die hier«, *angeblich* hatte er sagen wollen, das Wort dann gerade noch unterdrückt, »überfallen wurde? Und Sie haben keinen Zweifel?«

Bareiss zog seine Krawatte zurecht, wischte sich über seine Jacke. Er schien trotz des kalten Windes, der Schmutz und Blätter durch die Luft wirbelte, nicht zu frieren. »Ich habe einen Blick für Gesichter«, sagte er, »ob Sie es mir glauben oder nicht. Und ich habe die Frau schon gesehen. Mehrmals.«

Braig nickte, zog sein Handy aus der Tasche. Auch wenn er immer noch skeptisch war, durfte er sich den notwendigen Untersuchungen nicht länger verschließen. »Sie fühlen sich imstande, ein Phantombild der Frau zu erstellen? Und – wenigstens in Ansätzen – auch das des Täters? Unsere Fachleute werden Ihnen helfen. Die wissen genau, worauf es ankommt.«

Bareiss zögerte keine Sekunde. »Das ist kein Problem. Ich kann Ihnen die Frau beschreiben. Aber den Täter? Wir können es versuchen. Aber versprechen Sie sich davon nicht zuviel!«

10.

Wenige Minuten nach Neun am Samstagmorgen hatte Neundorf das Haus am Ortsrand Rottenburgs erreicht.

Es handelte sich um ein modernes, zwei Stockwerke umfassendes Gebäude mit hohen, breiten Fenstern und spitzgiebligem Dach, von dichtem Buschwerk und einem niedrigen, dunkelbraun gestrichenen Holzzaun umgeben. Die Kommissarin überprüfte das Namensschild, läutete an der Klingel. *Astrid und Martin Grauselmaier.*

Sie hatte in der Nacht mehrfach vergeblich versucht, die Familie des ermordeten Politikers telefonisch zu erreichen, war gegen vier Uhr schließlich nach Hause gefahren, hatte sich drei Stunden Schlaf gegönnt. Erst am Morgen war es ihr gelungen, Astrid Grauselmaier zu sprechen. Sie hatte darauf verzichtet, die verschlafen klingende Frau fernmündlich über das Verbrechen zu unterrichten, stattdessen ihren baldigen Besuch angekündigt.

»Polizei?« Das kräftige Gähnen am anderen Ende war nur langsam verebbt.

»Wir müssen miteinander sprechen.«

»Weshalb?«

»In spätestens einer Stunde bin ich bei ihnen.«

Sie hatte sich in der Hoffnung von ihr verabschiedet, dass sie die Botschaft vom Tod ihres Mannes nicht vor ihrem Eintreffen aus den Frühnachrichten erfahren würde, sich dann auf den Weg gemacht. Die Rottenburger Kollegen zu bitten, diese Aufgabe zu übernehmen, hatte sie verworfen. Sie legte Wert darauf, die Ehefrau des Ermordeten selbst zu sprechen, wollte sie sich als ermittelnde Kommissarin doch ein persönliches Bild von allen in irgendeiner Weise von dem Verbrechen tangierten Personen machen. Auch wenn bisher keinerlei Anzeichen dafür vorlagen, dass Astrid Grauselmaier etwas mit dem Tod ihres Mannes zu tun hatte, konnte es doch aufschlussreich sein, deren erste Reaktion auf die Todesbotschaft mit eigenen Augen zu beobachten.

Neundorf sah, wie sich der Vorhang an einem der Fenster im ersten Obergeschoß bewegte, erhaschte für den Augenblick einer Sekunde das Gesicht einer Frau, die zum Eingang spähte. Sie drückte erneut auf die Klingel, hörte die Stimme aus dem Lautsprecher: »Einen Moment, bitte.« Sekunden später wurde die Tür geöffnet.

Die Frau, die vor ihr stand, trug einen flauschigen, cremefarbenen Hausanzug, weiße Socken und Sportschuhe. Sie hatte dunkelblonde, schulterlange, glatte Haare, ein immer noch etwas müde wirkendes, von heller, fast bleicher Haut gezeichnetes Gesicht.

Neundorf schätzte sie auf Anfang, Mitte Fünfzig. »Frau Grauselmaier?«, fragte sie, sah das zustimmende Nicken ihres Gegenüber, stellte sich vor.

»Polizei?«, wiederholte die Frau ihre Frage vom frühen Morgen. »Ich überlege schon die ganze Zeit, was Sie von mir wollen. Bin ich zu schnell gefahren?« Sie deutete auf das rote Cabrio wenige Meter entfernt.

Neundorf schüttelte den Kopf, bat darum, das Haus betreten zu dürfen.

Astrid Grauselmaier machte die Tür vollends auf, ließ die Besucherin eintreten, führte sie dann in eine geräumige Kombination von Küche und Wohnzimmer. Rustikale, im Farbton Erle ausgeführte Geräte- und Schränkefronten samt Arbeitsplatte, ein großer runder Tisch, dazu bequem gepolsterte Sessel-ähnliche Stühle. Neundorf hörte das Blubbern einer Kaffeemaschine, blieb vor dem Tisch stehen.

»Sie machen es spannend«, erklärte die Frau, ein unsicheres Grinsen im Gesicht.

»Es geht um Ihren Mann«, sagte die Kommissarin.

»Meinen Mann?« Astrid Grauselmaier legte ihre Stirn in Falten. »Wieso kommen Sie dann zu mir?«

»Ich habe leider keine gute Nachricht. Ihr Mann ist tot.« Sie sah, wie die Frau schluckte, sich dann einen Stuhl her zog und darauf Platz nahm.

»Martin ist tot?«

Neundorf nickte. »Es tut mir leid, ja. Heute Nacht.«

Astrid Grauselmaier hielt sich mit beiden Händen an der Tischplatte fest, starrte mit großen Augen zu ihrer Besucherin. »Ein Unfall?«

Die Kommissarin versuchte, Zeit zu gewinnen, ihre Antwort hinauszuzögern. Sie nahm sich einen Stuhl, setzte sich ebenfalls. »Nein, es war kein Unfall«, antwortete sie dann.

»Kein Unfall? Ich dachte, er sei zu schnell gefahren. Oder er hätte wieder mal zu viel getrunken. Kein Alkohol?«

»Stand das denn zu befürchten?«, erwiderte Neundorf.

»Na ja, Sie kennen ja diese Politheinis«, erklärte die Frau. »Narzisse durch und durch. Arrogant und selbstverliebt und wegen jeder Kleinigkeit sofort zu Tode beleidigt. Das muss zwangsläufig in Alkoholexzessen enden.«

Die Kommissarin wunderte sich über die Schärfe der Worte ihrer Gastgeberin, nahm überrascht die seltsame Distanz wahr, die sie zum Berufsstand ihres Mannes erkennen ließ. »Mit Alkohol hat es nichts zu tun, nein«, sagte sie.

»Es hätte mich auf jeden Fall nicht gewundert. Irgendwann ...« Sie verstummte, ließ den Rest ihrer Antwort offen.

»Ihr Mann wurde getötet.« Neundorf behielt ihr Gegenüber fest im Blick, versuchte, ihre Reaktion genau zu verfolgen.

Astrid Grauselmaier zeigte überraschend wenig Betroffenheit. »Martin?« Sie blieb auf dem Stuhl sitzen, wandte den Blick nicht von ihr ab. Ihr Mienenspiel offenbarte keinerlei Veränderung.

»Heute Nacht. Unmittelbar nach seinem Vortrag.«

»Von wem?«

»Wir wissen es nicht. Noch nicht.«

»Nach einem Vortrag, ja?«

Neundorf glaubte, ein leichtes Grinsen im Gesicht ihrer Gesprächspartnerin zu erkennen. »In Köngen. Sie haben heute Nacht nicht auf ihn gewartet?«

»Ich?« Astrid Grauselmaier benötigte ein paar Sekunden, die Frage zu verstehen, schüttelte dann den Kopf. »Nein.

Aber dann hatte er wenigstens noch einen schönen Abend. Vorträge, da fühlt er sich wohl. Egal, was er den Leuten erzählt. Hauptsache, alle hören ihm zu.« Sie schwieg einen Moment, sah Neundorfs zweifelnde Miene. »Nach einem Vortrag gestorben. Das hat er sich nicht träumen lassen.«

»Sie wussten nicht, dass er einen Vortrag hielt?« Die Skepsis in der Stimme der Kommissarin war nicht zu überhören.

Die Frau zögerte nur kurz mit ihrer Antwort. »Woher denn? Wir leben seit fast zwei Jahren getrennt.«

»Oh, das war mir nicht bekannt.« Neundorf wandte den Blick von ihrer Gesprächspartnerin, schaute zu der Kaffeemaschine auf der Anrichte, die leise vor sich hin kokelte. Der Ermordete und seine Frau lebten getrennt. Das erklärte das seltsame Verhalten ihres Gegenüber zur Genüge, die offenkundige Distanz, die die Frau zum Ausdruck brachte. Nach dem, was sie bisher offenbart hatte, schien die Ehe emotional wirklich am Ende, zumindest was die eine Seite anbelangte. Wie der andere Partner dazu stand, war jetzt nicht mehr zu erfahren. »Dann hat mich mein Kollege leider falsch informiert. Ich bat ihn um die Adresse des nächsten Angehörigen.«

»Sie müssen sich nicht entschuldigen. Martin will es so. Dass wir getrennt leben, soll möglichst lange geheim bleiben.«

»Sie sind noch nicht geschieden?«

»Um Gottes willen. Wissen Sie nicht, für welche Partei er im Landtag sitzt? *Nach außen die Fassade wahren* ist ihr wichtigstes Programm – die sind nicht umsonst seit Jahrzehnten an der Macht.«

Neundorf wunderte sich immer mehr über die deutlichen Worte ihrer Gesprächspartnerin. Das war nicht nur Distanz, was hier zum Ausdruck kam, das war Entfremdung, ja

Verbitterung. Astrid Grauselmaier hatte das Spiel ihres zum Polit-Profi mutierten Partners wohl lange genug mitgespielt, ihre eigenen Interessen und letztendlich sich selbst, ihre eigene Persönlichkeit diesem machtversessenen Streben geopfert, so lange, bis sie es nicht mehr hatte ertragen können. Und selbst dann, als die Erkenntnis nicht mehr länger zu verbergen war, dass es keinerlei Gemeinsamkeiten mehr gab, war ihr die Trennung verwehrt geblieben. Hatte sie jetzt selbst für den endgültigen Schlussstrich gesorgt?

»Wie ist es passiert?« Die Frau hatte sich erhoben, war zur Kaffeemaschine gegangen, hatte die Kanne hin und her geschwenkt. »Sie auch?«

Neundorf nickte mit dem Kopf, überlegte, ob sie die ganze Wahrheit mitteilen sollte. »Er wurde erschossen.«

»Wo?«

»Auf der Straße. Nach diesem Vortrag.«

»Und niemand war in seiner Nähe?«

»Wir wissen es noch nicht.« Neundorf hatte mehrere Beamte darauf angesetzt, die gesamte Umgebung des Tatorts abzugrasen und alle Anwohner zu befragen. Sie hatte Tanja Giebert und ihre Kollegin ersucht, ihr eine Liste von sämtlichen Teilnehmern der Veranstaltung in Köngen zu erstellen, soweit sie ihnen bekannt waren, hatte zudem die Medien darum gebeten, dazu aufzurufen, dass sich alle an diesem Abend in der Zehntscheuer Versammelten bei der Polizei melden sollten. Das bedeutete unermesslich viel Arbeit, gewiss, schien ihr aber unerlässlich, wenn sie eine Chance haben wollte, den Weg zum Mörder zu finden. Wo immer der Täter sich aufgehalten hatte, ob mitten unter dem Publikum oder – was ihr wahrscheinlicher schien – draußen auf der Straße, irgendjemand, das lehrte ihre berufliche Erfahrung, hatte ihn gesehen – ohne von seinem mörderischen Plan zu wissen, allerdings. Ihn aus all den anderen Teilnehmern dieses Abends herauszufinden, war ihre Aufgabe. Den ersten Aufruf im Radio hatte sie auf der Fahrt am heutigen Morgen schon gehört.

»Der Täter hatte es auf Martin abgesehen?«, fragte Astrid Grauselmaier. Sie brachte die Kaffeekanne, Milch, Löffel und Geschirr auf einem runden Tablett, stellte es auf dem Tisch ab. »Oder handelt es sich um einen missglückten Raubüberfall?«

Neundorf zögerte, rang sich dann zu einer ehrlichen Antwort durch. Die Frau war ihr sympathisch; sie konnte die Empfindung nicht länger zur Seite schieben, hatte Mühe, die kritische Position beizubehalten, die zur Ausübung ihrer beruflichen Ermittlungen unbedingt notwendig war. »Es war kein Raubüberfall, nein«, antwortete sie. »Ihr ehemaliger Partner war bewusst ausgewählt. Der Täter attackierte ihn zuerst mit Salzsäure, bevor er ihn erschoss.«

»Mit Salz...«. Astrid Grauselmaier verstummte mitten im Wort, ließ vor Schreck einen Teller fallen, der mit der Kante auf dem Tisch aufschlug. Die Kommissarin fing ihn auf, schob ihn zur Seite.

»Aber das ist doch vor ein paar Tagen schon einmal...«

»Genau«, bestätigte Neundorf, »das ist vor einer Woche schon einmal passiert. Ebenfalls in der Nacht von Freitag auf Samstag.«

»Derselbe Täter?«

»Es sieht so aus.«

Auf der Fahrt hierher hatte sie von der Kriminaltechnik die telefonische Bestätigung erhalten, dass die Kugeln aus derselben Waffe stammten, mit der auch Andreas Sattler getötet worden war. Eine Walther PPK 7.65. Wonach sie primär suchte, war also der Zusammenhang. Was hatten zwei solch gegensätzliche Personen wie der stille, zurückgezogen lebende Schachspieler aus Reutlingen und der wohl doch eher extrovertierte Politiker miteinander zu tun? Wo gab es eine Verbindung zwischen den beiden? Was war der gemeinsame Anlass?

»Aber, aber ...« Die Frau stand vor dem Tisch, hatte völlig vergessen, den Kaffee auszuschenken.

»Ja?«

»Was hat Martin mit dieser anderen Sache zu schaffen? Wo war das?«

»In Reutlingen.«

»In Reutlingen, klar, ich habe darüber gelesen. Wer war dort das Opfer?«

»Andreas Sattler, ein junger Student. Der Name sagt Ihnen etwas?«

Astrid Grauselmaier löste sich aus ihrer Erstarrung, verteilte das Geschirr, schenkte den Kaffee ein. »Aus der Zeitung, ja. Ich habe die Berichte gelesen.«

»Nur aus der Zeitung? Ich meine, nicht schon vorher?«

»Vorher?« Sie schüttelte energisch ihren Kopf. »Reutlingen ist ja nicht weit weg, aber ich, also wir, auch Martin, haben keine Beziehungen dorthin. Jedenfalls nicht, soweit ich es weiß.«

»Irgendeinen Zusammenhang muss es aber geben«, beharrte Neundorf. Es war zumindest wahrscheinlich, dass es ihn gab. Sofern es sich nicht um einen Verrückten handelte, der wahllos Menschen mit Säure attackierte und sie dann ermordete. In jeder Freitagnacht vielleicht, so wie der Verbrecher, der ständig Frauen überfiel und sie schrecklich zurichtete. Sie schüttelte den Gedanken von sich ab, schimpfte insgeheim mit sich selbst über ihre abstruse Idee, versuchte, sich wieder auf die Ermittlung zu konzentrieren. »Ihr ehemaliger Mann – spielte er Schach?«

»Schach? Um Gottes willen! Sie kennen Martin nicht. Er ist Politiker mit Leib und Seele, verstehen Sie? Vorträge halten, Partys geben, auf Empfängen den großen Mann darstellen, das ist seine Welt – nicht still im Eck sitzen und über Schachfiguren brüten.«

»Gibt es eine Person, die ihn so gut kennt, dass sie trotzdem über einen Zusammenhang zwischen ihm und Andreas Sattler informiert sein könnte?«

Die Frau setzte sich wieder auf ihren Stuhl, reichte Neundorf die Milch, trank von dem Kaffee. »Früher hätte ich gesagt, unsere Kinder. Aber die Zeiten sind längst vorbei.« Sie legte eine kurze Pause ein, schüttelte den Kopf. »Michael studiert in England und Beatrice macht ein Praktikum in Barcelona. Nein. Seit unserer Trennung haben sie nicht mehr viel Kontakt zu ihm. Sie haben ihm das nicht verziehen.«

»Wen könnte ich dann fragen?«

»Da gibt es nur eine Person«, antwortete Astrid Grauselmaier mit kräftiger Stimme und betonte den Namen. »Silvia. Wenn ihn heute jemand gut kennt, dann Silvia. Wer sonst?«

»Silvia?«

»Seine Neue. Offiziell seine Sekretärin.«

»Er lebte mit ihr zusammen?«

»Seit drei Jahren, vielleicht noch länger. Seit der Zeit weiß ich jedenfalls davon.«

Neundorf nickte mit dem Kopf. Dann hatte er seine Ehefrau also auch noch betrogen. »Wo finde ich diese Frau? Auch hier?«

»Hier?« Die Stimme ihrer Gastgeberin drohte sich zu überschlagen. »Was glauben Sie denn? In Stuttgart, doch nicht hier. Sie dürfen nicht vergessen: Fremdgehen ist nicht verboten, es darf nur nicht bekannt werden. Vor allem nicht hier, unter den Augen des Bischofs.« Sie ließ ein kurzes, sarkastisches Lachen hören, stellte ihre Tasse zurück.

11.

Meint die Frau das wirklich so, hatte Neundorf überlegt, als sie Astrid Grauselmaiers Bemerkung über den Bischof gehört hatte, sind wir im Ländle wirklich so bigott?

Sie hatte sich an den Minister erinnert, einen jungen, im Vergleich zu seinen Kollegen überraschend aufgeklärt und unerschrocken wirkenden Mann. Eine der Zukunftshoffnungen der Partei. Eines Tages hatte er sich erlaubt, die allzu unverblümte Einmischung des von Rom gesteuerten Klerus in die Landespolitik zu kritisieren. Ein allerorten mit großem Beifall aufgenommenes Bonmot. Doch dieses Bonmot hatte dazu geführt, dass die Zukunftshoffnung der Partei ihren Hut hatte nehmen dürfen und vorerst von der politischen Bühne verschwunden war.

In welchem Jahrhundert leben wir, überlegte Neundorf. Haben wir das Mittelalter wirklich noch nicht überwunden?

Sie hatte sich von Grauselmaiers Noch-Ehefrau die Adresse und Rufnummer Silvia Bäuerles in Stuttgart geben lassen, die Frau dann noch vor der Abfahrt aus Rottenburg mit ihrem Handy kontaktiert und ihren baldigen Besuch angekündigt. Die neue Lebensgefährtin des Politikers war kaum zu einer Antwort fähig gewesen, hatte nach eigenem Bekunden bereits vom Tod des Mannes gehört. »Wieso denn Martin?«, hatte sie Neundorf auf jede Frage immer wieder entgegengehalten. »Was hat Martin denn getan?«

Das ist wohl die zentrale Frage, überlegte die Kommissarin, wenn ich darauf eine Antwort wüsste, bliebe mir viel Arbeit erspart.

Unterwegs auf der Fahrt zu Silvia Bäuerle hatte sie die Nummer Julia Gerbers eingegeben und diese danach gefragt, ob sie einen Martin Grauselmaier kenne oder schon einmal etwas von dem Mann gehört habe.

»Grauselmaier?«, hatte Julia Gerber überlegt. »Ein seltsamer Name. Wer soll das sein?«

»Ein Politiker.«

»Politiker? Woher soll ich einen Politiker kennen?«

»Weil er mit Andreas in Verbindung stand.«

»Andreas und ein Politiker? Das kann nicht sein. Wie kommen Sie auf so eine Idee? Andreas interessierte sich nicht für Politik.«

»Und Holdenried? Was ist mit dem? Hatte er Kontakt zu Grauselmaier?«

Julia Gerbers heftiger Protest hatte die Leistungsstärke des Mobilfunkgerätes überfordert. Der Lautsprecher hatte geächzt und geknarzt, ihre Antwort nur schwer verständlich gemacht. »... ein Politiker? ... Nie und nimmer!«

»Sie können sich nicht erinnern, dass Holdenried irgendwann einmal etwas von einem Martin Grauselmaier erzählte?«

»Was fragen Sie überhaupt? Ein Politiker! Das ist unmöglich!« Sie war verstummt, hatte Neundorf mit einer Gegenfrage überrascht. »Oder fährt der Typ Autorennen?«

»Ich glaube kaum. Dazu ist er wohl zu alt. Ich werde mich aber erkundigen.«

»Dann haben Sie mit Falk also noch nicht gesprochen.«

»Nein, das haben wir nicht.«

Sie hatte die ehemalige Freundin Holdenrieds noch ausführlich danach befragt, wo der Mann sich aufhalten könne und sie gebeten, sich Gedanken über einen eventuellen Fluchtort zu machen, als Antwort nur den Hinweis auf verschiedene Sandbahn- und sonstige Rennpisten erhalten, die zu überprüfen sie bereits gestern in Auftrag gegeben hatte.

Kurz bevor sie in Stuttgart angelangt war, hatte sie das Gespräch beendet.

Silvia Bäuerles Wohnung zu finden, erwies sich als schwieriger und weitaus zeitaufreibender als sie gedacht hatte. Das großzügig mit weiten Fensterflächen ausgestattete Appartement lag in einer jener in den Hang gebetteten Terrassenanlagen unterhalb des Bismarckturms, die von der angrenzenden Straße her von hohem Mauerwerk abgeschottet vor jedem unerwünschten Einblick sicher waren.

Neundorf näherte sich dem Eingangsportal über die einen prächtigen Panoramablick über den Stuttgarter Talkessel vermittelnde, gewunden verlaufende Robert-Bosch-Straße, fühlte sich an die mit allem erdenklichen Komfort ausgestatteten Paläste der Reichen in den ärmsten Ländern dieser Erde erinnert, die ihren Luxus hinter dicken Mauern und hohen Zäunen vor dem Elend der übrigen Bevölkerung verschanzten. Mächtige, drei bis vier Meter in die Höhe ragende Stein- und Betonwälle, von massiven Stahlträgern flankierte Garagen, alle paar Schritte in winzigen Mauer-Nischen versteckte Kameras, auf den millimetergenau gleichförmig geschnittene Rasenflächen und Pflanzen-Exoten, dazu ab und an vorbeidröhnende, von sonnenbebrillten Klischee-Blondinen und smart smilenden Jungmännern gesteuerte Luxuskarossen vorwiegend Stuttgarter Provenienz – Neundorf spürte heftige Übelkeit in sich aufsteigen, noch bevor sie das winzige Namensschild identifiziert hatte.

Sie zwang sich, ruhig zu bleiben, drückte auf die Klingel, atmete tief durch. Es dauerte eine Weile, wahrscheinlich, weil sie erst mittels mehrerer Kameralinsen ausführlichst begutachtet werden musste, dann fragte eine weibliche Stimme: »Ja, bitte?«

»Neundorf vom LKA«, sagte sie und streckte sich in die Höhe, um das Mikrofon zu erreichen, »wir haben miteinander telefoniert.«

»Ja, ist gut. Kommen Sie bitte. Dritte Etage links.«

Sie hörte den Türöffner summen, drückte das schwere Portal auf. Ein schmaler, mit hellen Platten ausgelegter Weg führte, von rechteckig angelegten Rasenflächen flankiert, auf ein steil aufragendes Gebäude zu. Neundorf sah, wie die Glastür vor ihr zur Seite schwang, erreichte eine Kombination aus Treppe und Fahrstuhl. Sie entschied sich für die Treppe, stieg die Stufen hoch. Der intensive Duft frischer Zitronen und anderer exotischer Früchte lag in der Luft.

Die Frau im dritten Stockwerk kam direkt aus dem Bad. Sie hatte kurze, dunkle Haare, ein schmales, gebräuntes Gesicht, steckte in einem flauschigen dunklen Hausanzug. Ein feuchtes Badetuch lag um ihre Schulter gewickelt.

Neundorf zeigte ihren Ausweis, reichte ihr die Hand. »Frau Silvia Bäuerle?«

Die Angesprochene nickte, bat sie, einzutreten. »Die bin ich.«

Die Kommissarin schätzte sie auf Mitte Dreißig, folgte ihr in die Wohnung. Eine breite, von zwei mannshohen Spiegeln flankierte Diele, weiß gekachelter Boden, winzige, in die Decke eingelassene Strahler.

»Erwarten Sie sich bitte nicht zuviel von einem Gespräch«, sagte Silvia Bäuerle. »Ich kann es immer noch nicht glauben.« Sie war mitten in der Diele stehen geblieben, hatte sich zu ihrer Besucherin umgedreht.

Neundorf sah die Tränen auf ihrer rechten Wange. »Wann haben Sie es erfahren?«, fragte sie.

Silvia Bäuerle wies nach links zur ersten Tür, bat sie erneut, ihr zu folgen. Die Kommissarin betrat das Zimmer, glaubte zu träumen. Von riesigen, fast vom Boden bis zur Decke reichenden Fensterfronten und nur minimalistischer Einrichtung geprägt, gab der Raum den Blick auf die gesamte Umgebung frei. Der komplette Stuttgarter Talkessel lag ihr zu Füßen. Links der Turm des Hauptbahnhofs, weiter rechts die Fronten des Neuen Schlosses mit einem Teil der Parkanlagen des Schlossplatzes. Unmittelbar davor die Glaskuppel der Galerie des Königsbaus, weiter rechts das Alte Schloss und die Stiftskirche. Darüber die Hügelkette der anderen Talseite, von der Uhlandhöhe bis nach Degerloch, überragt von den filigran wirkenden Masten des Fernmelde- und des Fernsehturms.

»Heute am frühen Morgen. Ein Bekannter aus Wendlingen, der bei dem Vortrag in Köngen dabei war, hatte davon gehört. Er rief mich an.«

Neundorf musste sich von dem Anblick der Umgebung losreißen, auf das Gespräch mit der Frau konzentrieren. Sie folgte ihr zu einer großen, dunkelblauen Polsterecke, die im Halbrund mitten in dem weitläufigen Raum um einen großen Glastisch platziert war. Sie nahm auf einem der Zweisitzer Platz, hatte die Klinge mit der Sünderstaffel auf der anderen Seite des Talkessels im Blick, wo sie im letzten Jahr auf die Leiche eines jungen Mädchens gestoßen waren.

»Sie haben ihn nicht zu seinem Vortrag begleitet?«, fragte sie.

»Freitag ist mein persönlicher Gesundheits-Tag. Da finden Sie mich im Fitness-Studio. Jeden Freitagabend.«

»Und Sie haben sich nicht gewundert, dass er heute Nacht nicht nach Hause kam? Er wohnt doch hier?«

Silvia Bäuerle nickte, legte das feuchte Badetuch ab, nahm Neundorf gegenüber Platz. »Ich wusste, dass es spät würde. Wenn er einen Vortrag hält, kommt er selten vor Eins, Zwei in der Nacht. Sie hocken noch irgendwo zusammen, um sich abzureagieren. Er kann dann eh kaum schlafen, ist viel zu aufgedreht.«

»Mit wem sitzt er dann noch zusammen?«

»Verschiedene Leute«, antwortete die Frau. »Er kennt doch das halbe Ländle. Wenn man so lange schon im Geschäft ist ...« Sie schluckte, fuhr kurz darauf fort. »Jedenfalls bin ich eingeschlafen. Und wach wurde ich vom Telefon ...«

»Mit der Information, was geschehen ist.«

Silvia Bäuerle nickte, stand auf, holte sich in einer schmalen Anrichte ein Papiertaschentuch, wischte sich das Gesicht sauber. »Wieso denn Martin?«, fragte sie dann. »Er hat doch niemand etwas getan.« Sie setzte sich, tupfte mit dem Taschentuch ihre Wangen trocken.

»Sind Sie sich da wirklich so sicher?« Neundorf sah, wie es im Gesicht ihres Gegenüber zuckte, setzte schnell ein besänftigendes: »Seit wann arbeiten Sie mit ihm zusammen?« hinzu.

Die Frau musste nicht lange überlegen, hatte die Antwort sofort parat. »Über fünf Jahre. Fast fünfeinhalb.«

»Als seine persönliche Sekretärin.«

»Inzwischen ja. Ursprünglich als seine Wahlkampf-Managerin.«

»Dann kennen Sie ihn ziemlich gut.«

»Auf jeden Fall.«

»Sagt Ihnen der Name *Andreas Sattler* etwas?« Neundorf musterte die Miene ihrer Gesprächspartnerin, verfolgte genau ihre Reaktion.

Die Frau schien über ein gutes Namensgedächtnis zu verfügen. »Wurde der nicht vor kurzem erst im Zusammenhang mit einem Verbrechen erwähnt?«

»Sie kennen den Mann?«

»Aus den Nachrichten, oder?«

»Herr Grauselmaier hatte nichts mit Sattler zu tun?«

Silvia Bäuerle schüttelte den Kopf. »Nein, wieso? Wie kommen Sie darauf?«

»Wie steht es mit *Falk Holdenried*?«

Wieder erfolgte die Antwort prompt. »Nie gehört, nein.«

»Wirklich nicht?«

Ein Kopfschütteln: »Nein. Ich habe ein gutes Gedächtnis. Den Namen kenne ich nicht.«

»Aber Herr Grauselmaier kann trotzdem Kontakt zu dem Mann gehabt haben, oder?«

Die Frau wiederholte ihr Kopfschütteln. »In meiner Gegenwart kam der Name nicht zur Sprache. Ich glaube nicht, dass er ihn kennt. Wir sprechen sehr viel miteinander.« Sie erschrak über ihre eigenen im Präsens formulierten Aussagen, verstummte. Eine Träne kullerte über ihre Wange.

»Wer hat ihn bedroht?«, fragte Neundorf. »Ein Politiker dieses Gewichts hat Feinde, das müssen wir doch realistisch sehen, oder?«

Silvia Bäuerle benötigte eine kurze Auszeit, ihr Gesicht zu säubern und wieder ruhig zu werden. Sie schaute an Neundorf vorbei, zu einem imaginären Punkt an der Wand. »*Feinde* ist ein hartes Wort, finden Sie nicht auch?«

»Aber Realität in diesem Beruf.«

»Man kann es nicht allen recht machen. Beim besten Willen nicht.«

»Eben. Da müssen wir ansetzen. An diesem Punkt und an der Verbindung zu Andreas Sattler.«

»Was wollen Sie ständig mit diesem Mann? Was hat er mit Martins Tod zu tun?«

Neundorf war sich darüber im Klaren, dass sie die genauen Umstände des Verbrechens jetzt zur Sprache bringen musste. Noch hatten sie es den Medien nicht mitgeteilt, um jeden Ansatz einer Hysterie zu vermeiden. »Sattler, ein Student und begabter Schachspieler aus Reutlingen, wurde vor einer Woche getötet. Auf die gleiche Weise wie Herr Grauselmaier.«

»Der Mord in Reutlingen? War das nicht diese perverse Sache mit der Säure?«

»Das war es, ja.«

»Und Martin wurde ...« Die Frau sprach nicht weiter, begriff mit einem Mal, was die Kriminalbeamtin da angedeutet hatte. Sie starrte ihr Gegenüber fassungslos an, schüttelte den Kopf, sank in sich zusammen. »Aber warum nur, warum?«

»Das muss ich herausfinden«, antwortete Neundorf, »aber ohne Ihre Hilfe wird mir das nicht gelingen.« Sie ließ der Frau Zeit, das Gehörte zu verarbeiten, blickte nach draußen, sah die Schatten kleiner Wolken über Stuttgarts Dächer huschen. Wer hatte einen solchen Hass auf Martin Grauselmaier, dass er ihm das angetan hatte? Wo war die Ursache, wo der entscheidende Punkt?

»Es war derselbe Täter wie bei diesem Sattler?«, fragte Silvia Bäuerle. »Ohne Zweifel?«

»Alles spricht dafür. Die identische Ausführung der Tat, die gleiche Waffe.«

»Zuerst die Säure, dann erschossen?«

Neundorf nickte zustimmend.

»Ich kenne keinen Andreas Sattler und auch nicht den Mann mit dem anderen Namen, diesen ...«

»Holdenried.«

»Holdenried. Es gibt keinen Zusammenhang mit Martin.«

»Wirklich nicht? Verstehen Sie mich bitte nicht falsch, aber für meine Ermittlungen ist das äußerst wichtig. Kennen Sie Herrn Grauselmaier wirklich so gut, dass Sie sich zutrauen, diese Frage korrekt zu beurteilen?«

Silvia Bäuerle schwenkte mit nervösen Bewegungen ihr Taschentuch hin und her. »Wir sind ...«, sie stockte, »wir waren ein Paar.«

Neundorf hatte schon ein skeptisches: *Was besagt das schon?* auf den Lippen, hielt es aber zurück. Sie musste der Frau vor ihr vertrauen, vorerst zumindest. Allem Anschein nach war sie die Person, die dem Politiker am nächsten stand, was immer das auch bedeuten mochte. »Ich benötige Namen«, sagte sie deshalb. »Leute, die irgendwann einmal etwas gegen Herrn Grauselmaier hatten. Gleich, was auch immer es war. Vielleicht stoßen wir in diesem Zusammenhang auf Sattler und Holdenried. Können Sie mir dabei helfen?«

Ihr Gegenüber saß kerzengerade auf der Kante des Sofas, betrachtete sie mit skeptischer Miene. »Leute, die etwas gegen Martin haben?«, wiederholte sie Neundorfs Worte. »Alle, von denen ich weiß?«

Die Kommissarin nickte. »Alle, bis auf den letzten. Wenn es Ihnen auch noch so geringfügig erscheint. Sie dürfen keinen auslassen. Nicht einen einzigen. Ist das möglich?«

Silvia Bäuerle signalisierte langsam, mit bedächtigem Kopfnicken ihre Zustimmung. »Im Büro«, erklärte sie. »Dort haben wir Unterlagen.«

12.

Der Anruf des Mannes erreichte Braig am frühen Montag Abend. Er saß in seinem Büro, war gerade dem achten Hinweis auf die angeblich zum Opfer eines Überfalls gewordene Frau nachgegangen, wieder vergeblich. Ein älterer Mann aus Denkendorf hatte geglaubt, eine Nachbarin auf dem in der Zeitung abgedruckten Phantombild entdeckt zu haben – wie sich Braig selbst überzeugt hatte, irrtümlicherweise. Die Nachbarin war der abgebildeten Person in etwa so ähnlich wie ein Krokodil einem Affen, hatte er überlegt, als er vor ihr stand. »I seh halt nemme so gut wie früher«, hatte der Mann sich entschuldigt, als Braig ihn vorwurfsvoll zur Rede stellen wollte.

Am frühen Samstagmorgen war es Daniel Schiek, dem begabtesten Grafiker des Landeskriminalamts, gelungen, den Hinweisen Bernhard Bareiss' Gestalt zu verleihen. »So in etwa«, hatte der Mann mit etwas verschlafener Miene erklärt, als das Gesicht der Frau nach etwa zwanzig Minuten gemeinsamer Bemühungen in realistischer Größe auf dem Bildschirm entstanden war, »das könnte hinhauen.«

Was den Täter anbetraf, sah die Sache erwartungsgemäß anders aus. Trotz mehrerer Anläufe und insgesamt fast drei Stunden währender Versuche hatten sie dem bisher noch Unbekannten keine eindeutig charakteristischen Gesichtszüge verleihen können. Bareiss' Hinweise waren zu sehr im Vagen geblieben, seine Aussagen allzu deutlich von der Hektik der nächtlichen Ereignisse geprägt. »Sie dürfen nicht vergessen, wie spät es war und wie dunkel. Ich hatte keine Gelegenheit, den Kerl auch nur ein einziges Mal bei normalem Licht zu sehen. Die nächste Straßenlampe war weit entfernt, außerdem starrte er fast die ganze Zeit nach unten zu der Frau. Das Gesicht lag im Schatten, ich sah eigentlich nur seine Silhouette.« Bareiss hatte dennoch darauf bestanden, den Mann als nicht besonders groß, aber kräftig und sein Gesicht als breit und mit einem dicken Pickel oder einer Warze auf der linken Wangen verunstaltet zu beschreiben. »Außerdem roch er penetrant nach Rasierwasser«, hatte er hinzugefügt, »genauer gesagt, er roch nicht, er stank danach. Irgendein herbes Zeug, Marke unbekannt, das ihn wie eine Wolke umgab.«

Wenige Stunden später hatte Braig beide Bilder mit den entsprechenden Erklärungen an die Medien weitergeleitet.

Bis zum frühen Montag Abend waren acht verschiedene Hinweise zur Person der unbekannten Frau eingegangen, bis auf den Tipp aus Denkendorf und einen anderen aus Plochingen alle aus Esslingen stammend – doch hatte bisher keiner auf die Spur der Gesuchten geführt.

Braig nahm den Hörer ab, wartete auf die Nachricht.

»Hier ist Bareiss«, hörte er die bekannte Stimme, »die Sache mit dem Überfall. Sie erinnern sich?«

Braig lachte sich den Frust der vergeblichen Bemühungen des Tages aus dem Leib. »Allerdings erinnere ich mich.«

»Ihnen scheint es ja gut zu gehen«, meinte der Mann. »Sie sind gut drauf, wie?«

»Gut drauf?« Braig wollte gerade zu einer geharnischten Antwort ansetzen und seinem Gesprächspartner von seinen vergeblichen Anläufen berichten, die angeblich überfallene Frau zu finden. Er wurde von Bareiss daran gehindert.

»Was glauben Sie, wo ich gerade bin?«, fragte der Mann.

»Woher soll ich das wissen?«

»Na, so gut sind Sie doch nicht drauf, wie? Ich nehme alles zurück.«

»Was wollen Sie mir mitteilen?«

»Sie werden es nicht glauben, aber ich habe sie gesehen.«

»Wen haben Sie gesehen?«

»Na, wen wohl?« Bareiss' Stimme hatte einen vorwurfsvollen Ton angenommen. »Die Frau natürlich. Wen suchen wir denn?«

»Die Frau, die überfallen wurde?«

»Allerdings. Genau die.«

»Wo haben Sie sie gesehen?«

»Im Laden. Einem Supermarkt. Dort, wo ich oft einkaufe halt.« Er nannte den Namen und die Lage der Firma.

»In Esslingen?«, fragte Braig.

»Ja klar. Ich sagte Ihnen doch schon neulich, dass ich die Frau kenne. Die muss hier wohnen, ich habe sie schon öfter gesehen.«

»Wo ist sie jetzt? Bei Ihnen?«

Bareiss zögerte mit seiner Antwort. »Leider nicht, nein. Ganz so einfach ist es nicht.«

»Aber Sie wissen ihren Namen und die Anschrift.«

»Hören Sie zu«, erklärte der Mann, »es ist folgendermaßen. Ich kam von der Arbeit und zog mich um, kurz nach Fünf etwa. Da stellte ich fest, dass ich nichts zu trinken hatte, weil ich ja am Samstag nicht zum Einkaufen gekommen war. Sie wissen, weshalb. Also packte ich je zwei leere Kisten Wasser und Bier und fuhr zum Supermarkt. Ausladen und auf einen Wagen packen und dann rein in den Laden. Sie kennen das ja. Nervig und umständlich wie immer. Aber zum Glück nicht so voll. Montag, da kaufen wohl nicht so viele ein. Sollte man sich direkt merken für die Zukunft. Auf jeden Fall: in dem Moment, wo ich da voll bepackt mit meinem Wagen in den Laden rein rolle, sehe ich sie plötzlich an der Kasse stehen. Sie ist dabei, ihre Tasche zu packen, lässt sich von der Kassiererin ihren Bon geben und geht.«

»Sie haben sie nicht verfolgt?«

»Verfolgt? Natürlich bin ich ihr nach. Aber versuchen Sie das mal mit vier Kisten auf dem Wagen und einer verrammelten Supermarkttür hinter sich. Die lassen sich doch nur in eine Richtung öffnen. Bis ich das richtig realisiert hatte, dass *sie* das wirklich ist, dann meinen Wagen zur Seite geschoben, die vermaledeite Eingangstür überwunden und der Kassiererin laut schreiend meinen Plan, einer Bekannten zu folgen, mitgeteilt hatte, war die über alle Berge. Ich weiß nicht, wie die das schaffte, aber als ich endlich auf der Straße stand, war sie verschwunden. Wie vom Erdboden verschluckt. Ich rannte hin und her, suchte alles ab, vergeblich. So wie neulich in der Nacht.«

»Das heißt, wir sind so weit wie vorher«, sagte Braig enttäuscht und dachte: Falls es überhaupt stimmt, dass er die Frau gesehen hat. Falls er sich nicht nur wieder bei uns wichtig machen will.

»Nein, das sind wir nicht«, entgegnete Bareiss.

»Wieso? Haben Sie die Kassiererin nach ihr gefragt, ob sie sie kennt?«

»Natürlich habe ich sie gefragt. Was glauben Sie denn? Sie sitzt hier, keine fünf Meter von mir entfernt. Ich stehe am Eingang des Ladens. Sie kennt sie nicht, leider. Aber mir ist eingefallen, wie wir sie trotzdem identifizieren können.«

»Wie soll das funktionieren?«

»Sie hat mit Karte bezahlt.«

»Mit Karte?« Braig verstand sofort, was das bedeutete. »Das wissen Sie genau?«

»Ich habe gesehen, wie die Kassiererin sie ihr zurückgab. Leider weiß ich die Zeit nicht mehr ganz genau. Etwa um 17.40 Uhr. Plus minus fünf Minuten. Um diese Zeit war aber nicht viel Betrieb. Und mit Karte haben heute Abend nicht viele bezahlt, hat mir die Kassiererin bestätigt. Da kann es doch nicht schwer sein, die Daten der Frau zu ermitteln.«

»Wie lange hat der Laden offen?«

»Bis 20 Uhr, ich habe mich erkundigt.«

»Das ist gut«, sagte Braig. »Danke für Ihren Anruf. Ich kümmere mich um die Sache. Jetzt sofort.«

13.

Jetzt sind Sie also endlich dabei, diese Zeilen zu lesen. Sie sollten sich Zeit nehmen, sie ausgiebig studieren. Es wird einer der letzten Briefe sein, die Sie in Ihrem zu Ende gehenden Leben zu Gesicht bekommen. Was der Mensch sät, wird er ernten. Sie haben das Unheil gesät. Es ist höchste Zeit, dass wir jetzt zur Ernte schreiten. Sie werden nicht ungeschoren davonkommen. Sie nicht. Ihnen soll es nicht anders gehen als uns.

Sie haben das Leben unserer Familie zerstört. Jetzt werden wir Ihr Leben zerstören. Es ist höchste Zeit, dass Sie zur Verantwortung gezogen werden.

Unser Leben verlief in geordneten Bahnen. Zufriedenstellend und glücklich. Nicht immer unbeschwert, aber erträglich. Mit einigen Missklängen und Niederungen, aber auch vielen kleineren und länger anhaltenden Höhepunkten. So wie bei den meisten anderen Menschen wohl auch. Dass die Katastrophe über uns hereinbrach, haben Sie zu verantworten. Sie an allererster Stelle.

Verantwortung, werden Sie sagen, was soll dieser Begriff?

Verantwortung übernehmen für das, was wir tun: Eine Ihnen völlig unbekannte Haltung, ich weiß. Verantwortung für mein Handeln, werden Sie sagen, weshalb denn? Profit und Macht sind das Einzige, was Ihnen wertvoll scheint, Profit und Macht zu vermehren das Ziel all ihres Tuns. Verantwortung steht dem nur im Weg. Um Gottes Willen, welcher weltfremde Versager glaubt sich denn noch an solch altmodische Vorstellungen gebunden? Die Zeiten sind längst vorbei - wenn es sie je gab – wir atmen den Fortschritt und öffnen ihm alle Türen, machen ihm den Weg frei mit unserer Politik. Dem Fortschritt zu mehr Profit und noch mehr Macht.

Mag ja sein, dass ein paar Versager dem nicht gewachsen sind, sondern auf der Strecke bleiben. Das war schon immer so, werden

Sie sagen, aber sollen wir dieser Jammerlappen wegen etwa unseren Weg in den Fortschritt aufgeben? Auf noch mehr Profit und Macht freiwillig verzichten? Nein, das entspricht nicht unserer Politik. Verantwortung steht unserem Streben nach Fortschritt nur im Weg. Also weg damit. Nur so ist zu verstehen, was wir Ihnen und Ihrer Polit-Chose zu verdanken haben.

Unsere Julia war fünfzehn, als sie auf dem Nachhauseweg von zwei sechzehn und siebzehn Jahre alten Heranwachsenden zuerst belästigt, dann, als sie nicht mitspielte, niedergeschlagen, ins Gebüsch gezerrt und vergewaltigt wurde. Sie hat sich nie davon erholt. Von Klinik zu Klinik, kein Arzt kann ihr helfen. Tag für Tag hockt sie in ihrem Zimmer, traut sich nicht aus dem Haus. Wissen Sie, wie weh das tut, nicht normal mit ihr sprechen zu können, ständig dieses verzagte Häuflein Elend vor sich zu sehen? Nein, das können Sie sich nicht vorstellen. Wissen Sie, wie man sich als Vater fühlt, wenn man hilflos mit ansehen muss, wie aus einem blühenden jungen Leben ein Wrack von einem Menschen wird, ein verwirrtes, verängstigtes Wesen, Dauerpatient in den Räumen der Psychiatrie?

Nein, ich weiß, damit dürfen wir Sie nicht belästigen. Was schert Sie ständig in allen Medien präsenter, vornehm lächelnder Herr unsere Verzweiflung?

Wem unsere Tochter ihr Elend zu verdanken hat, haben wir erst dem Prozess entnommen. Nein, auch wenn wir es gerne so hören würden, erklärte der Richter in der Urteilsverkündung, die beiden jungen Männer sind keine Bestien, die man wegsperren muss, keine Monster, die nicht fähig sind, mit anderen Menschen normalen Umgang zu pflegen, auch wenn sie sich unserer Tochter gegenüber so barbarisch verhielten. Sie handelten wie Bestien, aber sie sind keine Untiere.

Sie handelten wie Bestien, das hatten die detaillierten Untersuchungen der Polizei ergeben, weil sie zum Zeitpunkt der schreck-

lichen Tat unter dem Einfluss eines unmittelbar vorher gemeinsam genossenen Films standen, in dem sich ein cooler Held Frauen und Mädchen nimmt, wie sie ihm gerade über den Weg laufen und die Polizei dabei smilend und cool zum Narren hält. So cool wollten sie auch mal sein und dann lief ihnen unsere Tochter über den Weg ...

Es mag wie eine Genugtuung klingen, dass der Richter die Manager des Privatsenders, der diesen Film sendete und die Politiker, die diesem Tun keinen Riegel vorschieben, mit in die Verantwortung zog – was aber nützt das der zerstörten Seele einer 15-jährigen?

Sie, Grauselmaier, sind seit Jahrzehnten politisch tätig, die Interessen dieser Privatsender zu vertreten und zu stärken, und Sie haben auch daran mitgewirkt, dass diese Sender überhaupt zugelassen wurden – obwohl wir am Beispiel der USA genau wussten, welcher Dreck, welch oberflächliche Flut, welche Orgien von Gewalt über uns alle hereinbrechen werden. Sie sind einer der Hauptdrahtzieher in diesem üblen Spiel. Wir werden dafür sorgen, dass Sie sich nicht länger aus der Verantwortung stehlen. Wer das Schwert in die Hand nimmt, soll durch das Schwert umkommen. So steht es schon im Alten Testament. Höchste Zeit, dass wir uns wieder an diese Verpflichtung erinnern. Sie haben das Schwert über uns gebracht. Jetzt wird es über Sie kommen. Ohne dass Sie sich davor schützen können. Wir werden Sie aufspüren und zerstören. So wie Sie uns und unser Glück zerstört haben. Sie werden dem Schwert nicht entgehen. So wie wir Ihnen und dem Unheil, das Sie über uns gebracht haben, nicht entgangen sind.

Ihre Stunde, Grauselmaier, wird kommen. Bald, sehr bald. Und nichts und niemand wird Sie davor schützen.

Seien Sie darauf gefasst. Von jetzt an Tag und Nacht.

Wir werden für ausgleichende Gerechtigkeit sorgen.

Garantiert.

Neundorf legte das Schreiben aus der Hand. Eines jener auf den ersten Blick abstrusen, letztendlich aber doch befremdlich, wenn nicht gar bedrohlich wirkenden Schriftstücke, die sich inzwischen, von Silvia Bäuerle sorgsam aussortiert, zu einem ganzen Berg auftürmten. Durften sie es wirklich ohne weitere Beachtung zur Seite legen oder war sie nicht verpflichtet, es ernst zu nehmen, jetzt, nachdem das, was hier angedroht wurde, tatsächlich geschehen war?

Sie atmete tief durch, betrachtete den Aktenstapel vor sich. Es schien, als wolle er kein Ende nehmen. Dabei waren sie jetzt schon den dritten Tag mit den Ermittlungen um die Ermordung des Politikers beschäftigt. Nicht nur sie allein, vielmehr eine eigens zur Aufklärung des Mordes an Grauselmaier eingesetzte Kommission.

Noch am Sonntagabend hatte der leitende Oberstaatsanwalt Koch die Sache persönlich übernommen. Zurückkehrend von einem Wellness-Weekend auf Ibiza war er nach eigenen Angaben erst von der Schlagzeile der Sonntagszeitung im Flugzeug auf das *unglaubliche Verbrechen an dieser hochverdienten Persönlichkeit unseres Landes* aufmerksam geworden.

Neundorf hatte seinen Anruf weitgehend unbeeindruckt entgegengenommen, war sie angesichts der beruflichen Funktion Grauselmaiers doch längst auf diese Entwicklung gefasst gewesen. Worüber sie sich gewundert hatte, war nur die lange Zeitspanne, die vergangen war, bis der nach eigenen Worten *brutalstmögliche Aufklärer* die Ermittlungen an sich gezogen hatte. Arme Thekla Kliss, war es ihr durch den Kopf gegangen, ohne nervenaufreibende Standpauke wird das nicht abgelaufen sein.

»Nein, wir haben keine Spur«, hatte sie Koch auf seine im vorwurfsvollen Ton vorgetragene telefonische Sonntag-Abend-Predigt erklärt, »nicht einmal den Ansatz dazu.«

»Das wundert mich überhaupt nicht«, war er ihr ins Wort gefallen, ohne noch deutlicher auszusprechen, welche Wertschätzung er ihrer Person entgegenbrachte.

Dass sie gemeinsam mit Silvia Bäuerle bereits einen ganzen Berg von Akten, Zeitungsartikeln und anderen Schriftstücken aussortiert hatte, alle ernsthafte Konflikte des ermordeten Politikers mit Leidtragenden seiner Entscheidungen betreffend, vermochte den Oberstaatsanwalt nicht zu beeindrucken.

»Wie wir die Untersuchung handhaben, wird sich zeigen. Auf jeden Fall werde ich noch heute Abend eine Sonderkommission zusammenstellen lassen. Alle *fähigen Köpfe*«, er betonte die beiden Worte in derart süffisanter Art und Weise, dass nicht zu überhören war, dass sie auf keinen Fall zu dieser Kategorie von Ermittlern zählte, »die die Drahtzieher dieses mörderischen Komplotts zu entlarven imstande sind.«

Seit dem frühen Montagmorgen waren sie dabei, den Aktenberg durchzuarbeiten. Im Wesentlichen bedeutete das, die Spreu vom Weizen zu trennen, kleinere Konflikte von den gravierenderen, wirklich ernsthaften Auseinandersetzungen abzusondern.

Neundorf hatte ihren Augen nicht getraut, als ihr das Ausmaß des zu überprüfenden Materials deutlich geworden war. Nicht nur die Racheschwüre und Drohschreiben einzelner von den politischen Entscheidungen Grauselmaiers betroffener Bürger türmten sich zu einem fast unüberschaubaren Berg, auch die Partei-internen Streitigkeiten überstiegen vom Inhalt und ihrer Vielzahl her jede Vorstellungsmöglichkeit. Die Kommissarin hatte mit etlichen sachlichen Auseinandersetzungen gerechnet, die wohl bei jedem demokratischen Entscheidungsprozess zwangsläufig waren, nicht aber mit diesem Ausmaß an Hass und Aggressionen unter den Mitgliedern einer Partei. Was sie jetzt vor sich sah, war – soweit sie das in der kurzen Zeit überblickte – ein einziges großes Sammelsurium an Intrigen, Unterstellungen und gegenseitigen Bespitzelungen, fast alle von zermürbenden Kämpfen um den Aufstieg in der Partei getragen. Musste man sich angesichts dieses innerparteilichen Ethos wirklich über die Vielzahl absurder politischer Entscheidungen wundern? Verständlich, dass Koch *strengste Verschwiegenheit und absolutes Kontaktverbot mit Journalisten jeder Couleur* angeordnet hatte.

Beck, Felsentretter, Herb, Ohmstedt, alle verfügbaren Kommissare des LKA sowie etlicher Kriminaldirektionen waren eingespannt, jeder auf mehrere gravierende Vorfälle angesetzt. Wollten sie alle dokumentierten Ereignisse detailliert überprüfen, war selbst eine hundertköpfige Sonderkommission über Wochen hinweg beschäftigt. Der Oberstaatsanwalt hatte es Silvia Bäuerle überlassen, zu entscheiden, welche Vorgänge vorrangig behandelt werden sollten.

Was bis jetzt feststand, war allein die Tatsache, dass der Politiker mit derselben Waffe und derselben ausgeprägt sadistischen Methode gefoltert und ermordet worden war wie Andreas Sattler. Wo immer ein Berührungspunkt der beiden Männer zu finden war, musste besondere Aufmerksamkeit aufgewandt werden. Der oder die Täter hatten Grauselmaier nach seinem Vortrag in Köngen aufgelauert, in Anbetracht bisher immer noch fehlender Zeugenaussagen wahrscheinlich erst in dem Moment, als der Politiker sich von allen verabschiedet hatte und zu seinem Wagen gegangen war. Dort war das Verbrechen geschehen, der Täter danach mit dem Auto Grauselmaiers geflohen. Die schwarze S-Klasse-Limousine war etwa drei Kilometer vom Ort des Mordes entfernt am Bahnhof von Wendlingen entdeckt worden, unverschlossen, die Schlüssel wenige Meter weiter ins Gebüsch geworfen. Hatte der Täter hier sein eigenes Fahrzeug geparkt gehabt oder war er in den Zug gewechselt?

Neundorf hatte die Schaffner aller von der Zeit her in Betracht kommenden Züge befragen lassen, die Medien zudem gebeten, sich an die Fahrgäste zu wenden, ob sich jemand an eine oder mehrere in Wendlingen am Mordabend kurz nach 23 Uhr zusteigende Personen erinnerte. Der Aussage Tanja Gieberts und ihrer Kollegin nach waren die beiden Bibliothekarinnen kurz vor dem Verlassen der Zehntscheuer wenige Minuten vor Elf durch einen lauten Knall und die unmittelbar danach quietschenden Reifen eines abrupt startenden Autos überrascht worden. Den Regionalexpress 22058, der Wendlingen den Unterlagen der Bahn zufolge an diesem Abend auf die Minute pünktlich um 23.12 Uhr verlassen hatte, konnten der oder die Täter gut erreicht haben. Weil der aus Tübingen kommende Zug nach Aussagen der Zugbegleiterin, wie an einem Freitagabend üblich, sehr stark besetzt gewesen war – vor allem von jungen Leuten, die nach Esslingen und Stuttgart fuhren, um dort die Nacht durchzufeiern – konnte sich die Frau nicht mehr an die in Wendlingen zugestiegenen Fahrgäste erinnern. »Isch weeß nur noch, dass där Bohnschdeisch gonz voll wor«, hatte sie Neundorf auf deren persönliche Nachfrage in reinem Sächsisch zu Protokoll gegeben.

Auch in der wenige Minuten später verkehrenden Regionalbahn nach Plochingen hatte sich bisher niemand an in Wendlingen zugestiegene Reisende erinnert. Dieser Zug verfügte neben dem Lokführer über keinen weiteren Bediensteten, was die Nachfrage zusätzlich erschwerte. Nur mit viel Glück, dessen war sich Neundorf bewusst, hatte irgendjemand in dieser Nacht ein auffälliges Verhalten des Täters beobachtet – ein reines Zufallsereignis, das ihren Ermittlungen ab und an weiterhalf, oft genug aber vergeblich auf sich warten ließ.

Genauso wenig Erfolg hatte bisher die Fahndung nach Falk Holdenried gebracht. Der Mann blieb verschwunden, war auch heute am Montag nicht an seinem Arbeitsplatz aufgetaucht, wie sich Heilbronner Kollegen bei einem unangemeldeten Besuch der Autoreparaturwerkstatt persönlich überzeugt hatten. Seinem Partner Gaiser war nach wie vor keine Erklärung für das völlig untypische, absonderliche Verhalten Holdenrieds eingefallen. So sehr sich dadurch der Verdacht gegen den Mann verdichtet hatte, ihnen blieb vorerst keine andere Wahl, als weiter nach ihm zu fahnden und sich derweil auf das mühsame Durchforsten der Unterlagen Martin Grauselmaiers zu konzentrieren, die Suche nach der Stecknadel im Heuhaufen, wie Neundorf am späten Montag Nachmittag Silvia Bäuerle gegenüber klagte.

Die junge Frau hatte ihr einen dicken Aktenordner, angefüllt mit den verschiedenartigsten Schreiben, in die Hand gedrückt: Teilweise wirres, kaum verständliches, ja absurd-unlogisches Gelaber, dann aber wieder erschreckend deutliche, präzis formulierte Worte. Gemeinsames Merkmal aller Texte: Drohungen und Beschuldigungen, alle gegen Martin Grauselmaier gerichtet. »Hier, die sollten Sie sich unbedingt vornehmen.«

Neundorf überflog das zuletzt gelesene Schreiben, die Vergewaltigung des jungen Mädchens betreffend, ein zweites Mal, fand keinen Hinweis auf den Verfasser. Kein Name, keine Adresse, nichts. Nur der Datumsstempel der Empfänger. *Eingegangen am 18.4.07.* Vor nicht einmal sechs Monaten, überlegte sie, im April dieses Jahres.

Beließ es jemand, der zu solch drastischen Formulierungen griff, bei der Drohung? Oder musste man ernst nehmen, was hier angekündigt wurde? Als Vorhersage dessen, was ein zutiefst getroffener Mensch in die Tat umzusetzen gedachte?

Sie griff zum Telefon, versuchte Silivia Bäuerle zu erreichen, hatte die Frau nach kurzem Warten am Apparat. »Ich habe hier ein Schreiben vom 18. April dieses Jahres.« Sie zitierte einige Auszüge, fragte, ob sie sich daran erinnere.

»Martin hat, wie Sie selbst sehen, unzählige solcher wirren Drohungen bekommen, deshalb fällt es mir schwer ... Aber doch, ja, jetzt erinnere ich mich wieder daran.«

»Sie haben es damals meinen Kollegen übergeben?«

»Der Polizei? Nein, Martin war dagegen. Er hatte Bedenken, die Öffentlichkeit könnte Kenntnis davon erhalten.«

»Das war alles? Er hatte keine Angst, der Mann könne seine Drohung wahr machen?«

Silvia Bäuerle zögerte mit ihrer Antwort. »Er nahm es wie üblich nicht allzu ernst, nein. Es kamen ja so viele Drohungen. *Ein lächerliches Pamphlet,* pflegte er zu sagen, *irgendein dämlicher Störenfried, der uns da ans Bein pinkeln will. Wer so laut schreit, hat keine Kraft mehr, Schaden anzurichten.*«

»Hoffentlich hat er sich da nicht getäuscht.«

»Sie glauben ...«

»Ich weiß es nicht. Ausschließen können wir im Moment wohl gar nichts. Herr Grauselmaier hat keine Nachforschungen angestellt, wer den Brief geschrieben haben könnte?«

»Ich glaube nicht.« Sie unterbrach ihre Antwort für wenige Sekunden, korrigierte sich dann. »Das heißt ... Die Sache mit dieser Vergewaltigung eines jungen Mädchens. Ich glaube, wir überprüften die Zeitungen, ob es einen solchen Vorfall gegeben hatte.«

»Und? Hat es ihn gegeben?«

»Ja, doch. Martin hatte damit allerdings nicht im Geringsten zu tun. Das Urteil dieses Richters ist doch absurd. Zwei junge Verbrecher einfach frei von Schuld zu sprechen.«

»Von *frei von Schuld zu sprechen* habe ich nichts gelesen. Der Richter wies nur darauf hin, dass die beiden 16- und 17- jährigen die Tat nach Erkenntnis der polizeilichen Ermittlungen unter dem Einfluss eines Films verübt haben, der Gewalt völlig verharmloste. Er lief in einem Privatsender. Was ich nicht verstehe: Was hat Herr Grauselmaier mit Privatsendern zu tun?«

»Oh«, antwortete Silvia Bäuerle, »das ist ganz einfach. Martin engagierte sich schon seit Beginn seiner politischen Tätigkeit für die Vielfalt medialer Angebote. Er war schon 1983 in der damaligen Regierung Kohl dafür verantwortlich, die gesetzlichen Grundlagen für die Gründung und den Betrieb von Privatsendern zu erarbeiten. *Eines der ersten Gesetze, das wir damals nach der Machtübernahme durchpaukten,* berichtete er immer stolz. Kulturelle Pluralität und mediale Diversifikation, das ist unsere Zukunft, war er überzeugt. Dreißig Sender, hundert Kanäle, Tag und Nacht.«

»Aha.«

»Ja, und deshalb kämpfte er immer dafür, dass die Bundesländer, gerade auch unser eigenes, genügend Kanäle für private Sender freihalten.«

»Seltsam.« Neundorf erinnerte sich an den Vortrag Grauselmaiers in Köngen an dessen Todestag.

»Was ist seltsam?«

»Der Vortrag, den Herr Grauselmaier in Köngen hielt. Wenn ich mich richtig erinnere, lautete er: *Lesen statt glotzen – Bücher statt Bildschirm – die Zukunft unserer Kinder sichern!* Lesen statt glotzen – und das von einem Politiker, der sich für die Interessen des Privatfernsehens engagiert?«

Silvia Bäuerle lachte laut. »Mein Gott, das dürfen Sie nicht so ernst nehmen! Im Moment ist es eben modern, von den angeblichen Gefahren des Fernsehens zu reden und das

Lesen zu propagieren. Da konnte Martin sich nicht ausklinken. Er ließ sich eine zünftige Rede schreiben und tingelte mit der durchs Land. Imagepflege, verstehen Sie. Das ist das A und O eines erfolgreichen Politikers, der Macht und Einfluss behalten will.«

»Indem er das Gegenteil dessen erzählt, was er seit Jahrzehnten praktiziert?«

»Sie nehmen das zu ernst. Die Leute sind begeistert, wenn sie ihn hören. Lesen zu propagieren ist eben gerade angesagt, da glotzt doch trotzdem kein Mensch auch nur eine Minute weniger. Aber im Moment wollen sie das hören. Das geht vorbei. Hauptsache, Martin wird immer wieder gewählt und das mit großer Mehrheit, was wollen Sie mehr?«

»Jetzt zum Glück nicht mehr.«

»Wie meinen Sie das?« Silvia Bäuerles Stimme hatte einen eiskalten Tonfall angenommen.

»Ich meine überhaupt nichts«, konterte Neundorf, versuchte, ihre Gesprächspartnerin abzulenken. »Haben Sie herausgefunden, wie das vergewaltigte Mädchen und sein Vater, der wohl diesen Drohbrief schrieb, heißen?«

»Wenn ich mich richtig erinnere, ja.« Die Frau schien sich wieder beruhigt zu haben. »Wir beauftragten sogar einen Rechtsanwalt, dem Mann eine Klage anzudrohen, falls er keine Ruhe gäbe. Es war dieser Fall, jetzt weiß ich es wieder. Sie haben doch den Ordner mit den Briefen. Blättern Sie weiter, Sie müssten es finden.«

Neundorf bat die Frau, einen Moment zu warten, nahm sich die nächsten Seiten vor, sah die Aussage Silvia Bäuerles bestätigt. Der Brief des Stuttgarter Rechtsanwaltsbüros Seitz, Dengler und Raabe an einen Heiko Gerwald in Hechingen brachte den Verdacht Martin Grauselmaiers zum Ausdruck, dass es sich bei dem Angeschriebenen um den Verfasser der anonymen Drohung handle. Zugleich machte er deutlich, dass der Politiker gewillt war, die Angelegenheit im Fall einer Wiederholung vor Gericht zu bringen.

»Ich habe das Schreiben der Anwälte vor mir. Wie ging es weiter? Soweit ich es hier aus den Unterlagen ersehe, ist kein weiteres Schriftstück zu dieser Sache mehr beigeheftet.«

»Das war es dann auch. Wir haben von dem Mann nichts mehr gehört.«

»Er hat sofort Ruhe gegeben?«

»Soweit ich weiß, ja. Mir ist zu dieser Sache nichts mehr bekannt.«

»Herr Grauselmaier hat nicht persönlich mit ihm gesprochen?«

»Um Gottes Willen, nein. Martin hat genug zu tun. Er kann sich nicht um jeden Störenfried persönlich kümmern.«

Dann muss ich das jetzt wohl nachholen, überlegte Neundorf. Sie war froh, das Gespräch beenden zu können, legte den Hörer nieder. Zwei Fragenkomplexe schwirrten ihr durch den Kopf: Ließ, wer solch einen Drohbrief schrieb, sich wirklich von der 08/15-Antwort eines Rechtsanwaltsbüros beeindrucken? Oder konnte eine derartige Reaktion, die unmissverständlich zum Ausdruck brachte, dass Grauselmaier nicht im Geringsten bereit war, sich auf die schmerzhaften Erlebnisse dieser Familie einzulassen, nicht sogar gegenteilig wirken, nämlich den Verfasser in seinen Vorurteilen bestärken, ihn gar dazu veranlassen, die angekündigte Attacke jetzt tatsächlich zu verüben?

Das war die eine Problematik, mit der sie sich befassen musste. Der zweite Fragenkomplex war ganz anderer Natur. Er betraf die Arbeit, das Auftreten, den Charakter des Ermordeten. War Grauselmaier zu Lebzeiten wirklich ein solcher Unsympath, wie er ihr jetzt wenige Tage nach seinem Tod erschien?

Sie musste sich zusammenreißen, auf ihre Arbeit konzentrieren. Heiko Gerwald, der Verfasser des Drohschreibens ... Sie notierte sich dessen Adresse, beschloss, den Mann sofort am nächsten Morgen aufzusuchen und ihn genau zu überprüfen. Martin Grauselmaier war getötet worden. Es gab keinen Grund, eine noch so absurd erscheinende Drohung auf die leichte Schulter zu nehmen.

14.

Kurz nach einundzwanzig Uhr hatte Braig die Namen und Adressen der drei Kunden, die zwischen 17.35 Uhr und 17.50 Uhr mit Karte bezahlt hatten, ausgedruckt vor sich liegen. Es hatte einiger Anstrengungen bedurft, die zuständigen Sachbearbeiter der regionalen Kreissparkasse, der Volksbank und der Sparda davon zu überzeugen, dass er noch am selben Abend Einsicht in die Daten dieser bisher noch anonymen Kunden wünschte. Eines der Geldhäuser hatte die gewünschte Auskunft nach einigem Zögern ohne weitere Auflagen geliefert, die beiden anderen auf einer richterlichen Anordnung beharrt. Braig war sich der zunehmenden Erosion des Datenschutzes durch fortschreitende Gesetzeseinschränkungen bewusst, hatte das Ansinnen der beiden Banken daher verstanden, auch wenn es ihm zusätzliche Arbeit abverlangte. Nach einigem Hin und Her hatte er trotz der späten Stunde Steffen Bockisch bei der Staatsanwaltschaft erreicht und sein Problem erklärt. Keine dreißig Minuten später war den Banken die richterliche Anordnung zugegangen.

Ulrike Maier, Plochinger Straße. Yannick Arning, Rohracker Straße. Martina Feucht, Richard-Hirschmann-Straße.

Mit Ausnahme Arnings handelte es sich um Esslinger Adressen, der einzige Mann in der Reihe lebte der Anschrift nach in Stuttgart.

Braig beschloss, sich zuerst um die beiden Frauen zu kümmern – auch wenn natürlich die Möglichkeit bestand, dass eine Frau mit der Karte Arnings eingekauft hatte – und bat Bareiss, ihn zu begleiten.

Die Plochinger Straße wurde trotz der späten Stunde noch immer von dichtem Verkehr geplagt. Auto auf Auto lärmte stadtauswärts wie -einwärts an den mehrstöckigen Gebäuden vorbei, wirbelte Schmutz und Abgase in die Luft, blendete mit gleißenden Scheinwerfern die Augen. Braig suchte nach der ausgeschilderten Hausnummer, fand den Namen in der zweiten Reihe des Klingelbords: *Maier*. Er läutete zweimal, schaute in die Höhe, sah, dass die Wohnung im ersten Obergeschoss im Dunkeln lag.

»Entweder, die haben sich schon ins Bett verzogen, oder sie sind ausgeflogen«, meinte er, drückte nach kurzem Warten erneut auf die Glocke. Nichts, keine Reaktion, auch keine Bewegung hinter den Vorhängen, soweit das von der Straße her zu beurteilen war.

»Was mich betrifft, können wir es später noch einmal versuchen«, bot Bareiss an, »falls wir die Frau nicht in der Hirschmann-Straße finden.«

Braig unternahm einen letzten Versuch, gab die Nummer Ulrike Maiers in sein Handy ein. Die anonyme, weibliche Stimme eines Anrufbeantworters wies darauf hin, dass zur Zeit niemand zuhause sei und er sein Anliegen deshalb auf Band sprechen solle. Er brach die Verbindung ab, ließ sich von Bareiss den Weg zur Richard-Hirschmann-Straße zeigen.

Hier schien bedeutend weniger los, nur zwei laut knatternde Motorräder sorgten dafür, dass die Anwohner auch in der Nacht nicht zur Ruhe kamen. Braig hatte Mühe, das hinter herbstlich gefärbtem Laub eines mächtigen Strauches verborgene Nummernschild zu erkennen, registrierte das gesuchte Haus erst, als sie unmittelbar davor standen. Dem aufgedruckten Namen neben den Klingelknöpfen zufolge schienen *A und M Feucht* im Erdgeschoss zu wohnen.

Er sah den Lichtschein durch die Ritzen des Rollladens dringen, deutete auf das Haus. »Sieht so aus, als hätten wir diesmal mehr Glück.«

Die schnelle Reaktion schien ihn zu bestätigen. Schon nach dem ersten Läuten hörte er das kräftige Summen. Er öffnete die Tür, sah einen muskulösen, jungen Mann im T-Shirt wenige Meter vor sich in der hell erleuchteten Erdgeschoss-Wohnung stehen.

»Hannes?«, schallte es ihm entgegen.

Braig blieb im Eingangsbereich stehen, zog seinen Ausweis, streckte ihn dem Mann entgegen. »Polizei, entschuldigen Sie die Störung.«

Er sah, wie sein Gegenüber stutzte, dann zur Seite griff und den Schalter für das Treppenhauslicht betätigte. Eine altersschwache Leuchtröhre an der Decke flackerte auf, fand erst beim dritten Anlauf zur erwarteten Helligkeit.

»Polizei?« Der Mann schüttelte den Kopf, schaute auf seine Uhr. »Sie sind gut. Fünf nach Zehn. Darf ich fragen, was Sie so spät noch wollen?« Er starrte an Braig vorbei zu Bareiss, der in der offenen Tür stand. »Und dann auch noch zu Zweit und in Zivil.« Sein Gesichtsausdruck zeigte jetzt deutliches Misstrauen. »Und woher weiß ich, dass Sie wirklich von der Polizei sind?«

Braig bedeutete seinem Begleiter, an der Tür stehen zu bleiben, stieg langsam die fünf Stufen hoch, reichte dem Mann seinen Ausweis. »Entschuldigen Sie, dass wir so spät noch stören, aber es geht um eine aktuelle Ermittlung. Wir suchen nach Zeugen für einen Überfall.«

»Überfall? Was für ein Überfall?« Der Mann starrte nur kurz auf die Kennkarte, musterte sein Gegenüber mit kritischem Blick.

»Frau Martina Feucht. Wohnt sie hier?«

»Meine Frau? Natürlich, was ist mit ihr?«

»Sie hat heute Abend kurz vor Sechs eingekauft, richtig?«

»Heute Abend? Das müssen Sie sie selbst fragen. Ich kam erst gegen Sieben nach Hause.« Er wandte sich um, rief nach seiner Frau, wartete, bis sie auf der Türschwelle erschien.

Braig sah auf den ersten Blick, dass sie an der falschen Adresse waren. Die Frau vor ihm war mindestens zehn Jahre älter, wirkte weitaus lebenslustiger und offener, hatte dazu noch ganz andere Haare als die auf Bareiss Andeutungen hin skizzierte Person.

»Ja? Um was geht es?« Voller Elan trat sie auf ihn zu, musterte ihn aufmerksam.

Er drehte sich zur Seite, sah Bareiss den Kopf schütteln, versuchte, das Gespräch so kurz wie möglich zu gestalten. »Ich glaube, die Sache hat sich schon erledigt. Wir sind von der Polizei und suchen nach Zeugen in einer aktuellen Ermittlung. Aber ich fürchte, wir haben Sie unnötig belästigt.«

»In welcher Ermittlung? Um was geht es?« Die Neugier stand Martina Feucht ins Gesicht geschrieben.

»Um Ihren Einkauf heute Abend«, antwortete Braig, trat einen Schritt zurück.

»Meinen Einkauf?« Sie streckte den Kopf nach vorne, nannte den Namen des Supermarkts.

Braig nickte zustimmend, wurde von einer lauten Stimme hinter sich überrascht.

»Oh, Martina, ihr habt Besuch?«

Ein junger, kräftiger Mann in einer Jeansjacke wand sich an Bareiss und Braig vorbei und stürmte mit großen Schritten die Stufen hoch.

Die Frau nahm ihn in den Arm, tätschelte ihm den Rücken. »Hannes, mein Bruder«, erklärte sie dann.

Der Kommissar nutzte die Gelegenheit, entschuldigte sich für die Störung und eilte mit Bareiss aus dem Haus.

»Sie ist es nicht«, erklärte der Mann, »ein völlig anderer Typ.«

»Dann doch die Frau in der Plochinger Straße? Oder müssen wir es in Stuttgart versuchen?«

Bareiss warf ihm einen ratlosen Blick zu. »Das müssen Sie entscheiden.«

Braig schaute auf seine Uhr. Viertel nach Zehn. Die Wohnung in der Plochinger Straße war keine fünfhundert Meter entfernt. »Wir schauen noch einmal bei dieser Maier vorbei, bevor wir nach Stuttgart fahren. Einverstanden?«

Bareiss nickte wortlos, folgte seinem Begleiter um die Ecke. Sie folgten der Olgastraße, standen fünf Minuten später erneut vor der Haustür. Die Wohnung im ersten Obergeschoss lag unverändert im Dunkeln. Mehrere Autos fuhren mit hohem Tempo an ihnen vorbei.

Braig suchte nach der Klingel, läutete zweimal, wartete auf eine Reaktion. Dieselbe Prozedur wie wenige Minuten zuvor.

»Nichts los, wie?« Bareiss deutete nach oben, verfolgte Braigs erneuten vergeblichen Versuch.

»Da scheint wirklich niemand zuhause zu sein«, erklärte der Kommissar, »kann ich es Ihnen wirklich noch zumuten, mit nach Stuttgart zu kommen?« Er sah das zustimmende Nicken des Mannes, warf einen letzten Blick nach oben. Die Wohnung lag nach wie vor im Dunkeln, hinter keinem der

Fenster war eine Bewegung zu bemerken. Eine Horde lärmender Autos fuhr stadtauswärts an ihnen vorbei, wirbelte trockenes Laub in die Luft.

Braig hielt sich die Hand vors Gesicht, versuchte sich vor dem Schmutz zu schützen, sah den Bus an der nahen Haltestelle abbremsen. Die Anstrengungen des langen Tages lasteten wie Blei auf seiner Schulter, er fühlte sich müde und ausgelaugt.

Sie hatten das Haus vor weniger als einer Minute verlassen, waren dabei, in die Bismarckstraße abzubiegen, als Bareiss neben ihm plötzlich im Schritt verharrte. Braig lief mechanisch ohne zu überlegen weiter, spürte plötzlich den harten Griff an seinem Arm. Überrascht schaute er zur Seite, sah Bareiss' vor Aufregung gezeichnete Miene.

»Da ist sie«, zischte der Mann. »Hier, sehen Sie?«

Der Kommissar folgte der Kopfbewegung seines Begleiters, entdeckte nur den schemenhaften Umriss einer Person, die offenbar den Bus verlassen hatte und jetzt leicht hinkend in die Richtung lief, aus der sie gerade kamen. Es war zu dunkel, um zu erkennen, ob es sich um einen Mann oder eine Frau handelte. »Dort vorne?«

Bareiss' heftiges Nicken bestätigte seine Vermutung. Er riss sich aus seiner Lethargie, folgte dem Mann den Weg zurück zu dem Haus. Sie kamen gerade noch rechtzeitig, um die Person anzusprechen, die gerade dabei war, die Tür mit einem Schlüssel zu öffnen.

»Frau Maier?«, fragte Braig laut, sah, wie die Gestalt vor ihm zusammenfuhr und sich mit vor Schreck erstarrter Miene zu ihm herumdrehte. Es handelte sich um eine junge Frau Ende Zwanzig, das konnte er jetzt sehen; inwieweit sie allerdings dem Phantombild ähnlich war, vermochte er nicht zu beurteilen, sah er sich doch ständig von den Scheinwerfern der vorbeifahrenden Autos geblendet.

Die Frau starrte ihn und seinen Begleiter an, drückte sich an die Tür, zeigte deutliche Anzeichen von Angst.

»Bitte, erschrecken Sie nicht«, versuchte Braig, sie zu beruhigen, als er endlich zu klaren Gedanken fand, »ich bin von der Polizei. Mein Name ist Braig.« Er griff in seine Tasche, zog seinen Ausweis, forderte sie mit einer Handbewegung auf, diesen an sich zu nehmen und zu überprüfen.

»Polizei?« Ihre Stimme klang belegt, wie bei einem von einer Erkältung geplagten Menschen. Sie hielt die Kennkarte in der Hand, warf abwechselnd einen Blick auf das Foto und den Mann, den es darstellte.

»Sie sind Frau Ulrike Maier?«

Sie starrte noch immer auf den Ausweis, gab ihn dann zögernd zurück. »Was wollen Sie von mir?«

»Wir müssen miteinander reden«, antwortete er, sah plötzlich, für den Bruchteil einer Sekunde, im Licht eines der vorbei fahrenden Autos die Verletzung über dem linken Auge der Frau. Ein dunkel umrandeter Riss von einem Sturz oder Schlag.

»Reden? Weshalb?«

Braig beschloss, nicht länger zu warten, sondern die Sache auf den Punkt zu bringen. »Sie wurden Opfer eines Überfalls. Deshalb.« Er sah das Zucken im Gesicht seines Gegenüber, wurde wieder von einem Scheinwerfer geblendet.

»Wer wurde überfallen?«, fragte die Frau.

»Sie«, sagte Braig, »in der Nacht von Freitag auf Samstag. Ich würde gerne mit Ihnen darüber reden. Wir sind auf der Suche nach dem Täter. Er hat wahrscheinlich schon mehrere Frauen überfallen und schrecklich zugerichtet. Wir benötigen Ihre Aussage. Vielleicht können Sie uns Hinweise geben, die uns zu dem Verbrecher führen.«

Ulrike Maier trat einen halben Schritt zurück, als wolle sie sich vollends im Dunkel der Nacht vor ihm verbergen.

»Sie täuschen sich«, entgegnete sie. »Ich wurde nicht überfallen.«

»Wie bitte?« Der Kommissar hatte Mühe, sie im Auge zu behalten, ihre Mimik zu verfolgen. Die nächtliche Dunkelheit, dazu die ständigen Lichtblitze der vorbeirasenden Autos machten es unmöglich, die Frau genau zu beobachten. Er wollte ihr gerade vorschlagen, gemeinsam in ihre Wohnung zu gehen und dort weiter zu sprechen, als ein Fahrzeug wenige Meter weiter zum Halten kam, sein Gegenüber voll ins Licht der Scheinwerfer tauchend. Braig sah, wie sie ihren rechten Arm hoch warf, um ihr Gesicht vor der Helligkeit zu schützen, hatte die Wunden über dem Auge, auf den Wangen und am Hals dennoch entdeckt. Dunkle Flecken, angeschwollene Hautpartien, ein Riss – der Frau war vor nicht allzu langer Zeit übel mitgespielt worden, das war nicht zu übersehen.

»Sie wurden nicht überfallen?«, nahm er ihre Behauptung auf. »Weshalb ist Ihr Gesicht dann von Wunden übersät?«

»Die Folgen eines Unfalls«, erwiderte sie. »Aber ich weiß wirklich nicht, was Sie das angeht.«

»Was für ein Unfall?«, fragte er.

Die Scheinwerfer des Autos waren immer noch voll auf sie gerichtet, so als stünde sie auf der Bühne eines Theaters, beobachtet von dem ins Dunkel getauchten Publikum. Für den Moment einer Sekunde ließ sie ihren Arm sinken, gab ihrem Gesprächspartner damit erneut die Gelegenheit, sie genau zu mustern.

»Ich verstehe nicht, weshalb Sie lügen«, mischte sich Bareiss aus dem Hintergrund ins Gespräch, »aber ich weiß genau, dass Sie in der Nacht zum Samstag überfallen wurden. Ich war dabei, erinnern Sie sich nicht? Ich habe Ihnen geholfen.«

Die Frau machte einen energischen Schritt zur Seite, tauchte ins Dunkel ab. »Ich weiß nicht, wovon Sie reden. Ich hoffe aber, Sie lassen mich jetzt endlich in Ruhe«, erklärte sie mit ihrer heiser klingenden Stimme. »Ich bin müde. Wissen Sie überhaupt, wie spät es ist?«

Braig hatte Mühe, ihre Gesichtszüge zu erkennen, nahm nur noch den Umriss ihres Körpers wahr.

»Sie lügen«, wiederholte Bareiss, »warum?«

»Ach, hören Sie doch auf. Ich weiß nichts von einem Überfall. Ich bin müde, sonst nichts.«

»Es ist sehr spät«, gab Braig zu. »Aber wir benötigen Ihre Hilfe. Vielleicht können Sie uns den Mann beschreiben, der Sie so schrecklich behandelt hat.«

Aus dem Fahrzeug, das neben ihnen angehalten hatte, stieg eine junge Frau. Sie verabschiedete sich mit lauter Stimme von dessen Fahrer, warf die Tür zu, lief im Scheinwerferlicht des Wagens an ihnen vorbei. Sie trug hohe Absätze, eng geschnittene Hosen, bewegte sich mit wiegenden Hüften auf das Haus vor ihnen zu. Braig sah, wie sie einen Schlüssel aus ihrer kleinen Handtasche zog, ihn ins Schloss steckte und dann die Tür öffnete. Sie wandte sich um, winkte dem Fahrer des Wagens, warf ihm eine Kusshand zu, verschwand im Haus. Braig hörte das Fahrzeug hinter sich hupen, schreckte zusammen. Verärgert drehte er sich zur Seite, nahm gerade noch die Bewegung wahr, zu der Ulrike Maier ansetzte. Sie tauchte aus dem Dunkeln, sprang auf die Haustür zu, wand sich ins Innere. Als der Motor hinter ihnen laut aufheulte, war sie im Haus verschwunden.

»Halt! Wir wollen mit Ihnen ...« Braigs Stimme ging im Lärm des davonjagenden Wagens unter.

15.

Das Haus lag unweit des Bahnhofs von Hechingen. Es handelte sich um ein gepflegtes, von einem kleinen Nutz- und Ziergarten umgebenes Gebäude im landschaftstypischen Stil mit rotem Ziegeldach, hellen Wänden, großen rechteckigen Fenstern. Neundorf lief auf die niedrige Gartentür zu, las die Namen auf einer fein ziselierten Keramiktafel, die in eine niedrige Steinsäule eingelassen war. *Gerlinde, Heiko, Michael, Julia Gerwald*.

Noch ehe sie sich nach dem Klingelknopf bücken konnte, wurde die Haustür geöffnet. Ein mit einer dicken dunkelbraunen Weste und schwarzen Jeans bekleideter Mann stand leicht vornüber gebeugt mit hängenden Schultern auf der Schwelle. Er schien um die Fünfzig, hatte ein bleiches, von schmalen hohen Wangen geprägtes Gesicht.

Sie schob die niedrige Pforte auf, ging wenige Meter auf ihn zu, blieb dann stehen. »Neundorf vom LKA«, stellte sie sich vor, »wir haben miteinander telefoniert.«

Der Mann nickte, bat sie ins Haus. Sie hatte ihn am frühen Morgen, noch von ihrer Wohnung aus, angerufen und um einen Gesprächstermin gebeten.

»Sie können kommen, wann immer Sie wollen«, hatte Gerwald geantwortet, »ich bin immer da.«

Verwundert hatte sie sich für sein Angebot bedankt und ihren Besuch gleich für den Vormittag angekündigt.

Gerwald führte sie in ein relativ kleines, gerade mal vier auf fünf Meter messendes Zimmer, bat sie, sich auf einem der Stühle niederzulassen. Ein Tisch, sechs Stühle, ein großes Fenster, mehr gab der Platz nicht her. Sie setzte sich auf einen der Stühle, sah die Umrisse der Burg Hohenzollern in den Himmel ragen, wurde sich plötzlich der absurden Situation bewusst, in der sie sich hier befand. Draußen dieses einzigartige, von Touristen aus aller Welt Tag für Tag besuchte pittoreske Bauwerk auf der Spitze eines dicht bewaldeten Zeugenbergs am Rand der Alb, drinnen eine vom Schicksal schwer heimgesuchte Familie, deren Vater vor wenigen Tagen vielleicht zum Mörder geworden war.

»Darf ich Ihnen etwas anbieten?«, fragte Gerwald.

Neundorf benötigte einen Moment, zu ihrem Gastgeber zurückzufinden, sah sich mit seinem Angebot konfrontiert.

»Kaffee vielleicht? Er ist schon fertig in der Thermoskanne. Noch ganz frisch.«

Sie nickte, sah ihn mit hängenden Schultern aus dem Zimmer verschwinden, hörte ihn nebenan etwas herrichten. Kurz darauf kehrte er mit einem kleinen Tablett mit einer dunkelblauen Thermoskanne, zwei Tassen samt Untertellern, einem Kännchen Milch und einer Schale mit Zucker zurück. Er verteilte alles auf dem Tisch, schob ein paar Papiere zur Seite, die dort lagen, schenkte zuerst ihr, dann sich selbst ein.

»Bedienen Sie sich bitte«, sagte er, auf die Milch und den Zucker deutend.

Sie nahm sich ein wenig Milch, bedankte sich und probierte den Kaffee. Er schmeckte kräftig, war ausreichend heiß, verbreitete einen würzigen Duft.

»Sehr gut«, sagte sie.

Gerwald nippte an seiner Tasse, schaute abwartend zu ihr hin.

»Sie sind den ganzen Tag zuhause?«

Der Mann nickte. »Julia kann nicht allein bleiben. Und sie will nicht länger in einer Klinik dahinvegetieren. Sie können ihr eh nicht helfen.«

»Sie haben sich von der Arbeit befreien lassen?«

»Befreien?« Gerwald lachte bitter. »Die wollten nicht mitziehen. Ich musste kündigen.«

»Und Ihre Frau?«

»Sie arbeitet halbtags. Es reicht, um über die Runden zu kommen. Julia ist uns wichtiger.«

»Würden Sie mir erzählen, was passiert ist? Wenn Sie es nicht zu sehr belastet.«

Heiko Gerwald spielte mit der Tasse, schob sie mit zitternden Fingern auf dem Tisch hin und her. »Da gibt es nicht viel zu erzählen«, antwortete er, »Julia wurde vergewaltigt.«

»Von zwei jungen Männern?«

»Junge Männer? Sie waren sechzehn und siebzehn. Milchgesichter.«

»Sie hatte sie gekannt?«

Gerwald schüttelte den Kopf. »Vielleicht mal von weitem gesehen. Mehr nicht.«

»Und sie hat immer noch nicht zu einem einigermaßen normalen Leben zurückgefunden?«

»Sie liegt den ganzen Tag im Bett. Wir haben unser Wohnzimmer umgebaut, damit sie wenigstens ein paar Schritte auf die Terrasse machen kann.« Er deutete auf den Nachbarraum. »Aber ein Kontakt zu Fremden ist völlig ausgeschlossen.«

Neundorf trank den Rest ihres Kaffees, hatte keinen Blick mehr für die landschaftliche Idylle draußen. Das Grauen hatte diese Familie heimgesucht und es schien, als gebe es keinen Weg, es zu überwinden. »Sie haben es mit verschiedenen Therapien versucht?«

Der Mann setzte die Tasse ab, die er gerade zu seinem Mund führen wollte, hob seine Hände in die Höhe. »Wir haben nichts ausgelassen. Aber es gibt keine Zaubermeister, die die Vergangenheit mit Hokuspokus aus dem Gedächtnis radieren können.«

Sie wusste um die Problematik, hatte sich oft genug damit beschäftigt. Viele Frauen schleppten das erlittene Trauma ein halbes, manche ein ganzes Leben mit sich, ohne es jemals verarbeiten zu können.

Sie sah, wie die Hände des Mannes zitterten, wollte das Gespräch nicht ins Endlose dehnen. Er litt genug, das war nicht zu übersehen. »Bei all dem Leid hat Sie das Urteil des Gerichts dann auch nicht versöhnen können«, sagte sie deshalb. »Obwohl die Täter einen strengen Richter fanden.«

Gerwald sah auf, musterte ihr Gesicht. Er schien zu überlegen, worauf sie mit ihren Worten zielte. »Die Täter«, sagte er dann, »die Täter.«

»Die Hintermänner wurden nicht verurteilt«, ergänzte sie.

Er betrachtete sie stillschweigend, griff dann wieder nach seiner Tasse und nahm sie in beide Hände, als suche er nach einem Gegenstand, der ihm Halt bieten könnte. »Die Jungs stammen aus guten Familien. Sie haben uns besucht, verstehen Sie? Die Eltern, alle vier, sogar ein Onkel, eine Tante und ein älterer Bruder. Sie wollten sich entschuldigen, sind selbst vollkommen fertig. Sie waren mehrfach hier, haben uns um Verzeihung gebeten und ihre Hilfe angeboten. Sie haben alles versucht, es wieder gutzumachen, obwohl das nicht geht, verstehen Sie?«

Neundorf nickte, ließ den Mann reden.

»Sie waren bei einem Freund, vertrieben sich den Abend. Der Film hatte sie verhext. Sie schauten ihn zu Dritt, tranken dazu, juxten, johlten. So haben sie es erzählt, mehreren Leuten. Warum soll ich es ihnen nicht glauben? Auch Ihre Kollegen, die sie wochenlang vernommen haben, kamen zu diesem Ergebnis. Und das Gericht, nach allen Verhandlungen. Ich habe sie inzwischen persönlich kennengelernt. Auch wenn sie jetzt fünf Jahre weggesperrt wurden, die wahren Täter sitzen nicht hinter Gittern.«

»Diese Sender, die solche Filme tagein, tagaus auf uns loslassen.«

Gerwald blieb ruhig.

»Grauselmaier. Woher kennen Sie ihn?«, fragte Neundorf.

Der Mann sah überrascht zu ihr her. »Er wurde ermordet, habe ich gelesen.«

Sie nickte.

»Mit Säure.«

»Mit Säure attackiert, dann erschossen. Sie kannten ihn persönlich?«

»Persönlich? Nein. Ich habe nur immer wieder von seinem unermüdlichen Einsatz für die Freigabe immer neuer privater Sender gelesen. Er saß seit Jahrzehnten als Abgeordneter in verschiedenen Parlamenten und war gleichzeitig Beauftragter dieser Konzerne.«

Neundorf nickte, erinnerte sich an die Übersicht, die ihr der Kollege Stefan Herb am Vorabend überreicht hatte. »Hier, damit du siehst, für wen der Herr tätig war. Leider nur eine unvollständige Liste.«

Sie hatte die Blätter, es waren mehrere, nur kurz überflogen, hatte die Sender, in deren Aufsichtsrat Grauselmaier saß oder von denen er offen als Lobbyist bezahlt wurde, gar nicht alle gekannt.

»So viel zur Unabhängigkeit unserer Abgeordneten und zum Zustand unserer Demokratie«, hatte Herb sich verabschiedet.

»Und dann habe ich mir eine seiner Wahlreden angehört«, fuhr Heiko Gerwald fort.

»Wann war das?«

»Im Sommer, so im Juni oder Juli, ich weiß es nicht mehr genau. In Tübingen. Eine Veranstaltung seiner Partei. *Lesen statt glotzen*. Damit tingelte er durchs Land. *Lesen statt glotzen*. Ausgerechnet der.«

»Waren Sie auch am letzten Freitag bei seinem Vortrag in Köngen?«

»Wo?«

»In Köngen. Bei Nürtingen.«

»Nein. Letzte Woche waren wir mit Julia in Karlsruhe. Bis einschließlich Samstag. Eine neue Therapie. Leider hat sie ihr überhaupt nichts gebracht. Bis jetzt jedenfalls nicht.« Er griff nach den Papieren, die auf dem Tisch lagen, schob sie ihr zu. »Hier sind noch die Unterlagen dazu. Viele schöne Worte und hohle Versprechungen. Und die Krankenkasse wird es wohl auch nicht bezahlen.«

Neundorf sah seine zitternden Hände, betrachtete die bleiche Haut seiner Wangen, seine schlaffe, nach vorne gebeugte Körperhaltung. Dieser Mann sollte fähig sein, einen anderen zu überfallen, ihm Säure ins Gesicht und auf den Unterleib zu spritzen und ihn dann noch zu erschießen? Sie las die Bestätigung einer auf psychotherapeutische Verfahren spezialisierten Klinik in Karlsruhe, dass Julia Gerwald im Beisein ihrer Eltern vom 4. bis zum 6. Oktober als potenzielle Patientin überprüft und als solche akzeptiert worden war, verzichtete auf jede weitere Nachforschung. Draußen schien die Hohenzollern-Burg einem Märchenschloss gleich vom Boden abzuheben und in den Himmel aufzuragen, auf ihrem dicht bewaldeten, teilweise schon herbstlich gefärbten Bergkegel in der Höhe residierend. Wahrscheinlich waren wieder Hunderte von Neugierigen ausgelassen damit beschäftigt, sich von Preußens Glanz und Gloria am Albrand überwältigen zu lassen. Hier drinnen gab es keinen Anlass für Glanz, auch keinen für Gloria, dieses Haus schien ganz und gar von jedem Glück verlassen.

16.

Weshalb hatte die Frau gelogen? Warum wollte sie nicht zugeben, überfallen worden zu sein?

Bareiss war sich absolut sicher gewesen. »Sie ist es. Ich weiß es genau. Diese Frau habe ich Freitagnacht aus den Händen dieses Irren befreit, der wie verrückt auf sie einprügelte. Ich verstehe nicht, weshalb sie uns anlügt. Ich habe sie erkannt. Ohne jeden Zweifel«, hatte er am späten Abend immer wieder erklärt, nachdem ihnen Ulrike Maier entwischt war. »Sie müssen mir glauben.«

»Ich glaube Ihnen.« Braig war es nicht gelungen, den Mann zu beruhigen. »Ich habe die Verletzungen in ihrem Gesicht gesehen.«

»Können Sie sie nicht verhaften? Ich meine, einfach aus der Wohnung holen?«

»Mit welchem Recht? Sie ist das Opfer, nicht der Täter.«

»Aber es ist doch möglich, dass sie den Täter genauer beschreiben kann, dass sie irgendetwas an dem Kerl bemerkt hat, das hilft, ihn zu identifizieren. Deshalb waren Sie doch hinter der Frau her, oder?«

Das war der Punkt, wusste Braig. Deshalb hatte er so große Hoffnungen darauf gesetzt, die Frau doch noch zu finden. Irgendein noch so kleiner Hinweis auf das Aussehen des Mannes, seine Kleidung, die Stimme, sein Auto, das war es, was er sich vom Kontakt mit ihr versprochen hatte. Die wenigen Anrufe, die auf das allzu vage Phantombild des Täters bisher eingegangen waren, entbehrten jeder realistischen Grundlage, zu ungenau war die Skizze, die er auf Bareiss' Andeutungen hin hatte veröffentlichen lassen. Sie zu verbessern, die Konturen des Täters wenigstens um einige wenige Momente genauer zu fassen, hatte er sich von Ulrike Maier erhofft, eine Bemerkung vielleicht zu der angeblichen Warze, einen Hinweis zur Farbe oder Form seiner Augen – mehr nicht.

»Wahrscheinlich ist sie noch traumatisiert«, hatte er Bareiss erklärt, auch mit dem Hintergedanken, sich selbst eine Erklärung für das ungewöhnliche Verhalten der Frau zu geben.

»Benötigt sie dann nicht Hilfe? Sie haben doch Fachleute, die sich um Verbrechensopfer kümmern, oder bin ich da falsch informiert?«

Er hatte sich nach einigem Hin und Her von dem Mann verabschiedet, ihn gebeten, keinen Kontakt zu Ulrike Maier zu suchen, sondern die Angelegenheit voll und ganz ihm zu überlassen. »Ich werde Sie in den nächsten Tagen persönlich über die weitere Entwicklung informieren«, hatte er ihm als Dank für seinen Einsatz versprochen, war dann müde und erschöpft von den Anstrengungen des Tages nach Hause gefahren.

Seine Partnerin hatte Bareiss' Gedanken sofort aufgegriffen.

»Du solltest dich wirklich um eine Psychologin kümmern«, hatte Ann-Katrin Räuber erklärt, als er ihr am nächsten Morgen den Vorfall ausführlich schilderte. Sie war gerade erst zu sich gekommen, hatte einige Zeit benötigt, das Gehörte zu verarbeiten. »Die Frau steckt offensichtlich in der Klemme«, hatte sie überlegt. »Sie hat den Vorfall verdrängt. Sonst würde sie doch nicht leugnen, zum Opfer geworden zu sein.«

Er hatte ihr versprochen, sich um eine Therapeutin für Ulrike Maier zu kümmern, war sich aber darüber im Klaren, dass ihm die Frau aufgrund ihrer psychischen Verfassung in nächster Zeit wohl kaum für Auskünfte zum Täter zur Verfügung stehen würde.

»Du darfst auf keinen Fall versuchen, sie nach dem Überfall oder gar dem Monster, das über sie herfiel, zu befragen«, hatte Ann-Katrin gedrängt. »Wer weiß, welche Ängste das bei ihr erneut auslöst.«

Mit Schrecken hatte er zugeben müssen, nichts über die Frau zu wissen.

»Du hast keine Ahnung, ob sie Familie hat oder allein lebt? Ob sie jemanden in ihrer Nähe hat, der ihr hilft, das Verbrechen zu verarbeiten?«

»Woher denn?«, hatte er erwidert. »Ihre Identität war uns bisher doch vollkommen unbekannt.«

Den halben Dienstag war er deshalb unterwegs, Informationen über Ulrike Maier zu sammeln. Er erkundigte sich beim Einwohnermeldeamt, erfuhr, dass sie erst seit sechs Monaten in Esslingen lebte und aus Tübingen zugezogen war, allein, ohne Familienangehörige. Vierundzwanzig Jahre alt – um einiges jünger, als er sie von der Begegnung gestern Abend her einschätzte, was aber wohl eindeutig der Situation zuzuordnen war; Studentin an der Universität Tübingen. Er ließ ihre frühere Adresse in der Universitätsstadt überprüfen, erhielt die Mitteilung, dass dort nur zwei Wohngemeinschaften gemeldet waren, Telefonnummern anbei. Braig gab die erste Ziffernfolge ein, hatte auf Anhieb Glück.

»Uli? Ja, die wohnte bei uns«, erklärte die junge Frau am anderen Ende der Leitung, die sich ihm als Maike Brandl vorstellte. »Bis im März.«

»Weshalb zog sie weg?«

»Na ja«, die junge Frau zögerte mit ihrer Antwort, »ich glaube, da sprechen Sie besser mal mit Achim, ihrem Ex.«

»Wo erreiche ich ihn?«

»Hier, bei uns. Aber im Moment ist er in der Uni. Der schreibt an seiner Arbeit.«

»Dieser Achim war Frau Maiers Freund?«

»Ja«, erklärte Maike Brandl, »wie ich hörte, lernten die sich hier in unserer WG kennen und waren immer ganz dick miteinander.«

»Aber im Frühling ging es auseinander.«

»Endgültig, ja.«

»Wie heißt dieser Achim mit Nachnamen, und wann ist er zu erreichen?«

»Achim Klein. Ich würde sagen, ab etwa 17 Uhr. Wenn Sie es dann noch mal probieren?«

»Kennen Sie die Familie von Frau Maier? Ihre Eltern und Geschwister?«

Maike Brandl schien zu überlegen. »Tut mir leid, so dick haben wir es nicht miteinander. Ich wohne erst seit einem Jahr hier und Uli ist ja auch schon im März weg ... Fragen Sie Achim, okay?«

Braig bedankte sich für die Auskunft, beendete das Gespräch. Als der Hörer auf dem Telefon lag, fiel ihm ein, dass er nicht einmal danach gefragt hatte, welches Fach Frau Maier studierte und im wievielten Semester sie war. Er ärgerte sich, hatte keine Lust, die Unterredung mit dem Exfreund der Frau am Abend abzuwarten, überlegte, ob er nicht doch einen Besuch in Esslingen riskieren sollte. Wenn die Frau wirklich von dem Überfall traumatisiert war, hielt sie sich wohl die meiste Zeit zu Hause auf und verließ die Wohnung nur zu dringenden Anlässen wie etwa zum Einkaufen. Er musste den Kontakt mit ihr suchen, weil er vorläufig wohl nur über sie zu weiteren Informationen über das Aussehen des Täters kam. Ihre kleinste Beobachtung konnte helfen, dessen Bild zu verfeinern. Mit der Graphik, mit der sie bisher auf die vagen Andeutungen Bareiss' hin an die Medien herangetreten waren, gab es kaum eine Chance, den Kerl aufzufinden, das zeigten die allzu spärlich eingehenden Hinweise zur Genüge. Traf er sie tatsächlich an, konnte er ihr auch den Kontakt mit einer erfahrenen Therapeutin vermitteln, die sich auf die

Anordnung des Amts hin noch heute um sie bemühen würde. Er sah, dass es kurz vor 14 Uhr war, und beschloss, es zu riskieren.

Fünfunddreißig Minuten später stand er wieder vor demselben Haus in der Plochinger Straße in Esslingen wie am Abend zuvor. Der Verkehr tobte wie gewohnt in beide Richtungen, machte den Weg zur Haustür zur nervenaufreibenden Qual. Braig hatte Glück. In dem Moment, in dem er das Gebäude erreicht hatte, wurde die Tür geöffnet, und ein älterer Mann trat, einen Hund an der Leine, auf den Gehweg. Der Kommissar murmelte einen kurzen Dank, drückte sich hinter dem ihn misstrauisch beobachtenden Tierfreund ins Innere, stieg die Treppen hoch ins erste Obergeschoss. Der handgeschriebene Name *Maier* neben der Klingel war kaum zu lesen. Braig drückte auf den Knopf, hörte das melodische Summen. Nichts regte sich. Er läutete ein zweites Mal, wieder vergeblich. Im gleichen Moment trat einen Stock höher jemand ins Treppenhaus.

Braig machte einen Schritt zur Seite, sah eine ältere, sehr füllige Frau die Stufen herunterkommen. Sie war mit einem dicken, langen Rock und einem Wintermantel bekleidet, trug einen leeren Korb in der Hand. Als sie ihn bemerkte, blieb die Frau mitten auf der Treppe stehen und gaffte ihn mit großen Augen an. »Zu wem wellet Sie?«, rief sie so laut, dass jeder im Haus es gehört haben musste, gleichgültig in welchem Zimmer er sich gerade aufgehalten hatte.

Braig gab keine Antwort, deutete auf die Tür vor sich.

»Zum Fräulein Maier«, schallte es durchs Treppenhaus, »macht sie net auf?«

Er schüttelte den Kopf, ließ die Frau passieren, hatte mehr Glück, als er sich erträumt hatte. Die kräftige Person ließ es dreimal hintereinander läuten, begleitet von einem wahren Trommelwirbel ihrer Fäuste gegen die Wohnungstür Ulrike Maiers und ihrem heftigen Rufen nach der Nachbarin. Keine dreißig Sekunden später wurde die Tür geöffnet.

Braig sah die Frau vom Vorabend vor sich, mit einem dunklen Hausanzug bekleidet, den Kopf wie nach der Haarwäsche üblich bis auf wenige Gesichtspartien in ein großes Badetuch gehüllt. Die verletzten Hautpartien waren allesamt gut versteckt.

»Ach, Fräulein Maier, Sie hent Ihr Hoor gwäsche«, tönte die füllige Nachbarin. »Der Mann do will Sie besuche. Kennet Sie den?«

Braig griff nach seinem Ausweis, wollte sich vorstellen, sah das heftige Abwinken Ulrike Maiers.

»Ich kenne ihn, ja. Danke.« Sie drückte ihn in ihre Diele, ließ die Tür hinter ihm ins Schloss fallen. »Sie benutzen jeden Trick, sich aufzudrängen, wie?« Ihre Stimme war deutlich von Ärger gezeichnet, der rauchige Unterton nur dezent vorhanden. Sie führte ihn in ihre kleine, unaufgeräumte Küche, wies ihm einen Stuhl an. Teller, Tassen, Tupperschüsseln lagen über die Anrichte verteilt.

Braig blieb stehen, versuchte, sich zu entschuldigen. »Ich komme als Bittsteller«, sagte er, »ohne Ihre Hilfe finden wir den Kerl nicht, der Sie überfallen hat. Darum geht es, sonst nichts.« Er sah, wie sie ihm widersprechen wollte, fügte schnell hinzu: »Er hat schon mehrere Frauen überfallen. Davon müssen wir jedenfalls ausgehen. Und er wird weitermachen. Bald.«

Ulrike Maier wich seinem Blick aus, lehnte sich an den Schrank. »Ich habe ihn nicht gesehen«, sagte sie dann laut seufzend, »nicht eine einzige Sekunde. Der kam von hinten, war plötzlich über mir und riss an meinen Kleidern ... Bitte, ersparen Sie es mir ... Ich möchte nicht mehr darüber ...« Ihre

Stimme erstarb in einer Flut von Tränen. Sie wandte sich um, wischte sich mit dem Handrücken über das Gesicht.

Braig wartete, war sich der problematischen Situation bewusst. »Das tut mir leid«, sagte er dann, »wirklich, ich kann mir vorstellen, wie belastend das für Sie ist. Aber Sie sind im Moment meine einzige Hoffnung. Wenn Sie ihn wirklich nicht gesehen haben, weder sein Gesicht noch einen anderen Teil seines Körpers oder wenigstens seine Kleidung, kann ich nichts machen. Dann ist mein Besuch umsonst, das muss ich akzeptieren. Aber vielleicht fällt Ihnen doch noch etwas ein. Sein Auto vielleicht, ein Teil des Kennzeichens ...« Er sah ihre Angst, brach ab. Es hatte wohl tatsächlich keinen Sinn, es weiter zu versuchen.

Er schwieg einen Moment, griff in seine Tasche, zog seine Visitenkarte hervor. »Wenn Ihnen doch noch irgendetwas einfällt ...« Er streckte ihr das Kärtchen entgegen, wartete, bis sie es zögernd entgegennahm und einen Blick darauf warf. »Ich würde Ihnen gerne helfen«, fügte er hinzu. »Wir haben sehr gut ausgebildete, einfühlsame Therapeutinnen, die Ihnen zur Hand gehen könnten. Wenn Sie wollen ...«

»Bitte«, antwortete Ulrike Maier, »bitte, lassen Sie mich doch allein. Ich brauche Zeit, viel Zeit, können Sie das nicht begreifen?«

Braig nickte, wünschte ihr alles Gute, verließ die Wohnung.

17.

Natürlich war ihm klar gewesen, dass es mit dem Tod Sattlers kein Ende haben würde. Dass Sattler nur der Erste war, dem bald oder auch später, bei passender Gelegenheit sozusagen, der Zweite folgen würde. Deshalb hatte er längst die Konsequenzen gezogen, sich aus dem unmittelbaren Schussfeld verzogen, Zuflucht gesucht in einem hoffentlich sicheren Versteck. Denn wer das zweite Opfer abgeben, wer als Nächster ins Jenseits geschafft würde, lag von Anfang an auf der Hand: Er selbst. Wer sonst?

Nicht eine einzige Sekunde hatte er an diesem Tatbestand gezweifelt. Nicht einen Hauch des Zweifels an dieser Entwicklung gespürt. Erst Sattler – dann er. Diese Tatsache ließ sich nicht in Frage stellen. Es war einfach so. Wie ein Naturgesetz.

Doch jetzt plötzlich dieser Politiker. Grauselmaier oder wie der sich schrieb. Einer von der herrschenden Clique. Was ihn nicht weiter interessierte. Ob von diesen oder von den anderen – das blieb sich gleich. Kreidefresser, solange sie ihr Ziel noch nicht erreicht hatten, aber zu hungrigen Wölfen mutierte Raubtiere, sobald sie über die Macht verfügten. Hatte es also einen von ihnen erwischt. Na und? Wieder einer weniger von der Bande. Ein Verlust? Für wen? Die Lobbyisten, die ihn geschmiert hatten? Morgen schon war er von seinem Nachfolger ersetzt. Von der neuen Marionette, die dieselbe Klientel bediente. Wem fiel das in wenigen Wochen noch auf? Niemandem. Nicht einem einzigen Menschen. Eben. Weshalb sich also grämen?

Er kam dennoch nicht zur Ruhe. Nicht, solange er nicht wusste, weshalb dieser Politiker. Weshalb gerade der. Weshalb erst Sattler, dann Grauselmaier, dann erst er.

Durfte er diese Frage wirklich stellen? Oder lag es vielleicht daran, dass die Polizei oder die Medien sich täuschten? Er hatte die Nachricht im Fernsehen gesehen, in einer dieser regionalen Nachrichtensendungen, die den halben Nachmittag und Abend über den Äther flimmerten, hatte sie mehrfach verfolgt, weil sie so unglaubwürdig war, so weit ab von jeder Realität. Am nächsten Morgen hatte er sich unten im Ort sämtliche Zeitungen besorgt, die zu erhalten waren, die Meldung gesucht, sie in jedem Blatt gefunden, überall trotz verschiedener Schwerpunkte und Ausschmückungen im Prinzip gleich, zumindest was das Entscheidende anbetraf: Grauselmaier, der alte verdiente Politiker, zuerst mit Säure attackiert, dann erschossen, genau wie Andreas Sattler, der junge Student aus Reutlingen. Ratlosigkeit, allen Blättern nach zu urteilen, bei Polizei, Staatsanwaltschaft, den anderen Politikern, der Landesregierung, den Journalisten, überall.

Wieso dieser Politiker? Was hatte der damit zu tun? Mit Sattler und ihm?

Er musste sich zusammenreißen, durfte sich jetzt nicht von dieser Frage auf falsche Gedanken bringen lassen. Grauselmaier hin oder her, wer als Nächster kam, blieb weiterhin klar. Seit er diese Augen gesehen hatte, damals, nachdem es geschehen war, die Entschlossenheit und den Hass, diesen abgründigen Wunsch nach Vergeltung, hätte ihm das klar sein müssen. Natürlich, er ahnte ihn nicht, den Zusammenhang dieser Sache mit dem ermordeten Politiker, aber er durfte sich deshalb nicht aus der Ruhe bringen lassen, musste weiterhin so vorsichtig bleiben wie bisher, vielleicht sogar noch vorsichtiger, weil die Reihe jetzt garantiert an ihn kam und er nur mit seinem bisher eingeschlagenen Plan eine Überlebenschance hatte. Eine Überlebenschance, die allein darauf basierte, dass *er* den Finger schneller am Abzug hatte als sein Gegner.

Er griff in seine Hosentasche, tastete nach dem kalten Metall, das ihm der dicke Roland besorgt hatte. Ich bin in einer beschissenen Situation, hatte er ihm erklärt, einer muss dran glauben, ich oder der andere. *Du nicht*, hatte der dicke Roland geantwortet, *du auf keinen Fall*.

Er hielt die Waffe fest in seiner Hand, spürte die beruhigende Wirkung, die von ihr ausging. Sein ganzer Körper entspannte, der Puls wurde langsamer, das Gefühl irrationaler Beklemmung verflüchtigte sich. Ich werde das Schwein erwischen, wusste er, mein Finger wird zuerst am Abzug sein.

18.

Der Anruf schien so vage und diffus wie viele andere zuvor. Braig war erst vor wenigen Minuten in sein Büro gekommen, hatte den Mittwochmorgen mit einer zweiten Tasse Kaffee gekrönt.

»Es geht um den Kerl, der dauernd Frauen überfällt«, hatte eine männliche, reichlich verkatert wirkende Stimme erklärt, »Sie verstehen?«

»Darf ich wissen, mit wem ich spreche?«

»Ich habe die halbe Nacht darüber nachgedacht, ob ich wirklich auf dem richtigen Dampfer bin. Das Bild ist so lasch, verstehen Sie?«

»Lasch?«

»Schauen Sie es sich doch mal an. Das kann alles und jedes darstellen.«

»Aber Sie glauben trotzdem, eine bestimmte Person erkannt zu haben«, hatte Braig nachgehakt, »würden Sie mir bitte Ihren Namen nennen?«

»Ach so, natürlich.« Der Mann hatte lange und laut gegähnt, sich dann entschuldigt. »Also, es ist spät geworden heute Nacht, verstehen Sie?«

Braig hatte ein kurzes »ja» von sich gegeben, dabei überlegt, was er noch alles verstehen sollte.

»Adrian Hettich ist mein Name. Wir haben gefeiert, verstehen Sie?«

»Wo?«

»Bei Sven, einem Kumpel. Er hatte seinen Vierzigsten.«

»Wo wohnen Sie?«

»In Oberboihingen. Aber das tut nichts zur Sache. Es geht um den Kerl, der dauernd Frauen überfällt. Sie suchen ihn, verstehen Sie?«

»Ja, ich verstehe«, hatte Braig erklärt.

»Ich weiß wirklich nicht, ob ich auf dem richtigen Dampfer bin, aber wenn was dran ist an der Sache ... Ich habe die halbe Nacht darüber gegrübelt und bin zu dem Ergebnis gekommen: Besser, ich rufe mal an. Wenn es nicht stimmt, werden Sie ihn wohl kaum verhaften, oder?«

»Wen haben Sie im Verdacht?«

»Also, Sven hatte die Idee. *Habt ihr das Bild gesehen von dem Dreckskerl, der dauernd Frauen überfällt?* fragte er, ich weiß nicht mehr genau, wann. Irgendwann am späten Abend halt. *Natürlich*, riefen ein paar Leute, *aber viel zu erkennen ist da ja nicht. Das stimmt*, meinte Sven, *aber trotzdem erinnert er mich an jemand.*« Hettich hatte geschwiegen, dann erneut gegähnt.

»Und? Wen meint er, erkannt zu haben?«

»Offenbach, diesen Autohändler«, hatte der Mann geantwortet.

»Einen Autohändler? Wo hat er seinen Betrieb?«

»In Stuttgart. Ich war mit Sven bei ihm, vor drei oder vier Monaten. Sven wollte einen gebrauchten Daimler holen – die sind bei Offenbach recht günstig. Unfallmodelle, wieder aufgemöbelt, verstehen Sie?«

Braig war hellhörig geworden, hatte sich in seinem Stuhl aufgerichtet. »Der handelt mit Gebrauchten von Daimler? Alle Typen oder nur bestimmte Modelle?«

»Alle Typen, ja. Der richtet sie selbst her und verkauft sie dann wieder.«

»Und diesen Offenbach glaubt ihr Bekannter, dieser Sven, auf unserem Phantombild erkannt zu haben.«

»Ja, genau. Und je länger ich darüber nachgedacht habe, desto mehr muss ich sagen: Da ist was dran. Irgendwie ist Sven auf dem richtigen Dampfer, verstehen Sie?«

»Wo liegt dieser Betrieb? Geben Sie mir bitte die genaue Adresse.«

Braig hatte sich die Anschrift notiert, seinen Kaffee ausgetrunken, dann um die Begleitung eines Kollegen nachgesucht. Kurze Zeit später hatte Kriminalobermeister Stöhr seine Einsatzbereitschaft erklärt. Braig war zu seinem Schreibtisch gegangen, hatte seine Waffe eingesteckt, sich dann mit Stöhr auf den Weg gemacht.

Der Betrieb Offenbachs lag etwas versteckt hinter einer großen Lagerhalle in der Nähe des Neckars. Braig bemerkte ihn erst, als sie das Gelände bereits passiert und bei einem Metallhändler vorgefahren waren. Armaturen, Autoteile, Bauträger lagerten unter einem breiten Wellblechdach, Männer in Arbeitskleidung machten sich daran zu schaffen. *Lutz Altmetall* stand groß am Eingang. Stöhr stoppte das Fahrzeug, schaltete in den Rückwärtsgang, machte vor der breiten Einfahrt Halt, die zwischen zwei hohen Steinmauern eingelassen war. *Offenbachs Gebrauchtwagen* war auf einem Schild zu lesen.

Die beiden Beamten verließen das Auto, gingen zum Tor, das aus stabilen, etwa drei Meter hohen Metallstreben bestand, stellten fest, dass es verschlossen war. Auch im Inneren des Geländes schien es ruhig, nirgendwo war jemand zu sehen oder zu hören. Eine Hand voll abgenutzter, teilweise auch stark beschädigter Fahrzeuge, vom Fabrikat her allesamt Daimler, dahinter mehrere Wellblechgaragen und ein unverputzter, vergammelt wirkender einstöckiger Flachdachbau aus roten Klinkersteinen waren zu erkennen.

Offenbachs Gebrauchtwagen, überlegte Braig, alle vom gleichen Hersteller. War das die Erklärung, weshalb der Täter laut Zeugenaussagen einmal in einer A-Klasse, später dann in einer E-Klasse unterwegs gewesen war?

Er suchte vergeblich nach einer Glocke, fand keinen Hinweis, wie man sich hier bemerkbar machen konnte.

»Mhm, Neun Uhr dreißig!«, meinte Stöhr mit einem kritischen Blick auf seine Uhr, »ob da noch jemand in seinem Bett liegt?«

Braig studierte das Kleingedruckte auf dem Firmenschild, sah, dass als Öffnungszeit der Zeitraum von 9 bis 18 Uhr angegeben war. »Eine halbe Stunde zu spät. Ob der sich das leisten kann?« Er ahnte, was das verschlossene Tor bedeuten konnte. Wenn es sich bei Offenbach um den gesuchten Verbrecher handelte, konnte er sich natürlich selbst auf dem für andere vielleicht vagen, für ihn selbst jedoch recht charakteristischen Fahndungsbild erkannt und deshalb längst das Weite gesucht haben. Vielleicht schon am Sonntag, unmittelbar nach Erscheinen der ersten Veröffentlichungen.

Er gab die auf dem Firmenschild ausgedruckte Nummer in sein Mobiltelefon ein, hörte eine schwäbisch sprechende männliche Stimme auf dem Anrufbeantworter darauf hinweisen, dass es dem Firmenchef im Moment leider nicht möglich war, ans Telefon zu kommen, der Anrufer aber zwecks Rückrufs seine Nummer und sein Anliegen hinterlassen solle, steckte das Handy weg.

»Wissen wir, wo der Mann wohnt?«

Braig schüttelte den Kopf. »Ich bekam die Information über ihn erst heute Morgen. Vielleicht weiß einer der Nachbarn Bescheid.« Er zeigte auf den Metallhandel. »Wir müssen es versuchen.«

Sie folgten der Mauer bis zur offenen Einfahrt des Metallhändlers, sprachen den ersten Mann, der ihnen auf dem weiträumigen Gelände begegnete, an. »Entschuldigen Sie bitte, kennen Sie Ihren Nachbarn, Herrn Offenbach?«

Der auffallend fettleibige Arbeiter wischte sich seine von Ölschlieren verschmutzten Hände an den Hosen ab, schaute Braig fragend an. »Offenbach? Was weiß ich? Fragen Sie den alten Lutz.« Er deutete auf einen großen Wohnwagen, der hinter dem Armaturenhügel zu sehen war.

Braig nickte, schaute verärgert zum Himmel, weil er einzelne Regentropfen spürte. Der gesamte Horizont war von einem undurchdringlichen Einheitsgrau überzogen. Ob es bei der geringen Niederschlagsmenge blieb? Äußerst fraglich.

Sie hatten den Wohnwagen fast erreicht, als ein kräftiger Mann um die Fünfzig, eine qualmende Zigarette im Mund daraus hervorstürmte. »Dreißig«, brüllte er mit kräftiger Stimme, »Roland, dreißig.«

Die Antwort folgte innerhalb weniger Sekunden. »Leck mich am Arsch mit dem Scheiß.«

Braig blieb stehen, nannte seinen Namen. »Wir wollten zu Herrn Offenbach«, fügte er hinzu.

»Er ist noch nicht da?«

»Nein. Kann es sein, dass er erst später kommt?«

Der Mann nahm die Zigarette aus dem Mund, streckte sie von sich, starrte in die Richtung des Autohändlers. Ein hoher Maschendrahtzaun riegelte die beiden Gelände voneinander ab. »Na ja, Kai nimmt das nicht so genau.« Er überlegte, schaute auf seine Uhr. »Obwohl, halb Zehn vorbei.«

Plötzlich fing es kräftig an zu regnen.

»Verdammter Mist«, fluchte er, wandte sich um, sprang zu seinem Wohnwagen. Er öffnete die Tür, rettete sich ins Trockene. »Sie wollen einen Wagen kaufen?«

Braig hatte keine Lust auf lange Erklärungen, nickte.

»Haben Sie seine Privatnummer oder Adresse?«

»Er wohnt in Ruit«, antwortete der Mann, »Hedelfinger Straße. Er hatte mich zu seinem Geburtstag eingeladen, deshalb weiß ich es. Dort oben.« Er deutete auf den Berg über ihnen, der längst in den Wolken verschwunden war. »Warten Sie, ich hole seine Nummer.« Er verschwand in seinem Wagen, ließ die beiden Männer im Regen stehen.

Braig war nass bis auf die Haut, als der Metallhändler endlich ein Blatt mit der Privatnummer Offenbachs ins Freie streckte. Er nahm es entgegen, bedankte sich, spurtete vom Gelände.

Fünfzehn Minuten später hatten sie das Haus erreicht. Es befand sich in der Nähe einer lauten Straßenkreuzung, trug neben mehreren anderen auch den Namen *Offenbach* am Klingelbord. Braig flüchtete sich unter das winzige Vordach, weil es immer noch heftig regnete, drückte auf die Glocke, wiederholte den Versuch mehrfach, jedes Mal ohne Reaktion. Er seufzte laut auf, schüttelte die Nässe von sich ab. War ihnen der Kerl tatsächlich entwischt? Oder unterwegs an ihnen vorbeigefahren?

Er rief beide Telefonnummern mit seinem Handy an, hatte bei der ersten überhaupt keine Reaktion, bei der anderen den Anrufbeantworter in der Leitung.

»Die Nachbarn«, sagte Stöhr, »vielleicht sollten wir es über sie versuchen.«

Braig nickte, folgte dem Vorschlag. Er hatte kaum geläutet, als im ersten Obergeschoß ein Fenster geöffnet wurde. Eine ältere Frau schaute auf die Straße, gab keinen Ton von sich, musterte sie nur kritisch.

»Wir wollen zu Herrn Offenbach«, rief Braig. Regenfontänen klatschten ihm ins Gesicht.

»Dann gehen Sie doch«, empfahl die Frau.

»Er ist nicht da. Hat er Urlaub?«

»Urlaub? Keine Ahnung. Gestern Abend war er hier. Die verrückte Musik!« Sie gestikulierte mit den Händen, verzog ihre Miene.

»Gestern Abend?«

»Bis Punkt Zehn. Sonst holen wir die Polizei. Er weiß Bescheid.«

Braig bedankte sich, sprang zu ihrem Wagen, um sich vor dem Regen zu retten, nahm auf dem Beifahrersitz Platz.

»Und?«, fragte Stöhr. »Riskieren wir es?«

»Der Mann vertreibt genau die Fahrzeugtypen, in denen der Täter am jeweiligen Tatort gesehen wurde. Das reicht für einen Besuch, oder? Wie weit sind wir vom Amt entfernt? Fünf, sechs Kilometer?«

Er sah das bedächtige Kopfnicken des Kollegen, informierte Volker Seibert, schilderte sein Anliegen. »Wir sind in Ruit. Der Mann scheint nicht zu Hause zu sein. Ich will mir aber die Wohnung ansehen. Und anschließend die Firma. Vielleicht finden wir Hinweise auf die Verbrechen.«

Der Techniker sagte sofort zu, war zwanzig Minuten später an Ort und Stelle. Seine Pausbacken glänzten, er strahlte übers ganze Gesicht, als er in den strömenden Regen trat. »Das liegt ja fast vor unserer Haustür«, erklärte er, begrüßte die Kollegen. »Ihr wisst, wie gerne ich Schlösser knacke.«

Braig hatte darauf verzichtet, die Nachbarn zu bitten, die Haustür zu öffnen, weil er wusste, wie schnell Seibert arbeitete. Nur kein unnötiges Aufsehen erregen, das Offenbach bei einem überraschenden Auftauchen warnen konnte.

Der Techniker postierte sich einem Bewohner des Hauses gleich an die Tür, machte sich mit seinem Schlüsselbund zu schaffen, drückte sie auf. »Dreiundzwanzig Sekunden«, erklärte er mit freudestrahlender Miene.

Er wartete, bis seine Kollegen bei ihm waren, lief dann zu Offenbachs Wohnungstür. »Alles klar?«

Braig entsicherte seine Waffe, richtete sie auf die Wohnung, nickte. Seibert benötigte nur ein paar Atemzüge. »Sechzehn. Der hat nicht einmal abgeschlossen.« Er wich zur Seite, ließ dem Kollegen den Vortritt.

Braig spürte das seltsame Gefühl von der ersten Sekunde an. War es Erfahrung, Intuition, der Hauch eines seltsamen Geruchs? Er drückte sich der Wand entlang in die Diele, lauschte auf verdächtige Geräusche, hörte nur den Straßenlärm und sein pochendes Herz.

Was war los? Wartete der Mann mit gezogener Waffe?

Er versuchte, allen Eventualitäten vorzubeugen, rief laut: »Hier ist die Polizei. Wenn Sie zuhause sind, melden Sie sich bitte«, wartete auf eine Reaktion. Nichts. Nur das Hupen eines Autos draußen auf der Straße.

Langsam, ganz langsam schob er sich vorwärts. Bis zur ersten Tür. Sie war angelehnt, quietschte leicht, als er sie zurückstieß. Er schob sein Gesicht vorsichtig um die Ecke, nahm als erstes die Luftveränderung wahr. Miefiger Geruch, vermischt mit einem starken Rasierwasser, strömte ihm entgegen. Rasierwasser, arbeitete es in ihm, herbes Rasierwasser. Waren sie an der richtigen Stelle?

Die Pistole weit von sich gestreckt, warf er einen Blick in den Raum. Ein reichlich vergammeltes Schlafzimmer mit ungemachten Betten und auf den Boden, die Betten, den Schrank verteilter Schmutzwäsche. Keine Frau im Haus, soviel war schon auf den ersten Blick klar.

Braig überzeugte sich, dass sich niemand in dem Zimmer verbarg, schob sich zur nächsten Tür. Auch sie war angelehnt, quietschte noch erbärmlicher, als er sie zu öffnen versuchte.

Die Hausschuhe sah er als erstes. Zwei mit Flecken übersäte, von kleinen Löchern durchsetzte, teilweise eingerissene, dunkelbraune Stoffschuhe, denen unmittelbar die Hose folgte. Braig begriff schon im ersten Moment, was jetzt kam. Das war keine Attrappe, auch nicht eine in einen biederen Hausanzug gezwängte Schaufensterpuppe, die hier auf dem Teppich des Wohnzimmers lag. Die Hausschuhe steckten an den Füßen eines seit Stunden verschiedenen, vollständig bekleideten Mannes. Er war nach hinten zurückgefallen, als er von den Kugeln in die Brust getroffen worden war, musste aber, seinem übel verzerrten Gesichtsausdruck nach, unmittelbar vor seinem Tod noch starken Schmerzen ausgesetzt gewesen sein. Braig hatte keinerlei Fragen, woher die Schmerzen resultierten. Zu offensichtlich traten die von Säure zersetzten Partien im Gesicht und im Schambereich des Mannes hervor. Verunstaltungen dieser Art hatte er in der letzten Zeit nur auf den Bildern auf Neundorfs Schreibtisch gesehen, Berichte über in dieser Weise zugerichtete Opfer nur anlässlich ihrer aktuellen Ermittlungen gehört.

Er trat unwillkürlich einen Schritt zurück, steckte seine Waffe weg, holte dafür sein Handy vor. Die Nummer seiner Kollegin war eingespeichert. Er hatte sie sofort am Apparat. »Es gibt Arbeit«, sagte er, als sie sich erfreut, seine Stimme zu hören, meldete, »für dich und die ganze Sonderkommission.«

Zweite Oktober-Hälfte

1.

Jedes Ding hat zwei Seiten stand in fett gedruckten, verschnörkelten Lettern überlebensgroß an der Plakatwand, ein unförmiger, von einem ausgeprägten Bierbauch verunstalteter Mann darunter, der gerade dabei war, in einen üppig belegten Hamburger zu beißen.

Wie wahr, überlegte Braig, den Moment im Sinn, als er Offenbachs Leiche gefunden hatte. Genau eine Woche war es her. Kai Offenbach – auf die gleiche Weise getötet wie Andreas Sattler und Martin Grauselmaier. Mit derselben Pistole, wie sich inzwischen herausgestellt hatte, einer Walther PPK 7.65, die unter Experten als Allerweltswaffe galt. Vorher mit Säure attackiert, ins Gesicht und auf den Unterleib. Dieselbe Prozedur wie bei dem Studenten und dem Politiker. Drei Männer auf identische Weise und mit derselben Waffe ermordet – und trotzdem standen sie immer noch mit leeren Händen da. Es gab zwar einen Verdächtigen: Falk Holdenried. Aber der war nach wie vor verschwunden, obwohl seit mehr als zehn Tagen nach ihm gefahndet wurde. Ein deutlicher Hinweis auf seine Schuld?

Das war die eine Seite der Medaille.

Die andere Seite sah eigentlich erfreulicher aus: Braig hatte seine eigenen Ermittlungen erfolgreich beendet, den Täter, der über Wochen hinweg Frauen überfallen und mit brutaler Gewalt verletzt hatte, ermittelt und überführt – allerdings in einem Zustand, der der Staatsanwaltschaft und der Justiz jede weitere Arbeit hinsichtlich seiner Person ersparte. Zum ersten Mal seit Monaten war ein Wochenende ins Land gezogen, ohne dass die Boulevard-Medien in großer Aufmachung vom Wüten der Bestie irgendwo im Großraum Stuttgart hatten berichten können. Den Technikern des LKA war es eindeutig gelungen, Kai Offenbach posthum als den Mann zu überführen, der die Überfälle in Stuttgart, Musberg, Ludwigsburg und Esslingen durchgeführt hatte. Sie waren in seiner Wohnung auf die olivgrün-braun gemusterte Militärjacke gestoßen, die Konrad Umgelter in Ossweil an ihm gesehen hatte, hatten an der Jacke nach gründlicher Überprüfung sowohl Haare Marianne Reischs, der in dieser Nacht überfallenen Frau, als auch Fasern ihres Mantels identifiziert, eine Fähigkeit, die Experten des Stuttgarter Landeskriminalamts neben wenigen anderen Instituten in Japan und den USA seit wenigen Jahren in ungeahnter Präzision beherrschten. Sie waren zudem auf das nur in kleinen Mengen verkaufte, aber intensiv duftende Rasierwasser gestoßen, das sowohl Marianne Reisch als auch Bernhard Bareiss sofort wieder erkannt hatten. Zu guter Letzt waren ihnen die im Tatzusammenhang beobachteten Fahrzeuge der A- und E-Klasse in Offenbachs Betrieb in Stuttgart in die Hände gefallen.

Nach wie vor unbeantwortet blieb allerdings die Frage, in welchem Zusammenhang der Ermordete mit Andreas Sattler und Martin Grauselmaier stand. Wo lag die Verbindung zwischen den drei in gleicher Weise ermordeten Männern?

Kai Offenbach war, so die Analyse des obduzierenden Gerichtsmediziners Dr. Holger Schäffler, etwa zehn bis zwölf Stunden vor dem Fund der Leiche in seiner Wohnung in Ostfildern-Ruit getötet worden, also in der Nacht von Dienstag auf Mittwoch etwa ein bis zwei Stunden vor Mitternacht. Nicht einer der Nachbarn, so das Ergebnis ihrer intensiven Befragungen, hatte eine fremde Person bemerkt, die den Mann an diesem Abend aufgesucht hatte. Auch Braigs Gespräch mit der ehemaligen Frau des Mordopfers war wenig hilfreich gewesen. Simone Weitner hatte ihn ohne großes Interesse in ihrer Wohnung in der Neckarwestheimer

Straße in Gemmrigheim empfangen und sowohl unübersehbar als auch unüberhörbar unwillig von ihrer *zum Glück längst geschiedenen Ehe* mit Kai Offenbach berichtet.

»Er wurde ermordet? Schade, dass das nicht fünfzehn Jahre vorher passierte. Mir wäre viel erspart geblieben.«

»Sie haben Ihre gemeinsame Zeit nicht gerade in guter Erinnerung?«

Die Frau hatte bitter lachend geprustet, ihn mit wütenden Blicken traktiert. »Gute Erinnerung an dieses perverse Schwein? Sie denken wohl, ich bin verrückt?«

»Darf ich fragen, was Sie zu diesen Worten veranlasst?«

»Nein«, hatte sie geschimpft, »das dürfen Sie nicht! Das geht Sie einen feuchten Dreck an! Zum Glück ist die Zeit vorbei.«

Sie hatte ihm nichts angeboten, ihn in ihrer Küche auf einen harten Stuhl bugsiert, ihn mit ihrer Mimik und ihrer ganzen Körperhaltung ihren Unwillen, über ihren ehemaligen Partner zu sprechen, spüren lassen. Die Ehe mit dem Ermordeten musste in der Tat keine angenehme Zeit gewesen sein.

»Hat er Sie geschlagen?«

»Verschwinden Sie«, hatte sie sich ereifert, »lassen Sie mich endlich in Ruhe!«

Braig war nicht auf ihren Wunsch eingegangen, hatte ihr stattdessen die volle Erkenntnis seiner polizeilichen Ermittlungen präsentiert. »Wir waren seit Wochen hinter Offenbach her. Sie haben von den brutalen Überfällen auf Frauen gehört, immer am Wochenende? Er war es.«

Simone Weitner hatte sich schlagartig beruhigt. Sie war von ihrem Stuhl aufgesprungen, hatte ihn mit weit aufgerissenen Augen angestarrt. »Ich werde wahnsinnig! Wieso bin ich nicht sofort darauf gekommen?«

»Sie trauen es ihm zu?«

»Was fragen Sie noch?«, hatte sie erwidert. »Haben Sie eine Ahnung, wie er mich zeitweise zugerichtet hat?«

Er war ruhig geblieben, hatte ihr Zeit gegeben, alles zu begreifen.

»Ich hätte es wissen müssen, als ich es gelesen habe. Warum bin ich nicht sofort zur Polizei?«

»Das hätte uns geholfen, ja. Wir hätten ihn sofort überprüft.«

»Manchmal konnte ich mehrere Tage nicht aus dem Haus, weil mein Gesicht zu geschwollen war vor lauter Schlägen. Es hatte keinen Sinn, ich konnte überhaupt nichts mehr sehen.«

»Sie haben sich nicht gewehrt?«

»Gewehrt? Haben Sie eine Ahnung, welche Angst ich vor ihm hatte?«

Warum hast du das Schwein dann geheiratet, lag es ihm auf der Zunge, wieso hast du dich mit dem Kerl überhaupt eingelassen? Er behielt den Gedanken für sich, wollte die Frau nicht noch weiter reizen. Zu oft schon hatte er derlei Biographien kennengelernt. Männer, die sich im Verlauf des Zusammenlebens als rücksichtslose Schläger erwiesen, Frauen, die wenigen Monaten freundlich-werbenden Verhaltens blindlings erlegen waren, sich dann plötzlich in einem nicht enden wollenden Horror wiederfanden.

»Wer könnte Offenbach getötet haben? Gibt es andere Menschen, die er so rabiat behandelte?«

»Was weiß ich. Lassen Sie mich in Ruhe. Ich will von dem Dreckskerl nichts mehr hören.«

»Gegen wen war er ähnlich aggressiv? Können Sie mir nicht weiterhelfen?«

Simone Weitner hatte, ihn skeptisch musternd, ihre Stirn in Falten gelegt. »Ich habe zum Glück seit Jahren nichts mehr von ihm gehört. Was wollen Sie noch?«

»Und Ihr jetziger Mann? Was sagt der dazu, dass Offenbach Sie ständig schlug?« Sie hatte ihm am Telefon erklärt, dass sie wieder geheiratet, ein völlig neues Leben begonnen hatte.

»Was soll er sagen? Er hat ihn nie gesehen, kennt ihn nicht.«

»Wo war er gestern Abend gegen 22 Uhr?«, hatte er hinzugefügt.

Simone Weitner hatte ihn kopfschüttelnd betrachtet, war dann in die Diele marschiert, hatte ein tragbares Telefon mitgebracht und ihm hingestreckt. »Sie sind doch wirklich verrückt. Irmela und Christian waren bei uns. Von Acht bis kurz vor Mitternacht. Hier, rufen Sie an und überzeugen Sie sich selbst. Familie Bögle, sie wohnen drei Häuser weiter!«

2.

Jetzt wurde die Sache aber doch immer unübersichtlicher. Kai Offenbach – ein Autohändler.

Wieso jetzt der?

Die Zeitungen waren voll davon. Einen Irrtum konnte es nicht geben. Säure ins Gesicht und auf den Unterleib – wie bei Sattler und dem Politiker. Danach die tödlichen Schüsse, genau wie bei den vorherigen Opfern. Dieselbe Waffe, derselbe Täter.

Die Polizei war sich absolut sicher, den Berichten der Presse nach gab es nicht den Hauch eines Zweifels.

Oder führten sie die Öffentlichkeit bewusst irre? Um den Täter zu verunsichern, ihm auf diese Weise auf die Spur zu kommen?

Nein, das war unmöglich. Nicht, nachdem er diese Augen gesehen hatte. Diese Augen wenige Minuten *danach*. Augen voller Wut, Hass und dem Wunsch nach Vergeltung.

Wenn es jetzt diesen Offenbach erwischt hatte – ganz auf die gleiche Art und Weise – dann gab es dafür nur eine Erklärung: Sattler und er waren nicht die einzigen, die die Situation ausgenützt hatten. Der Politiker und der Autohändler hatten sich angeschlossen, wie auch immer sie dazu gekommen waren. Als Teilnehmer des Festes vielleicht? Er konnte sich zwar nicht an sie erinnern, aber das hatte nichts zu bedeuten. Der Rummel war zu groß gewesen, das halbe Dorf, nein, das halbe Tal, auch mehrere Nachbardörfer völlig außer Rand und Band. Wie jedes Jahr um diese Zeit.

Das war die einzige Erklärung. Die einzige Möglichkeit, den Tod des Politikers und des Autohändlers zu verstehen. Die beiden Männer hatten die Situation ausgenutzt, Sattler und ihn imitiert – ohne es zu wissen.

Somit war es weiterhin nur eine Frage der Zeit, wann die Reihe an ihn kam. *Wann endlich*, um es deutlicher zu sagen. Er war davon überzeugt, spürte es physisch, *wusste* es mit allen Sinnen, dass es auch ihn treffen würde. *Sollte*, nicht *würde*.

Offensichtlich war er der Einzige, der damit rechnete. Der Einzige, der sich darauf vorbereitet hatte, der versuchte, den *aktiven*, nicht den *passiven* Part zu spielen. Deshalb war er hier, deshalb hatte er Hals über Kopf seine Wohnung verlassen, den Scheiß-Job hingeworfen, der ihn ohnehin nervte, die primitive Hütte bezogen, ein Leben begonnen, das so nicht lange weitergehen konnte!

Keine Nacht mit ausreichend Schlaf, kein Tag mit normalem Essen, kein Kontakt mit Freunden – nur das Warten, das Spähen, das Beobachten und immer die Angst. Die Angst, den entscheidenden Moment zu verpassen, das Auftauchen des Gegners zu spät zu bemerken, den Moment des Angriffs zu verschlafen ...

Und, immer deutlicher die Frage: War er dieser Bestie, die offensichtlich Rechnung auf Rechnung beglich, wirklich gewachsen? Musste er seinen Plan, seine Strategie nicht doch noch einmal überdenken? Hatte er in der Hektik der letzten Wochen nicht irgendeine scheinbar belanglose Kleinigkeit, einen im Endeffekt aber entscheidenden Punkt übersehen? War es auch wirklich richtig, so unverblümt die Offensive zu suchen?

Er hatte Mühe, sich zurückzunehmen und Ruhe zu finden. Wann, verdammt noch mal, wann endlich würde die Sache zu ihrem Ende kommen?

Lange, das spürte er immer mehr, konnte er es nicht mehr durchhalten, lange war dieser Zustand völliger Ungewissheit nicht mehr zu ertragen.

3.

Zehn Tage hatten sie benötigt, einen minutiösen Tagesablauf der letzten beiden Jahre der Ermordeten zu erstellen. Zehn Tage, nachdem der Oberstaatsanwalt die Sonderkommission zur Klärung des Todes von Martin Grauselmaier und Andreas Sattler in die Wege geleitet hatte. Stunde um Stunde hatten sie daran gearbeitet, einem Puzzle gleich mittels Befragung der Angehörigen und der Auswertung schriftlich hinterlassener Belege eine möglichst detaillierte Übersicht zu kreieren: Wo waren die beiden Männer an welchem Tag, zu welcher Stunde, womit waren sie beschäftigt, mit wem hatten sie Kontakt – und vor allem: Wer war die Person, die beide Männer getroffen hatte, mit beiden in Verbindung getreten war? Wo war der Moment, wo der Ort, wann der Termin, an dem sie aufeinander getroffen, irgendeine gemeinsame Aktivität unternommen hatten?

So langwierig, mühsam, unendlich zeitraubend dieses Unterfangen war, mit dem Tod Offenbachs hatte sich die Aufgabe weiter verschärft. Ein neues Leben war zu überprüfen, ein weiterer Lebenslauf in Parallelität zu stellen, eine zusätzliche Biographie auszuarbeiten. Wo, um alles in der Welt, gab es den gemeinsamen Punkt, wo, in welcher Person, liefen die drei so völlig verschiedenen Lebensbahnen aufeinander zu, wo berührten sie sich – vielleicht auch nur für einen winzigen Moment? Ein Politiker, ein Schachspieler, ein Autohändler, welche Person kannten sie alle drei, was hatten sie getan, wen derart provoziert, wessen Zorn derart erregt, dass sie jetzt, einer nach dem anderen, niedergemetzelt worden waren? Wessen Existenz hatten alle drei Männer, vielleicht nicht einmal zur gleichen Zeit, sondern irgendwann, im Verlauf der letzten Jahre, derart gefährdet, wem einen solchen Schaden zugefügt, dass diese schreckliche Reaktion daraus entsprungen war? Hätte es Offenbach als ersten erwischt, war es Neundorf durch den Kopf gegangen, wäre sie fast geneigt gewesen, auf eine Frau als Täter zu tippen. Säure auf den Unterleib – trug diese Attacke nicht symbolische Charakterzüge? Und war jetzt an Offenbach, der über Wochen hinweg unzähligen Frauen übelste Gewalt angetan hatte, Vergeltung verübt worden?

»Und wenn es sich um einen Verrückten handelt?«, hatte Felsentretter gefragt, angeödet von ihrem langwierigen, mühsamen Zusammensuchen der einzelnen Puzzleteile. »Wenn wir es mit einem Irren zu tun haben, der einfach ab und an irgendjemand ins Jenseits schickt?«

»Immer auf dieselbe Tour?«, hatte Neundorf geantwortet.

»Warum denn nicht? Der Kerl findet seinen Spaß daran, zu verfolgen, wie sich die Medien an seinen Aktionen aufgeilen. Immer, wenn ihm danach ist, sucht er sich ein neues Opfer.«

»Völlig willkürlich?«

Felsentretter war in ein hysterisches Lachen verfallen, hatte mit der Faust auf Neundorfs Schreibtisch gedonnert. »Genau das. Völlig willkürlich. Die Zeitungen, das Fernsehen, die Radiosender überschlagen sich doch alle in Vermutungen, Spekulationen, Überlegungen nach der Gemeinsamkeit der Opfer. Dabei ist das der Gag: Es gibt sie nicht! Sie haben nichts gemeinsam. Überhaupt nichts. Er hat sie völlig willkürlich gewählt. Mal den, mal den, dann wieder den. Nach Lust und Laune. Und wir hocken wochenlang hier und reißen uns die Ärsche auf, um nach dem gemeinsamen Nenner zu suchen!«

»Das glaubst du doch selbst nicht!«

»Das glaube ich selbst nicht? Warum denn nicht? Was auf diesem beschissenen Erdball ist denn so absurd, dass es noch nicht passiert wäre? Die einen Idioten kleben sich Sprengstoff auf den Bauch, stellen sich als lebende Bombe auf den Markt, jagen sich selbst mit der Genugtuung in die Luft, unzählige Unschuldige mit in den Tod zu reißen ... Andere entwickeln Minen, die Steinen, Pflanzen oder gar Tieren so verblüffend ähnlich sehen, dass kein Arsch sie voneinander unterscheiden kann. Warum soll es da nicht möglich sein, dass ein Verrückter, irgendein vom Leben vermeintlich benachteiligter oder enttäuschter Vollidiot sich damit Befriedigung verschafft, dass er wahllos auf Leute ballert und ihnen vorher noch eine Ladung Säure in die Visage und auf die Eier knallt ...«

»Darüber darfst du nicht einmal im Schlaf nachdenken«, hatte Neundorf erwidert, »das wäre der absolute Alptraum. Wenn es diesen Verrückten wirklich gäbe, hätten wir ihn in zehn Jahren noch nicht erwischt. Dann können wir unsere Arbeit hier liegen lassen und nach Hause gehen, weil ohnehin alles für die Katz ist.«

»Und darauf warten, bis sie irgendwo die nächste Leiche finden. Von Säure zerfressen und von Kugeln durchsiebt. Ich frage mich nur, wie lange es noch dauert, bis die neue Meldung einläuft.«

Felsentretter war wutentbrannt aus Neundorfs Büro gestürmt, hatte die Tür hinter sich zugefeuert.

Der Anruf ihres Lebensgefährten war genau zur richtigen Zeit erfolgt, hatte jeden Ansatz einer Missstimmung im Keim erstickt.

»Du sprichst mit einem Menschen, der sich richtig gut fühlt«, erklärte Thomas Weiss. »Ich hoffe, dass dieser Zustand ansteckend wirkt.«

»Dein Artikel ist fertig.«

»Richtig. *Sophie und Hans Scholl.* Du hast den Stein von meinem Herzen fallen hören?«

»Beinahe hätte er mich zertrümmert.«

»Oh nein. Felsentretter.«

»Genau der.«

»Wie steht es mit euren Ermittlungen?«

»Nichts Neues«, sagte sie. »Wir finden einfach keinen gemeinsamen Punkt. Ich weiß nicht, was die miteinander zu tun haben sollen. Das sind drei völlig verschiedene Männer. Was hat ein junger, zurückgezogen lebender Student mit einem alten Polit-Schleimer zu tun, der fünfzehn Kameras und Mikrofone auf sich gerichtet wissen muss, um kräftig durchatmen zu können? Und wie passt dieser gewalttätige Autohändler dazu, der jahrelang seine Frau misshandelte?«

»Ihr habt ihr Alibi überprüft?«

»Ihres und das ihres neuen Partners. Absolut wasserdicht. Die Nachbarn schwören, dass sie den Abend, an dem Offenbach ermordet wurde, gemeinsam mit ihnen verbracht haben.«

»Vielleicht hat der Kerl noch andere Frauen so behandelt. Und eine hat sich jetzt gerächt.«

»Wir sind dabei, alle seine Kontakte zu überprüfen. Aber selbst wenn es so wäre, warum dann Sattler und Grauselmaier?«

Neundorf hörte Weiss laut stöhnen, sah Braig und in seinem Gefolge Felsentretter in ihr Büro stürmen. Der Kollege wedelte aufgeregt mit einem Blatt, legte es auf ihren Schreibtisch.

»Hast du einen Moment Zeit?«, fragte er. »Ich glaube, es lohnt sich.«

Sie verabschiedete sich von ihrem Lebensgefährten, warf einen Blick auf das Papier. Es enthielt eine kurze Übersicht über die Biographien Sattlers und Grauselmaiers, den Oktober des letzten Jahres betreffend.

»Wir wissen jetzt, wo Andreas Sattler die Zeit nach dem Nationalfeiertag verbrachte und was er da unternahm«, erklärte Braig. »Sein Vater hat gerade angerufen. Er hat eine Notiz darüber gefunden. Das schließt eine weitere Lücke in seiner Biographie.«

Er zeigte auf die linke Spalte, deutete auf seinen mit sauberen Druckbuchstaben eingetragenen Vermerk. Sattlers Tätigkeit und Aufenthaltsort waren deutlich zu lesen. Der Student hatte das gesamte Wochenende von Samstag, dem 30. September, bis einschließlich Dienstag, dem 3. Oktober, bei einem Schachturnier in Köln verbracht, war dann am Abend noch nach Reutlingen gefahren.

»Von Mittwoch, dem 4. Oktober an«, erklärte Braig, »war er dann beim Herbsten.«

»Herbsten?«, brummte Felsentretter.

»Trauben ernten in einem Weinberg, das nennt man herbsten. Für Leute, die das nicht verstehen.«

»Trauben ernten? Dieses verwöhnte Bürschchen? Da gibt es doch nur schwere Arbeit, aber nicht viel Zaster.«

»Das mag sein. Sein Vater nannte es einen Jux, den sich sein Sohn seit ein paar Jahren im Herbst leistete. Es sei weniger aufs Geld verdienen angekommen als auf den gemeinsamen Spaß. Abends, in den Weinberghütten, wenn ich ihn richtig verstanden habe. Da waren wohl eine ganze Menge vor allem junger Leute zusammen. Männlein wie Weiblein.«

»Dann meinst du mit Herbsten also Saufen und Vögeln«, erklärte Felsentretter.

Braig ließ sich nicht aus dem Konzept bringen. »Interessant ist, wo Sattler diese Zeit verbrachte«, fuhr er fort. »Ich habe es notiert. Hier.« Er zeigte auf den Vermerk in der Übersicht. »Strümpfelbach im Remstal.«

»Ein wunderschönes Dorf. Ist bekannt für seine romantische Fachwerkarchitektur«, meinte Neundorf. »Eines der stimmungsvollsten Ortsbilder, die ich in unserer Gegend kenne. Weinberge, urige Skulpturen einer Bildhauerfamilie, pittoreske Fachwerkfassaden, da passt alles. Die haben eine Menge Touristen.«

»Sattler verbrachte die Tage vom 4. Oktober an also beim Herbsten in Strümpfelbach. Bis zum Samstag, dem 7., klar?«

»Was ist daran so besonders?«, fragte Felsentretter.

»Freitag, den 6. Oktober, war noch jemand in Strümpfelbach. Hier«, sagte Braig, deutete auf die rechte Spalte des Papiers.

Neundorf erkannte die Parallelität auf den ersten Blick. »Freitag, 6. Oktober, 19.30 Uhr, Vortrag in der Alten Kelter in Strümpfelbach: *Lesen statt glotzen - Bücher statt Bildschirm – die Zukunft unserer Kinder sichern*. Martin Grauselmaier, Landtagsabgeordneter.«

Für den Moment einer Sekunde herrschte absolute Stille im Raum. Drei Augenpaare starrten auf die Übersicht, verglichen die Einträge in der linken und der rechten Spalte. War das der Moment, auf den sie die ganze Zeit gewartet hatten? Der Punkt, an dem zumindest zwei der drei Biographien aufeinander trafen?

Neundorf löste sich als Erste aus der kurzen Erstarrung. »Du bist dir absolut sicher, was die beiden Männer betrifft?«

»Ich habe Herrn Sattler eingehend befragt. Er fand eine Nachricht seines Sohnes, dass er in dieser Zeit beim Herbsten sei. Und was Grauselmaier betrifft, gibt es ebenfalls keinen Zweifel. Frau Bäuerle bestätigte den Termin ausdrücklich.«

»Was ist mit Offenbach? Kann er ebenfalls dort gewesen sein?«

»Mir ist nichts bekannt. Nach unseren Aufzeichnungen war er zu dieser Zeit in Stuttgart. Das muss aber nichts heißen. Strümpfelbach ist gerade mal 15 Kilometer von Stuttgart entfernt. Wir sollten das noch einmal genau überprüfen.«

»Das ist richtig. Konzentrieren wir uns aber doch zuerst einmal auf Sattler und Grauselmaier«, schlug Neundorf vor. »Beide waren also an diesem 6. Oktober in Strümpfelbach. Wenn wir nicht vollkommen daneben liegen, müssen sie an diesem Tag aufeinander getroffen sein. In welchem Zusammenhang war das und zu welcher Zeit? Wer war noch dabei – Offenbach vielleicht und ihr Mörder?« Sie trommelte aufgeregt auf die Schreibtischplatte, sah das zustimmende Nicken ihrer Kollegen. »Hier müssen wir ansetzen, jetzt sofort.«

»Verdammte Kacke«, brummte Felsentretter, »jetzt haben wir also den gemeinsamen Punkt.«

»Wie heißt der Weinbauer, bei dem Andreas Sattler arbeitete?«, fragte Neundorf.

»Tut mir leid«, antwortete Braig, »darüber konnte sein Vater nichts sagen. Er nannte mir den Namen eines Kommilitonen seines Sohnes. Er meinte, der könne es wissen, sei vielleicht dabei gewesen. Ich habe versucht, den Mann zu erreichen, leider vergeblich.«

»Wie heißt er?«

»Jan Feller. Soll in Ludwigsburg wohnen. Andreas Sattler kannte ihn vom Studium her, meinte sein Vater.«

»Du hast die Nummer überprüft?«

Braig nickte. »Feller ist darunter gemeldet, ja. Ich hoffe, dass ich ihn heute Abend an die Strippe bekomme. Er scheint kein Handy zu haben, ich konnte ihn nicht finden.«

Neundorf schob das Papier mit der Übersicht der beiden Biographien auf dem Schreibtisch vor sich hin und her, richtete sich plötzlich gerade auf. »Solange können wir nicht warten. Ich habe eine bessere Idee. Wie steht es mit Fotos von Andreas Sattler? Wir haben gute Bilder?«

Braig nickte. »Kein Problem. Du meinst, wir sollten nach Strümpfelbach fahren, die Bauern dort nach ihm fragen?«

»So geht es am schnellsten, denke ich. Der Ort ist überschaubar. Ich hoffe doch, dass sich die Familie, bei der er arbeitete, an ihn erinnert. Dann können wir auch gleich danach fragen, ob jemand darüber Bescheid weiß, ob Sattler bei Grauselmaiers Vortrag war. Vielleicht haben wir Glück.«

4.

Zum Glück hatte er das Fernglas dabei. Ein großes, schweres Gerät, bei weitem nicht so handlich wie die neuen, seit vielen Jahren erhältlichen Apparate, aber schnell scharfzustellen und kaum zu übertreffen in der Leistung. Das Glas an den Augen, auf einem der Ausblicke, der Schützenhütte etwa, dem Hirschkopf oder vom Waldrand oben in die Weinberge spähend, hatte er alles deutlich vor sich, was irgendwo in der Umgebung lief.

Gruppen von Erntehelfern etwa, die Ameisen gleich in den Weinbergen umherwuselten, die Trauben in Körben sammelten, sie dann nach unten oder den Hang hoch schleppten oder sie in Bottiche kippten, die auf schlittenähnlichen Gefährten von Seilzügen zwischen den Rebstöcken in die Höhe gezogen wurden, wo man sie in die breiten, auf landwirtschaftlichen Anhängern wartenden Behälter schüttete. Weinbauern, die mit prüfenden Blicken die Reife ihrer Früchte begutachteten oder letzte Erntevorbereitungen trafen. Spaziergänger, Wanderer, Radfahrer, die die steilen Anstiege der asphaltierten Wege nicht scheuten, Gäste des Hotels auf dem Landgut Burg, die hier in unmittelbarer Nachbarschaft der Weinberge logierten.

Er wandte den Blick zur Seite, erkannte eine der originellen Skulpturen der Bildhauerfamilie Nuss, die seit einigen Jahren die Hauptwege der Umgebung schmückten: Eine lebensecht große Bronzefigur, einen Mann darstellend, der einen Handstand vollzog, vom Künstler als *Akrobat* bezeichnet. Auf der anderen Seite der Klinge eine hoch aufgerichtete Frau, weithin sichtbar mit einer Gans auf dem Kopf, am unteren Ende des Einschnitts ein neugierig in die Landschaft spähender Ziegenbock.

Er betrachtete das wohlgenährte bronzene Tier durch das Fernglas, hatte die Szene plötzlich wieder vor Augen: Die junge Erntehelferin, ihre beiden Begleiter, zwei Flaschen neuen Weins, der Einbruch der Dämmerung ... Sie hatten den Ziegenbock passiert, sich über seine Neugier unterhalten, waren später noch an anderen Figuren vorbeigekommen ...

Er hörte das laute Bellen eines Hundes, schrak auf. Hinter ihm, wenige Meter unterhalb, preschte das Tier über den

Weg, einen zerbissenen kleinen Stock im Visier, der vor ihm durch die Luft wirbelte. Er sah einen Mann nach dem Vierbeiner, einem wuscheligen, etwas zerzaust wirkenden weißen Pudel spähen, wusste, dass er auf der richtigen Spur war. Wenn die Reihe an ihn kommen sollte, dann hier. Zu deutlich hatte er davon gesprochen, wie sehr er die Arbeit im Weinberg schätzte, das gesellige Miteinander, die Stunden an der frischen Luft, das deftige Essen und Trinken, die Kiste mit verschiedenen Lagen als Lohn. Wenn der Täter es auch auf ihn abgesehen hatte – und daran existierte für ihn nicht der geringste Zweifel – würde er es hier versuchen, hier in unmittelbarer Nähe, wo es geschehen war, fast genau zwölf Monate zuvor.

5.

Der kleine Ort machte seinem Ruf alle Ehre. Malerisch in ein schmales Tal zwischen zwei mit Weinreben und aufgelockerten Wald überzogene Hänge gebettet, reihte sich Fachwerkhaus an Fachwerkhaus. Kleine, verwinkelte Gebäude, von blühenden Gärten gesäumte Höfe, mit Blumen geschmückte Fassaden, friedlich auf Fensterbänken dösenden Katzen. Ältere Frauen und Männer die Wege kehrend, jedes noch so kleine Blatt aufklaubend, spielende Kinder, Wanderer und Touristen, die Schönheit der Umgebung bewundernd. Zum Ortsende hin das pittoreske, weit in die Dorfstraße ragende Rathaus mit offener Laube und verschnörkeltem Fachwerk, ein winziges, spitz aufragendes Glockentürmchen auf dem Dach. Alte Wappen und Symbole weithin bekannter Gasthöfe, Besenwirtschaften und Weinbaubetriebe an den Fassaden, bis in den letzten Winkel Strümpfelbachs Bottiche voller Trauben, Körbe mit Nüssen, das würzige Aroma gärenden Obstes in den schmalen Gassen.

Braig und Neundorf waren der wegen Bauarbeiten gesperrten Hauptstraße vom Ortseingang her zu Fuß gefolgt, hatten an allen Häusern, die Hinweise auf eine Beschäftigung ihrer Bewohner mit dem Weinbau erahnen ließen, Sattlers, Offenbachs und Grauselmaiers Foto gezeigt und danach gefragt, ob die Männer bekannt waren, dabei jedoch nur die immer gleichen Antworten erhalten, dass nur die wenigen Haupterwerbswinzer fremde Arbeiter beschäftigten. »Herbschde deahnt mir mit unsere Familie und unsere Freund. Dia kriaget ebbes Guads zum Esse und zum Trinke und dafür schaffet se. Fremde könnet mir net bezahle. An dene kloine Stückle isch net viel zu verdiene.«

Den ersten im Haupterwerb tätigen Weinbauern hatten sie mitten in der Arbeit, auf der Anhöhe über dem Ort in unmittelbarer Nähe der Bronze-Skulptur einer *Wasserschöpferin* getroffen.

»Ist das nicht ein Politiker?«, hatte der Mann gefragt, auf Grauselmaiers Foto deutend.

»Sie erinnern sich an seinen Vortrag hier im letzten Oktober?«

»Oktober?«, hatte ihr Gesprächspartner erwidert. »Glauben Sie wirklich, im Oktober haben wir Zeit für einen Vortrag?« Die Stirn in Falten gelegt, hatte er sie kopfschüttelnd betrachtet.

»Was ist mit den beiden anderen Männern? Haben Sie die schon einmal gesehen?«

Neundorfs Frage war ebenso abschlägig beantwortet worden wie die ihres Kollegen.

»Keine Ahnung. In welchem Zusammenhang soll das gewesen sein?«

»Als Erntehelfer. Zumindest einer von ihnen soll letztes Jahr hier in Strümpfelbach beim Herbsten beschäftigt gewesen sein.«

»Stammt er aus Polen? Wir beschäftigen nur Leute aus Polen.«

»Ausschließlich?«

»Wir haben nur gute Erfahrungen gemacht. Für die niedrigen Löhne, die wir zahlen, bekommen Sie kaum Einheimische.«

»Wie steht es mit Ihren Kollegen? Irgendwo muss der Mann beschäftigt gewesen sein.« Neundorf deutete auf Sattlers Foto.

»Die Robers. Das sind die einzigen. Höchstens noch die Rehbergers und die Gohls. Die haben zwar auch bei uns hier Reben, ihre Höfe liegen aber in Kernen und Beutelsbach.«

»Haben Sie eine Ahnung, wo wir die heute Abend noch finden?«

Der Weinbauer hatte nicht lange gezögert, sich zur Seite gedreht und nach Norden gezeigt. »Die Robers arbeiten beide noch. Dort, bei dem Felsen. Die Rehbergers und die Gohls?« Er schaute ratlos zu ihnen her. »Mal sieht man sich, mal nicht. Wir sind im Finale, noch zwei bis drei Tage, dann haben wir es geschafft. Dieses Jahr ist alles früher. Nur noch der Zweigelt, der Muskat-Trollinger und der Riesling. Dann sind die Fässer voll.«

Sie hatten sich bei dem Mann für die Auskunft bedankt, waren in die Richtung marschiert, in die er gezeigt hatte. Eine Gruppe von sechs oder sieben Leuten war unweit eines mächtigen Felsbrockens mit der Traubenernte beschäftigt. Sie passierten den großen Stein, vor dem eine Bank eine prächtige Aussicht auf den Ort und die Weinberge gewährte, sahen die Skulptur eines *Horchenden*, der, die Hand am Ohr, seine Umgebung belauschte.

»Wir suchen einen Herrn Rober«, sagte Neundorf, als sie den mit zwei großen Bottichen beladenen Anhänger erreichten.

Eine junge Frau war gerade dabei, einen Korb voller Trauben in einen der Behälter zu schütten. »Herr Rober?«, vergewisserte sich die Frau.

Neundorf nickte.

»Da kommt er.« Sie wies auf einen etwa vierzig Jahre alten kräftigen Mann, der aus dem Weinberg unter ihnen trat, einen prall gefüllten Korb auf dem Rücken.

Neundorf wartete, bis er seine Last abgeladen hatte, stellte sich und Braig vor.

»Wir sind mitten in der Arbeit«, erklärte der Mann heftig atmend.

»Es geht schnell. Wir haben nur ein paar Fragen«, sagte die Kommissarin. Sie sah, wie Rober der jungen Frau den Korb reichte, sich dann an einem Tuch die Hände abwischte.

»Was wollen Sie wissen?«

»Wir suchen nach ein paar Leuten, die vielleicht bei Ihnen gearbeitet haben. Ein Herr Sattler zum Beispiel. Sie kennen ihn?«

»Bei uns gearbeitet? Beim Herbsten?«

»Letztes Jahr, ja«, bestätigte Neundorf. »Sattler, Offenbach, Holdenried. Sagen Ihnen diese Namen etwas?«

»Nein, Namen sagen mir nichts.« Er hob bedauernd seine Hände. »Das sind so viele Leute jedes Jahr, verstehen Sie.«

Neundorf nickte verständnisvoll, zog die Fotos aus der Tasche, reichte ihm das von Andreas Sattler. »Kennen Sie diesen Mann?«

Rober nahm das Bild entgegen, reagierte sofort. »Der war dabei, ja«, erklärte er. »Wahrscheinlich sogar letztes Jahr.«

»Sie wissen es nicht genau?«

»Doch. Ich denke schon. Aber Moment, ich frage meine Frau, die hat ein besseres Gedächtnis.« Er stapfte ein paar Schritte abwärts, verschwand hinter einem hohen Rebstock, ließ ein lautes »Meli« hören, kehrte eine Minute später mit einer etwas verschwitzten, mit einem dunkelblauen Arbeitsanzug bekleideten jungen Frau zurück. »Hier, das ist meine Frau Melanie, sie kann sich erinnern.«

Melanie Rober wischte sich die Hände sauber, zeigte auf das Foto von Andreas Sattler. »Der hat bei uns gearbeitet, ja«, bestätigte sie, nickte den beiden Beamten freundlich zu.

Braig stellte sich und seine Kollegin vor, bedankte sich für die Auskunft. »Im letzten Jahr?«, setzte er hinzu.

»Ja«, erklärte die Frau, »im letzten und im vorletzten Jahr. Der war schon zweimal dabei. Dieses Jahr allerdings nicht. Er hat sich nicht mehr gemeldet.«

»Der Verdienst ist zu niedrig«, mischte sich ihr Mann wieder ins Gespräch, »mit dem, was in der Industrie verdient wird, können wir nicht mithalten.«

Braig wollte ihm schon ins Wort fallen, darauf hinweisen, dass Sattlers diesjährige Abwesenheit auf eine andere Ursache zurückzuführen war, hielt sich dann aber zurück. Wozu die Leute unnötig beunruhigen, wenn sie über die Ermordung eines früheren Erntehelfers offenkundig nicht informiert waren.

»Was ist mit diesem Mann?«, fragte Neundorf. »War der mit dabei?« Sie streckte ihnen das Foto Offenbachs entgegen, wartete auf die Reaktion ihrer Gesprächspartner.

»Nein«, sagte die Frau, »an den kann ich mich nicht erinnern. Nicht, solange ich auf dem Hof bin.«

Joachim Rober bestätigte die Aussage. »Ich habe ihn noch nie gesehen. Nein.«

Neundorf ließ sich die Enttäuschung nicht anmerken, nahm das Bild zurück. Sie suchte nach einem Foto Grauselmaiers, zeigte es dem Ehepaar. »Was ist mit dem?«

Ein Traktor mit voll beladenem Anhänger rollte den steilen Weg abwärts, direkt auf sie zu. Sie traten zurück, betrachteten die bis an den Rand mit dunklen Trauben gefüllten Bottiche.

»Der?«, fragte die Frau. Sie warf den beiden Beamten einen kritischen Blick zu.

»Er kommt mir bekannt vor«, sagte ihr Mann.

»Ein Politiker«, erklärte Braig. »Sie wissen nicht, ob die beiden etwas miteinander zu tun haben?« Er wies auf Andreas Sattler, merkte, dass ihre Gesprächspartner seine Frage nicht verstanden.

»Was sollen die miteinander zu tun haben?«, wollte Rober wissen.

»Das würden wir gerne von Ihnen erfahren.«

Melanie Rober schüttelte den Kopf. »Bei uns war der nie«, sagte sie, auf Grauselmaier deutend. »Aber kam der nicht in den Nachrichten?«

»Er wurde ermordet«, bestätigte Braig. »Ja, das kam ausführlich in den Nachrichten.«

»Ermordet? Und was hat das mit uns zu tun?«

»Wahrscheinlich nichts. Es sei denn ...«

»Moment. Jetzt fällt es mir wieder ein«, fiel ihm die Frau ins Wort.

»Was meinen Sie?«

»Der Mann hier«, sie zeigte auf Sattler. »Er gehörte zu denen, die plötzlich verschwanden.«

Die Kommissare wurden hellhörig. »Wie verschwanden?«

»Na, letztes Jahr, bei der Lese. Plötzlich waren ein paar Leute nicht mehr da.«

»Wann? Mitten während der Arbeit?«

»Ja. Von einem Tag zum anderen.«

»Und das war nicht abgesprochen?«

»Nein, natürlich nicht«, antwortete Melanie Rober. »Wir hätten die dringend gebraucht. Was glauben Sie, wie ärgerlich das ist, wenn mir nichts, dir nichts, von einem Tag auf den anderen plötzlich eine ganze Gruppe von Helfern fehlt. Die Trauben reifen deswegen nicht langsamer.«

»Und Sie hatten den Lohn bereits ausgezahlt?«

»Nein, das nicht«, wies die Frau Braigs Vermutung zurück. »Wir zahlen doch nicht im Voraus! So dick haben wir es jetzt auch wieder nicht. Das Gegenteil ist der Fall. Die haben sich ihren Lohn nicht abgeholt. Nicht einmal ihre Flaschen. Bis heute nicht.«

»Wie bitte?«

»Ja, ich weiß, das klingt verrückt, aber die haben ihr Geld und das Sortiment an Flaschen bis heute nicht erhalten. Dabei sind die normal ganz verrückt darauf, vor allem auch auf den Wein. Sie erhalten besondere Lagen als Belohnung, das sind exklusive Geschenke. Manche Leute helfen nur deswegen mit. Aber die sind verschwunden, damals, ich habe es Ihnen doch gerade erzählt, von einem Tag auf den anderen, und wir haben nichts mehr von ihnen gehört, von keinem einzigen.«

»Wie viele Leute waren das?«

»Die einfach nicht mehr erschienen sind?«

»Ja.«

»Ich weiß es nicht mehr genau«, antwortete Melanie Rober. Sie überlegte, wandte sich an ihren Mann. »Du, Jo?«

»Keine Ahnung. Ich war so mit der Arbeit beschäftigt ...«

»Wissen Sie zufällig noch deren Namen?«

Die Frau stemmte die Arme in die Hüften, schaute aufmerksam in die Runde. »Sie stellen vielleicht Fragen.« Sie fuhr sich übers Gesicht, zupfte sich eine Haarsträhne von der Stirn. »Da müsste ich im Büro nachschauen. In meinen Unterlagen finde ich die, ja. Aber auswendig? Tut mir leid, das ist zu lange her.«

»Und der Tag, an dem die Gruppe verschwand?«, fragte Braig. »Wissen Sie noch, wann genau das war?«

»Der Tag? Um Gottes Willen, nein, ich weiß ja nicht einmal, wann genau die bei uns gearbeitet haben. Wir sind mehrere Wochen mit der Ernte beschäftigt. Das geht nicht auf einmal.« Sie hob abwehrend ihre Hände hoch.

»Dieser Mann hier ist also von einem Tag auf den anderen verschwunden«, griff Braig ihre Aussage noch einmal auf, »zusammen mit mehreren anderen Arbeitern. Letztes Jahr während der Ernte.«

Die Frau nickte zustimmend.

»Zu diesem Zeitpunkt hatten die aber schon ein paar Tage bei Ihnen gearbeitet. Richtig?«

»Einen oder mehrere Tage, ja. Wie lange genau, kann ich auswendig nicht sagen.«

»Und keiner von denen, nicht ein einziger, ist später gekommen, um seinen Lohn abzuholen?«

»Nein«, antwortete Melanie Rober, »das ist ja das Seltsame, was uns so gewundert hat. Ich habe sogar noch versucht, die zu erreichen, später, als wir nicht mehr so viel Arbeit hatten. Die jedenfalls, von denen ich die Adresse oder wenigstens eine Telefonnummer hatte, um sie nach ihrer Kontonummer zu fragen, aber das ging nicht, ich bekam die nicht an den Apparat. Normalerweise zahlen wir die Leute bar aus, verstehen Sie, am letzten Tag, aber in dem Fall ... Ich habe niemand erreicht, mehr kann ich nicht sagen. Es ist nicht unsere Schuld.« Sie warf ihren Gesprächspartnern einen ratlosen Blick zu.

»Dann brauchen wir nur noch die Namen«, sagte Neundorf. »Die Namen der Leute, die letzten Herbst gemeinsam mit Andreas Sattler so plötzlich verschwanden.«

6.

ZUM EWIGEN GEDENKEN AN DEN GNÄDIGSTEN VATER DES VATERLANDES KARL HERZOG VON WÜRTTEMBERG DER DIE STREITIGKEITEN UM WALDGEBIETE ZWISCHEN ENDERSBACH UND STRÜMPFELBACH HIERORTS SCHLIESSLICH FEIERLICH UND GLÜCKLICH SCHLICHTETE.

AM 7. JUNI 1793.

Er wusste nicht mehr, wie lange er schon in die Betrachtung der Inschrift des *Karlsteins* versunken auf der Bank geruht hatte, schrak auf, als er die lauten Stimmen von Kindern hörte, die voller Begeisterung auf den unmittelbar benachbarten Spielplatz zustürmten. Er erhob sich, folgte dem Weg aus dem Wald Richtung *Hirschkopf*, sah einen Jungen und ein Mädchen auf die Schaukeln klettern. Die Kinder nahmen auf den schmalen Sitzflächen Platz, stießen sich mit den Füßen vom Boden ab, warfen ihre Körper mit lauten Begeisterungsschreien zurück.

Wie letztes Jahr, schoss es ihm durch den Kopf, sah das Bild wieder vor sich. Er auf der rechten Schaukel, sie auf der linken ...

Die Kinder hinter ihm jubelten vor Freude, katapultierten ihre Körper weit in die Luft. Genau wie damals, überlegte er, kurz bevor sie die Hütte erreicht hatten.

Er lief zum Hirschkopf, lehnte sich an den breiten Stein, der das Panorama der Umgebung reliefartig abbildete. Rechts die Höhen des Welzheimer Waldes, im Vordergrund die dicht besiedelten Flächen des Remstals von Grunbach über Beutelsbach, Endersbach und Stetten bis Waiblingen, überragt vom Korber und dem Kleinheppacher Kopf. Im Hintergrund die Silhouette des Schwäbischen Waldes, ihm vorgelagert der kleine, aber markante Rücken des Aspergs und das über und über besiedelte Neckar-Umland mit Ossweil, Remseck und den Stuttgarter Vororten Neugereut und Mühlhausen. Er setzte das Fernglas an die Augen, hatte die Obstwiesen und Weinberge Endersbachs und Strümpfelbachs vor sich. Sanft gewölbte Flächen mit Apfel-, Kirsch- und Birnenplantagen, steil ansteigende Hügel mit nach der Flurbereinigung in kerzengerader Linie gepflanzten Rebstöcken. Fast alle waren abgeerntet, nur wenige Lagen noch voller Trauben. Mit dem *Acolon* und dem *Müller-Thurgau* hatte es begonnen, er wusste es noch vom letzten Jahr, der *Schwarzriesling* und der *Portugieser* waren gefolgt.

Er überflog die nahen Weinberge, hatte die Hütte plötzlich direkt vor Augen. Drei Meter lang, nicht ganz so breit, gerade mal so hoch, dass man sich aufrecht darin bewegen konnte, die schmale Tür, das kleine Fenster, alles wie im letzten Jahr. Seit Tagen hatte er sie im Visier, achtete er darauf, wer sich in ihrer Nähe bewegte. Wenn der Angriff erfolgte, dann garantiert in ihrer Nähe, weil damit zu rechnen war, dass er sich wieder in ihr einquartiert hatte, so wie im letzten Herbst.

Stimmen schreckten ihn aus seinen Gedanken. Er setzte das Fernglas ab, sah eine Gruppe Wanderer den Weg vom Waldrand her kommen, musterte sie aufmerksam. Eine der Frauen blieb stehen – oder war es ein etwas aus der Fasson geratener Mann? – eine korpulente, sehr gut genährte Person, setzte ihren kleinen Rucksack ab, zog sich den Pullover über den Kopf. Sie wirkte verschwitzt, fuhr sich mit beiden

Händen durch die Haare, verstaute den Pullover in ihrem Rucksack. Er sah die kahlen Stellen auf dem Kopf der Person, bemerkte seinen Irrtum. Hatte er sie vorher nicht als Frau identifiziert?

Er verfolgte den Mann mit seinem Blick, wie er hinter der Gruppe herlief, ertappte sich plötzlich bei dem Gedanken, dass er sich noch keine Mühe gemacht habe, darüber nachzudenken, in welcher Gestalt ihm die Person, von der die tödliche Gefahr drohte, gegenübertreten würde. Unverblümt, ohne jede Tarnung, so wie im letzten Herbst? Oder in raffinierter Verkleidung, in völlig anderer Aufmachung, geschminkt, verhüllt, als neuer Mensch?

Er spürte, wie das Unbehagen in ihm wuchs, Gänsehaut über seinen Rücken kroch, tastete nach dem Metall in seiner Hosentasche. Es fühlte sich kalt an, massiv und schwer. Doch so fest er es auch umklammerte, die undefinierbare Angst in seinem Inneren wollte nicht weichen.

7.

Der Anruf kam erst am nächsten Morgen kurz nach Neun, Sekunden nach dem Eingang der sehnlichst erwarteten Mail. Neundorf hatte den ganzen Abend noch darauf gehofft, zwischen 19 und 21 Uhr selbst dreimal versucht, Melanie Rober zu erreichen, jedes Mal aber nur die stereotypen Formeln des Anrufbeantworters am Ohr gehabt.

»Und? Sind die Namen da?«, hatte Braig sie am frühen Morgen, kaum war er im Amt angelangt, gefragt.

Sie hatte missmutig den Kopf geschüttelt, war unruhig vor ihm auf und ab marschiert. »Ich habe es gerade eben wieder versucht. Immer nur der Automat. Wenn wir in einer halben

Stunde keinen Bescheid haben, fahre ich persönlich hin und hole sie mir. Und wenn ich deren Büro auf den Kopf stelle.«

Neundorf war gerade dabei, die in der Mail übersandte Namensliste zu studieren, hatte Melanie Rober am Ohr.

»Es tut mir leid, dass ich Sie so lange habe warten lassen. Sie saßen sicher auf glühenden Kohlen, wie?«

»Das kann man sagen, ja.«

»Ich konnte mich nicht früher darum kümmern, es ging leider nicht«, entschuldigte sich die Frau. »Erst die Arbeit im Wingert bis kurz vor Neun und dann der Notruf meines Vaters aus Oppelsbohm. Meine Mutter hatte einen Schwächeanfall, kaum dass sie zu Hause war. Ich verbrachte die ganze Nacht dort, bin vorhin erst zurückgekommen. Es tut mir leid.«

»Hoffentlich geht es Ihrer Mutter besser.«

»Nein, das leider nicht. Wir mussten sie nach Schorndorf ins Krankenhaus bringen.«

»Dann wünsche ich ihr gute Besserung und möglichst schnelle Genesung.«

»Danke. Aber ich fürchte, das hilft auch nicht mehr viel. Jedenfalls habe ich Ihnen jetzt die Namen der Leute, die letzten Herbst bei uns gearbeitet haben, gemailt. Die Drei, die plötzlich verschwanden und auch ihren Lohn nicht abgeholt haben, sind angekreuzt. Sie haben die Liste?«

»Danke, ja. Ich bin gerade dabei, sie zu überfliegen.«

Abele
Birger
Heuss
Künzler
Maier X
Neuss
Sattler X

Saupp
Sinn
Söder X

»Kommen Sie damit zurecht?«

»Ja«, antwortete Neundorf. »Wenn ich das richtig verstehe, sind außer Andreas Sattler noch Maier und Söder plötzlich verschwunden.«

»Genau.«

»Wissen Sie noch das genaue Datum, wann das war?«

»Ja. Ich habe es vorhin extra noch einmal überprüft. Am 6. Oktober arbeiteten sie noch, am 7. tauchten sie nicht mehr auf. Ausgerechnet an einem Samstag. Da ist bei uns im Wingert am meisten Betrieb.«

Am 6. Oktober, überlegte Neundorf, das passte genau. Der Tag, an dem Grauselmaier seinen Vortrag hielt. Der Zusammenhang war da. Eindeutig. »Was ist mit Kai Offenbach und Falk Holdenried?«, fragte Neundorf. »Diese Namen finde ich nicht auf der Liste.« Sie hörte Papier rascheln, hatte dann wieder die Stimme ihrer Gesprächspartnerin am Ohr.

»Tut mir leid. Die sind nicht dabei. Ich kann mich auch nicht an Leute mit diesem Namen erinnern.«

»Mhm. Seltsam.« Neundorf wusste nicht, wie sie diesen Sachverhalt einordnen sollte. »Sie haben sie auch sonst nicht beschäftigt?«

Melanie Rober zögerte mit ihrer Antwort. »Also, wir hatten natürlich schon eine ganze Menge Erntehelfer bei uns. Meistens derselbe Stamm, aber immer wieder auch neue Leute dabei. Aber an diese Namen kann ich mich beim besten Willen nicht erinnern.«

»Na ja, da können wir nichts ändern«, seufzte Neundorf, fragte dann nach den Vornamen und den Adressen der auf der Liste aufgeführten Personen.

»Die Adressen?« Die Frau schwieg einen Moment. »Also die Vornamen kann ich Ihnen geben. Aber die Adressen habe ich nicht alle. Meistens nur Telefonnummern.«

»Dann geben Sie mir doch bitte die.«

Die Kommissarin nahm sich gerade ein Blatt, um sich die Angaben zu notieren, als Braig in ihr Büro stürmte. Er wedelte mit einem Papier durch die Luft, wirkte aufgeregt. Neundorf winkte ab, signalisierte ihm zu warten, schob ihm die ausgedruckte Mail mit der Liste zu. Braig nahm sie sich vor, studierte die Namen.

»Die Angekreuzten sind verschwunden«, flüsterte Neundorf. Sie bat ihre Gesprächspartnerin, eine Telefonnummer zu wiederholen, vervollständigte ihre Notiz. Kurz darauf bedankte sie sich für die Auskunft, ließ sich die Handy-Nummer Melanie Robers für eventuell notwendige Rückfragen geben, beendete das Gespräch.

»Das sind die Leute«, erklärte sie dann, an ihren Kollegen gewandt, »kannst du mit ihnen was anfangen?«

Braig zögerte, überflog die Liste erneut.

»Offenbach und Holdenried sind nicht dabei«, fügte Neundorf hinzu. »Ich habe mich extra nach ihnen erkundigt.«

Er schaute auf, lachte bitter. »Das ist kein Wunder. Hier, das habe ich gerade erhalten.« Er wies auf das Blatt, das er mitgebracht hatte. »Eine Information der Kollegen aus Mulhouse im Elsaß. Holdenried liegt dort seit fast zwei Wochen schwerverletzt in einer Klinik. Er hatte bei irgendeiner Rallye einen schweren Autounfall und wurde bereits zweimal operiert. Seine Identität konnte leider erst jetzt ermittelt werden. Der Mann liegt schon die ganze Zeit im Koma.«

Neundorf schaute überrascht auf. »Seit fast zwei Wochen?«

»Ich kann es dir genau sagen«, antwortete Braig. Er schaute auf das Papier, las seiner Kollegin die genauen Angaben vor. »Seit Freitag, dem 5. Oktober. Dir ist klar, was das bedeutet?«

Neundorf nickte, hatte die Daten im Kopf. Grauselmaier war an jenem Freitag spät am Abend gegen 23 Uhr in Köngen ermordet worden, Offenbach vier Tage später, am Abend des 9. Oktober. Da es sich bei ihrem Mörder wohl um ein und dieselbe Person handelte wie bei Andreas Sattler, der schon am 28. September gestorben war, kam Falk Holdenried nicht als Täter in Betracht. Auf keinen Fall. Sie hatten die ganze Zeit nach dem falschen Mann gefahndet.

8.

Außergewöhnliche Schwaben

Von Thomas Weiss

Sophie und Hans Scholl

Jede Zeit hat ihren Wahn, diese allerdings den schlimmsten, menschenverachtendsten überhaupt. Die Masse schwieg, die Mehrheit passte sich an, die Henker wüteten – damals, wie in allen Epochen tiefer Dunkelheit. Wo die meisten Erwachsenen stillhielten, war es einer Gruppe junger Menschen vorbehalten, die Nacht mit ihrem Licht zu erhellen: Sophie und Hans Scholl, 1922 in Forchtenberg am Kocher und 1918 in Ingersheim an der Jagst im nördlichen Württemberg geboren, allen voran.

Aufgewachsen in Ludwigsburg und Ulm schenkte ihnen ein außergewöhnlich tapferes Elternhaus die Kraft und den Mut, den Wahn der braunen Bestien mit eindeutigen Worten zu brandmarken. Der in Stuttgart an der Höheren Verwaltungsschule ausgebildete Vater, Robert Scholl, hatte es schon 1914, mitten in einer von

Kriegsbegeisterung und Siegeshoffnungen trunkenen Zeit gewagt, den Militärdienst mit der Waffe zu verweigern. Stattdessen war er als Sanitäter in einem Lazarett in Ludwigsburg tätig geworden, wo er die Diakonisse Magdalene Müller kennenlernte und später heiratete. Ihrer beider liberale, politisch wache, von allem im Schwäbischen sonst so dominierenden wie einengenden Fundamentalismus freie protestantisch-christliche Überzeugung verlieh den Heranwachsenden jenen Mut, der für alle Zeiten einzigartig vorbildlich und nachahmenswert bleibt.

Ausgerechnet in München, der »Hauptstadt der Bewegung«, wagten es Hans und Sophie Scholl gemeinsam mit Freunden Schriften von zutiefst christlichem Impetus zu entwerfen, sie mit der damaligen Technik mühsam zu vervielfältigen und unter Einsatz ihres Lebens in verschiedenen Städten zu verteilen. Als Studenten einer weltanschaulich »reinen« Universität, deren Rektor Wüst »arische Kulturwissenschaft« lehrte, einen höheren Rang in der SS innehatte und sich als Freund Himmlers brüstete, entlarvten ihre ***Flugblätter der Weißen Rose*** *die Verbrechen der herrschenden Horden. »Nichts ist eines Kulturvolkes unwürdiger, als sich ohne Widerstand von einer verantwortungslosen und dunklen Trieben ergebenen Herrscherclique ›regieren‹ zu lassen.« Alles riskierend gelang es ihnen sogar, wichtige Straßen der »Hauptstadt der Bewegung« des Nachts mit lebensgefährlichen Parolen wie »FREIHEIT« und »Nieder mit Hitler« zu dekorieren.*

Einem Hausmeister der »reinen« Universität, der wie so viele andere nur seine Pflicht tat und bedingungslos für Recht und Ordnung sorgte, blieb es vorbehalten, die jungen Menschen ans Messer zu liefern. Jakob Schmid beobachtete sie, wie sie Flugblätter in den Lichthof des Universitätsgebäudes warfen und sorgte für ihre Verhaftung. Am 18. Februar 1943, dem Tag von Goebbels Hetzrede vom »Totalen Krieg« festgenommen, wurden Sophie und

Hans Scholl vier Tage später vom Volksgerichtshof zum Tod verurteilt und am selben Abend noch mit dem Fallbeil ermordet. Ihr Mut, ihr Licht erhellt in alle Ewigkeit die vielen dunklen Winkel dieser Welt.

9.

Braig war es erst in seinem Büro aufgefallen, als er die von Neundorf mit Vornamen, Telefonnummern und – in zwei Fällen – der genauen Anschrift vervollständigte Liste vor sich liegen sah. Er stutzte, als er die Übersicht noch einmal, jetzt in Ruhe und akribisch genau, durchging und die Kombination aus Nach- und Vornamen las.

Maier, Uli

Den Namen hatte er in ähnlicher Form schon einmal gehört. Vor nicht allzu langer Zeit. Allerdings im Zusammenhang mit einer anderen Ermittlung.

Uli, überlegte er. Das konnte von *Ulrich* kommen, aber auch von *Ulrike.* Die Koseform sowohl des männlichen als auch des weiblichen Vornamens.

Maier, Uli

Braig wusste nicht, was er von seiner spontanen Idee halten sollte. Nein, das konnte nicht sein. Das war unmöglich. Es handelte sich um eine völlig andere Ermittlung.

Er ließ den Namen stehen, ging zur nächsten Zeile über.

Neuss, Heike

Eine Frau. War es doch möglich?

Er spürte die innere Unruhe, drehte sich zur Seite, rief im Computer seine letzte Ermittlung auf. Es ging um die Telefonnummer. Er suchte sie heraus, verglich sie mit Neundorfs Liste. *Ulrike Maier, Esslingen.*

Nein, die Ziffern stimmten nicht überein; es handelte sich um eine völlig andere Vorwahl.

Er löschte das Programm, schlug sich an die Stirn. Typisch Polizeibeamter, sofort einen Zusammenhang zu vermuten und dabei völlig außer Acht zu lassen, wie oft es den Namen *Maier* wohl gab. Wie Sand am Meer?

Er nahm sich Neundorfs Liste wieder vor, warf einen letzten Blick auf die Telefonnummer dieses oder dieser *Uli Maier*. 07071. Die Vorwahl Tübingens, wusste er. Dabei wohnte die Frau in Esslingen, er hatte sie selbst dort aufgesucht.

Er wollte gerade zur nächsten Zeile übergehen, *Neuss, Heike*, als Neundorf in sein Büro stürmte. Ihr Gesicht glühte vor Aufregung, Unruhe und Nervosität prägten ihre ganze Körperhaltung.

»Dieser Söder«, erklärte sie, »der von der Liste, der wie Sattler letztes Jahr plötzlich verschwand …»

Braig verstand sofort. »Ja. Hast du ihn erreicht?«

Neundorf schüttelte den Kopf. »Nein«, sagte sie, »eben nicht. Genau darum geht es.« Sie hatte Mühe, ruhig zu bleiben, atmete tief durch. »Söder, Mark. Er wohnt in Stuttgart. In Gaisburg, um es genauer zu sagen.«

Braig blickte automatisch aus dem Fenster, schaute in Richtung der anderen Talseite, wo der Vorort, keine zwei Kilometer Luftlinie entfernt, am Hang eines grünen Hügels lag.

»Ich habe Weisshaar gebeten, ihn auf der Einwohnermeldeliste zu überprüfen«, fuhr Neundorf fort. »Das Ergebnis: Alter: Vierundzwanzig. Beruf: Keine abgeschlossene Ausbildung. Jobbt als Aushilfe bei einem Bauunternehmen. Und jetzt das Entscheidende.« Sie machte eine kurze Pause, ließ Braigs Neugierde steigen. »Söder ist verschwunden. Seit zehn Tagen.«

»Verschwunden?«

»Nicht mehr an seinem Arbeitsplatz erschienen. Ohne Begründung.«

Braig stöhnte auf, stellte die Tasse zurück. »Das hört nicht auf, wie?«

»Nein«, sagte sie, »wir stechen in ein Wespennest. In ein ganz gewaltiges Wespennest.«

»Woher hast du die Information?«

»Von dem Chef des Bauunternehmens, bei dem er zuletzt jobbte. Seit einem halben Jahr, um es genau zu sagen. Ich habe mit dem Mann gesprochen. Söder ist ohne jede Vorankündigung nicht mehr erschienen. Am Montag letzter Woche tauchte er nicht mehr auf. Niemand weiß etwas. Auch nicht seine angeblichen Freunde. Er sei auch nicht in seiner Wohnung, meinte der Mann. Mitarbeiter hätten sich nach ihm erkundigt.«

»Ist das zum ersten Mal passiert?«

»Du meinst, für wie zuverlässig er ihn hält? Der Mann lachte nur. Großes Vertrauen hat der offensichtlich nicht in den Typen. Dass sich die Polizei nach ihm erkundige, wundere ihn nicht. Söder sei kein Heiliger, der die göttlichen Gebote dutzendfach gefressen habe. Dazu noch ein großer Sprücheklopfer. Dumme Phrasen, hohles Gelaber – Hauptsache, er finde Zustimmung in den eigenen Reihen. Aber dieses Verhalten komme in solchen Kreisen wohl ganz gut an.«

»Was sind das für Leute, mit denen er zu tun hat? Bekannte von uns?«

»Er wusste nur einen Namen. Roland Kopper.«

»Kopper?«, fragte Braig. »Haben wir was über ihn?«

»Ich habe es überprüft. Mehrfach vorbestraft. Nötigung, vorsätzliche Körperverletzung, illegaler Waffenhandel.«

»Waffenhandel?«

»Angeblich mit Verbindungen zur großen Szene.«

»Du denkst dasselbe wie ich?«

Neundorf nickte ohne zu zögern. »Wir müssen uns den Kerl vornehmen. Sofort.«

»Hast du seinen derzeitigen Aufenthaltsort ermittelt?«

»Er arbeitet bei einem Metallhändler unten im Industriegebiet am Neckar. Firma *Lutz.* Keine drei Kilometer von hier.«

Braig glaubte nicht richtig zu hören. »*Lutz*? Ein Metallhändler unten im Industriegebiet? Bei dem war ich doch gerade. Letzte Woche. Die Nachbarfirma Offenbachs. Der Kerl, der jedes Wochenende die Frauen überfiel.«

Neundorf riss ihren Mund auf, benötigte ein paar Sekunden, zu reagieren. »Offenbach? Der gerade ermordet wurde?«

»Genau der«, sagte Braig. »Ich war bei diesem Lutz und fragte ihn, ob es normal sei, dass Offenbachs Firma eine Stunde nach offizieller Geschäftseröffnung noch geschlossen sei.«

»Na, das ist prima«, meinte sie, »dann hast du ja keinerlei Probleme, den Weg zu finden.«

Braig bereitete es in der Tat keine Schwierigkeiten, *Lutz Altmetall* mitten in dem unappetitlichen Gewirr des Industriegebiets aufzuspüren. Zwar zeigte sich die Umgebung der Firma heute bei strahlendem Sonnenschein bei weitem nicht so schmuddelig wie vor wenigen Tagen, als er mitten in seinem Gespräch mit dem Mann von einem heftigen Regenschauer überrascht worden war, doch ging dem Gebiet jeder Ansatz einer lebenswerten Atmosphäre ab. Eine von Stuttgarts besonders abschreckenden Ecken, ein Areal, das man Freunden bei deren Besuch aus guten Gründen vorenthielt.

»Zum Kotzen!«, schimpfte Neundorf. »Nichts als Blech, Schrott, Dreck und verbeulte Karren. Wie kann man es nur aushalten, hier zu arbeiten.«

An *Offenbachs Gebrauchtwagen* schien sich nichts geändert zu haben. Das breite Metalltor zwischen den hohen Steinmauern lag genauso verlassen vor ihnen wie bei Braigs letztem Besuch. Wer das Unternehmen erbte, ob es überhaupt weitergeführt wurde – er hatte keine Ahnung.

»Hier«, sagte er, auf das Firmenschild deutend, »das war Offenbachs Laden.«

Neundorf sah, wie dicht die beiden Firmen beieinander lagen. »Das ist doch kein Zufall«, meinte sie. »Der ermordete Autohändler und der Waffenschieber, nur durch einen Maschendrahtzaun voneinander getrennt.«

»Nein«, bestätigte Braig. »Das sieht wirklich nicht nach Zufall aus.«

Sie hatten Koppers Akte genau studiert, waren beide zu der Einschätzung gelangt, dass sie dem Mann mit äußerster Vorsicht gegenübertreten mussten.

»Du hast deine Waffe?«, hatte sie beim Verlassen des Büros gefragt.

Braig hatte wie selbstverständlich genickt.

Er stellte den Wagen mehrere Meter vor der offenen Einfahrt des Metallhändlers ab, ließ seiner Kollegin den Vortritt. »Mich kennt der Kerl noch nicht«, hatte sie ihm vorgeschlagen, »es ist besser, du bleibst zurück und behältst den Eingang im Blick.«

Sie folgte der Mauer, sah das große Schild *Lutz Altmetall*, betrat das Gelände. Armaturen, Autoteile, Bauträger lagerten unter einem breiten Wellblechdach, zwei Männer in Arbeitskleidung machten sich daran zu schaffen. Neundorf ging auf die beiden zu, sah ihre erstaunten Blicke, blieb in ausreichendem Abstand vor ihnen stehen. Frauen hatten hier nichts verloren, waren wohl Wesen von einem fremden Planeten.

»Guten Morgen. Ich suche Herrn Kopper.«

Der kleine, drahtige Typ in ihrer Nähe starrte so abrupt auf die unförmige fettleibige Gestalt auf der anderen Seite eines schmalen Metallteils, dass sie keiner weiteren Erklärung bedurfte, wo der Gesuchte zu finden war.

»Herr Kopper«, sagte sie deshalb in freundlichem Ton, dem aus allen Nähten platzenden Schwergewicht zugewandt, »darf ich Sie einen Moment sprechen?«

Der Mann musterte sie äußerst misstrauisch, zeigte keine Bereitschaft, ihrer Bitte zu folgen. »Wieso?«, fragte er nur in nuschelndem Tonfall.

Neundorf ließ sich Zeit, konnte deutlich erkennen, wie das Misstrauen des Fettleibigen von Sekunde zu Sekunde wuchs. »Das fragen Sie noch?«, sagte sie dann langsam, Wort für Wort eigens betonend und in einer Lautstärke, dass es auf dem gesamten Gelände des Metallhändlers zu hören war. »Es geht um die Waffe, die Sie Mark Söder beschafft haben. Ihr Nachbar Offenbach«, sie deutete auf den Maschendrahtzaun im Hintergrund, »wurde damit erschossen.«

Die Körperhaltung des Mannes veränderte sich binnen eines Augenblicks. Mit einer Schnelligkeit und Gewandtheit, die sie der schwergewichtigen Gestalt nie zugetraut hätte, setzte er sich in Bewegung und spurtete direkt auf die Einfahrt zu.

»Halt! Polizei!« Neundorf zog ihre Waffe, schoss in die Luft, sah Braig mit ausgestreckten Armen, seine Pistole genau auf den Flüchtigen gerichtet, um die Ecke stürmen.

Kopper reagierte erst in letzter Sekunde. Er hatte Braig fast erreicht, als er abrupt stehen blieb.

»Das dürfen wir als Eingeständnis Ihrer Schuld verstehen«, erklärte Neundorf. »Sie sind festgenommen.«

Der fettleibige Mann hatte keine Kraft zu antworten, schnappte verzweifelt nach Luft.

»Wer hat Offenbach erschossen?«, fragte Neundorf laut, »Söder oder Sie?« Sie sah, dass mehrere Männer auf dem Gelände zusammengelaufen waren und angestrengt zur Einfahrt starrten.

»Ich doch nicht«, zischte Kopper, »Sie sind verrückt.« Seine Stimme war von der Anstrengung geprägt, die seinem Körper alles abverlangt hatte. Um Atem ringend brach er ab, warf den beiden Kommissaren hasserfüllte Blicke zu.

Neundorf wusste, welche Chancen ihr die Erschöpfung des Kolosses vermittelte. »Wann haben Sie Söder die Waffe gegeben?«

»Das konnte ich doch nicht wissen, dass das Schwein Offenbach abknallt«, japste der Mann. »Dieses verdammte Arschloch!«

»Wann?«, wiederholte Neundorf laut. »Wann haben Sie sie ihm übergeben?«

»Vor zwei Wochen«, keuchte Kopper.

»Geht das etwas genauer?«

»Leck mich am Arsch.«

»Wo versteckt der Kerl sich jetzt?«

»Woher soll ich das wissen? Der Schweinehund behauptete, er werde bedroht. Irgendjemand wolle ihm an die Wäsche. Deshalb ...« Er bemerkte, dass er sich immer stärker selbst belastete, verstummte.

»Das sollen wir glauben?«, fragte die Kommissarin. »Für wie dämlich halten Sie uns eigentlich?«

Der schwergewichtige Mann schien plötzlich zu explodieren. »Das müssen Sie mir glauben. Verdammte Scheiße, das hat er mir erzählt. Ich verteile doch kein Material an Killer, da hätte ich doch sofort die Bullen am Hals«, brüllte er mit aller Kraft, die ihm noch geblieben war.

Braig war unwillkürlich einen Schritt zurückgetreten, weil die Reaktion des Mannes nicht einzuschätzen war. »Auf jeden Fall haben Sie Söder die Waffe gegeben.«

Koppers versteinerte Gesichtszüge sprachen Bände. Der Mann sah sich außerstande, Protest einzulegen.

»Dann kommen Sie mit«, erklärte Braig. Er hielt seine Pistole auf sein Gegenüber gerichtet, sah, wie sich Neundorf dem Schwergewicht näherte.

»Strecken Sie die Hände vor«, sagte der Kommissar, »und wehe, Sie machen Zoff. Ich schieße sofort.«

Neundorf zog die Handschellen vor, wand sie um Koppers Gelenke, ließ sie zuschnappen. »So, den Rest klären wir im Amt.«

10.

Kurz nach 14 Uhr hatten sie resigniert die Waffen gestreckt. So vorbehaltlos Roland Kopper bereit gewesen war, die Vermittlung einer Walther PPK 7.65 an Mark Söder vor vierzehn Tagen zuzugeben, so vehement wehrte er sich dagegen, Söder als Mörder Offenbachs zu akzeptieren.

»Niemals«, hatte er immer wieder erklärt, »Mark wäre nie dazu imstande, einen Menschen zu töten. Dazu ist er viel zu weich.«

»Und wieso wurde Offenbach dann letzte Woche, wenige Tage nach Söders Verschwinden, mit genau der Waffe getötet, die Sie Ihrem Kumpel besorgt haben?«

»Das kann nicht sein«, hatte der Mann beharrt, »das ist unmöglich. Sie wissen doch selbst, wie verbreitet diese Waffe ist. Sind wir doch ehrlich, die gibt es wie Sand am Meer. Und dass Offenbach ausgerechnet mit Söders Waffe getötet worden sein soll, können Sie nicht beweisen, das vermuten Sie nur. Nein, Mark wurde bedroht, ernsthaft bedroht, deshalb wollte er unbedingt eine Waffe.«

»Wer soll ihn bedroht haben und warum?«

»Das kann ich Ihnen nicht sagen, so gut kenne ich Mark nicht. Aber seit ein paar Wochen war er völlig verändert, ein anderer Kerl. Er hatte irgendetwas in einer Zeitung gelesen, das machte ihn völlig verrückt.«

»Was machte ihn verrückt?«

»Ich w e i ß es nicht«, hatte der fettleibige Mann beharrt, »ich würde es Ihnen gerne sagen, damit Sie mir endlich glauben, aber ich weiß es nicht. Leider. Da muss letztes Jahr etwas passiert sein, was ihm große Sorgen machte.«

»Letztes Jahr? Vorhin behaupteten Sie noch, er habe sich erst vor ein paar Wochen so verändert.«

»Ja, verdammte Scheiße, das habe ich so gesagt! Weil er nämlich, so habe ich das jedenfalls verstanden, erst vor ein paar Wochen in einer Zeitung las, dass das, was da letztes Jahr im Herbst passierte, für ihn bedrohlich werden könnte. Mehr kann ich dazu nicht sagen.«

»Letzten Herbst?«, hatte Neundorf überrascht gefragt. »Wieso reden Sie jetzt plötzlich vom letzten Herbst?«

»Weil er das irgendwann einmal erwähnte. Letzten Herbst.« Kopper hatte sie feindselig angestarrt, dann mit seiner Handfläche so kräftig auf seinen fetten Oberschenkel geschlagen, dass es den beiden Kommissaren Minuten danach noch in den Ohren schmerzte. »Jeder baut mal Scheiße, oder? Selbst Bullen. Oder seid ihr Heilige?«

»Was für eine Scheiße soll er da gebaut haben?«

»Ich w e i ß e s n i c h t!« Kopper hatte seine Worte in die Länge gezogen, um seine Aussage zu betonen. »Tut mir leid. So nahe standen wir uns nicht. Aber, dass ihm da was passierte, was er nicht unbedingt wollte, das glaube ich ihm. Das war nämlich in einem besonders schwachen Moment, als er mir das erzählte. Vor drei Wochen vielleicht, da hatte ihn voll die Panik gepackt. Und da erzählte er mir das. Er kotzte sich das von der Seele, wenn ihr das versteht? Daraufhin habe ich ihm die Waffe besorgt. Von Freund zu Freund. Begreift ihr das jetzt endlich?«

»Verdammter Mist, der Kerl ist ein Scheusal und er widert mich an wie eine Horde besoffener Rowdys, aber ich glaube ihm«, hatte Neundorf bekannt, nachdem sie Kopper Kollegen zur Überstellung in die U-Haft überlassen hatten.

»Mir geht es nicht anders«, hatte Braig ihr zugestimmt. »Aber das besagt nichts über die wahren Motive Söders. Der kann diesem Fettsack irgendwelche Märchen von Bedrohung erzählt und in Wirklichkeit die ganzen Morde geplant haben. Aber selbst dann hängt die Sache.«

»Wegen der vierzehn Tage.«

»Genau. Kopper behauptet, die Waffe erst vor vierzehn Tagen weitergegeben zu haben. Andreas Sattler ist aber schon vor drei Wochen ermordet worden.«

»Deshalb lügt Kopper an dieser Stelle. Er weiß aus der Presse, dass alle Morde mit derselben Waffe durchgeführt wurden. Somit muss er auf den vierzehn Tagen beharren, um Söder und damit natürlich auch sich selbst zu entlasten. Falls Söder wirklich der Täter ist, fällt Koppers Strafe als Waffenbeschaffer garantiert höher aus, als wenn sein Kumpel sich wirklich bedroht fühlte. Das ist der einzige Punkt, wo ich ihm nicht traue.«

»Dem kann ich mich anschließen«, hatte Braig erklärt. »In der Beziehung müssen wir uns den Kerl noch einmal vornehmen.«

Sie hatten sich getrennt, Neundorf, um in der Kantine einen kleinen Imbiss für beide zu besorgen, Braig, um in seinem Büro eine frische Kanne Kaffee vorzubereiten.

Er lief zu der Anrichte neben dem Waschbecken, sah die Liste Melanie Robers auf seinem Schreibtisch liegen. *Maier, Uli,* fiel ihm ein. Eine Tübinger Telefonnummer hatte die Person den Robers in Strümpfelbach angegeben, weshalb es sich nicht um die von ihm besuchte Ulrike Maier in Esslingen handeln konnte.

Er setzte vier Tassen Kaffee an, als es ihm einfiel. Ulrike Maier wohnte erst seit wenigen Monaten in Esslingen. Weil ihre Liaison mit ihrem Freund auseinandergegangen war, hatten sie sich getrennt. Er war in der WG in Tübingen geblieben, sie ...

Tübingen, überlegte Braig, Tübingen. Er hatte selbst mit Leuten aus dieser Wohngemeinschaft telefoniert, zuerst mit einer ... Maike Brandl, fiel es ihm wieder ein, später dann mit dem ehemaligen Freund Ulrike Maiers, diesem Achim Klein.

Er ging zurück zu seinem Schreibtisch, setzte sich, holte die letzte Ermittlung wieder auf den Monitor. Er suchte nach der Telefonnummer der WG, verglich sie mit Neundorfs Ziffern. Volltreffer.

Das Kribbeln machte sich zuerst in seinen Beinen bemerkbar. Er sprang von seinem Stuhl auf, marschierte in seinem Büro hin und her. Was war jetzt los? Überreizte Nerven? Durchblutungsstörungen? Zu wenig Sport?

Ruhig bleiben, sagte er sich, nur keine voreiligen Schlüsse. Die Nummer war identisch. Also handelte es sich tatsächlich um Ulrike Maier, die damals, zur Zeit der Herbstlese vor einem Jahr, noch in Tübingen in dieser WG gewohnt hatte. Was war daran so verwunderlich? Es gab nun einmal Zufälle. Nichts lief vollständig genau nach akkurat geplanten Vorgaben. Immer mal wieder kamen unvorhergesehene Ereignisse dazwischen. In jedem Leben. In jedem Beruf. Warum nicht jetzt in dieser Ermittlung?

Aus purem Zufall war er auf eine Person gestoßen, die er schon einmal, in anderem Zusammenhang, kontaktiert hatte. Als Opfer, versuchte er sich in Erinnerung zu rufen, als Opfer eines brutalen Überfalls. Ulrike Maier war in Esslingen von Kai Offenbach, einem üblen Gewalttäter angegriffen und misshandelt worden, so schwer, dass sie jetzt noch unter diesem Ereignis litt. Wobei man sogar noch von Glück reden musste: Ohne das mutige Eingreifen Bernhard Bareiss' hätte das Wüten Offenbachs wohl weit schlimmere Folgen gehabt, unter Umständen sogar Ulrike Maiers Leben gekostet.

Und jetzt hatte er dieselbe Frau wieder vor sich: Weil sie – fast genau ein Jahr vor diesem Überfall – als Erntehelferin der Weingärtnerfamilie Rober in Strümpfelbach tätig gewesen war. So war sie auf die Liste gekommen. Aus purem Zufall – ohne jeden Zusammenhang.

Braig setzte sich auf seinen Stuhl, versuchte, sich wieder zu beruhigen. So war das also. Belanglos und ohne Bedeutung. Er konzentrierte sich wieder auf die Liste, sah die Anmerkung hinter dem Namen.

Maier, Uli. Eine der verschwundenen Personen.

Er spürte, wie das Kribbeln in seinem Körper augenblicklich wieder an Fahrt gewann, jetzt auch noch andere Partien erfasste. Eine der verschwundenen Personen?

Das bedeutete: Ulrike Maier war gemeinsam mit dem später ermordeten Andreas Sattler und dem ihm noch unbekannten Söder genau an dem Abend aus Strümpfelbach verschwunden, als Grauselmaier dort mit seinem Vortrag Station machte. Im letzten Herbst. Vor fast genau einem Jahr. Alles nur Zufall?

Braig stand auf, lief zu seiner Kaffeemaschine, betrachtete das dunkle Rinnsal. Letzten Herbst. Was hatte der ehemalige Freund ihm als Grund für die Trennung von Ulrike Maier erklärt? Er versuchte, sich das Gespräch mit Achim Klein genau in Erinnerung zu rufen, hatte die Worte des Mannes wieder im Ohr. *Das war letzten Herbst, von einem Tag auf den anderen. Sie hatte ein paar Tage gejobbt, kam zurück und war nicht mehr dieselbe. Seither ist es mit uns aus, ohne jede Erklärung.*

Er hörte das Wasser in der Maschine blubbern, spürte die Unruhe, die seinen kompletten Körper ergriffen hatte. Das war kein Zufall mehr. Irgendetwas war da im letzten Herbst geschehen, ein Ereignis, das Ulrike Maier gemeinsam mit Andreas Sattler und diesem Söder Hals über Kopf von ihrem Job im Weinberg hatte weglaufen lassen. Was war es, was sie dazu veranlasst hatte? Und wie passte der Politiker in diese Sache?

Neundorf trat in sein Büro, zwei Tüten mit belegten Brötchen in der Hand.

»Diese *Maier, Uli* aus der Liste: Ich kenne sie aus meiner Ermittlung in der Überfallserie Offenbach.« Er nahm zwei Tassen, füllte Kaffee ein, gab Milch dazu.

Seine Kollegin schaute überrascht zu ihm auf. »Du glaubst, dass es sich um dieselbe Person handelt?«

»Die Telefonnummer ist identisch.« Er berichtete ihr die Details seiner Begegnungen und Gespräche mit der Frau, erwähnte die Worte ihres ehemaligen Freundes.

Sie nahmen sich Brötchen, dazu Kaffee, setzten sich.

»Letzten Herbst, sagte er? Sie hatte ein paar Tage gejobbt, kam zurück und war nicht mehr dieselbe? So hat er sich ausgedrückt?«

»Sinngemäß, ja.«

»Wir müssen mit der Frau sprechen, sofort. Überfall-Trauma hin oder her. Du hast ihre aktuelle Nummer?«

Er nickte.

»Und mit ihrem Freund. So schnell wie möglich. Ich gehe mit zu ihr. Vielleicht ist es besser. Ich denke, von Frau zu Frau.«

Braig verstand, was sie meinte, wandte sich, das halb verspeiste Brötchen in der Hand, zum Telefon, wählte Ulrike Maiers Nummer. Er ließ es zwölf Mal läuten, gab es dann auf. Hatte es überhaupt einen Sinn, es telefonisch zu probieren? Wahrscheinlich lag die Frau auf ihrem Sofa, traumatisiert, der Welt entrückt, und verweigerte sich jedem Versuch, mit ihr Kontakt aufzunehmen.

Er gab die Tübinger Nummer ihrer früheren Wohngemeinschaft ein, hatte nach kurzem Warten eine weibliche Stimme am Ohr.

»Braig, guten Tag. Ich hätte gern Herrn Klein.«

»Achim? Der ist weg. Moment, ich schaue nach.«

Er hörte sie aus dem Raum laufen, dann weiter entfernt rufen, wurde kurz darauf abschlägig beschieden. »Der ist in der Uni.«

»Ich muss ihn aber dringend sprechen«, betonte Braig, »hat Herr Klein kein Handy?«

»Doch, sicher. Seine Nummer ...« Die Frau schien sich umzusehen, gab dann die Ziffern durch. »Aber wenn er in der Bibliothek oder in einem Seminar sitzt, haben Sie Pech. Da läuft nix mit Handy, das werden Sie verstehen.«

»Ja, das verstehe ich.« Er notierte sich die Direktwahl, trug der Frau auf, Achim Klein um sofortigen Rückruf zu bitten, falls er ihn nicht vorher erreichen sollte, nannte ihr seine Nummer. »Braig ist mein Name«, wiederholte er, »wir haben schon miteinander telefoniert.«

»Ich hefte ihm ein Blatt mit Ihrer Bitte an die Tür«, versprach die Frau.

Braig bedankte sich, nahm ein paar Bissen von seinem Brötchen, gab die Handynummer ein. Er trank von seinem Kaffee, kaute, war völlig überrascht, als der Mann sich meldete.

»Oh, Sie sind nicht in einem Seminar oder der Bibliothek?«

»Wer sind Sie? Ich bin gerade unterwegs in der Stadt.«

»Braig«, stellte er sich vor, »vom LKA. Wir haben letzte Woche miteinander gesprochen.«

»Ach so, ja, ich erinnere mich. Über Ulis seltsames Verhalten. Gibt es was Neues?«

»Haben Sie einen Moment Zeit?«

»Ja, gut, wenn es nicht allzu lange dauert. Warten Sie, ich gehe ein paar Meter in die Seitenstraße, da ist es ruhiger.«

Braig hörte die Hintergrundgeräusche leiser werden, hatte die Stimme Kleins wieder am Ohr. »So, was wollen Sie wissen? Macht Uli wieder Schwierigkeiten?«

»Wir wollen sie erreichen, aber sie geht nicht ans Telefon.«

»Ja, da kann ich Ihnen nicht helfen. Sie wissen ja, dass sie nach Esslingen gezogen ist.«

»Wann haben Sie sich getrennt? Können Sie die Zeit genau eingrenzen?«

»Im letzten Herbst, wir haben doch darüber gesprochen. Anfang Oktober.«

»Wann genau?«

»Sie wollen es aber wissen! Uli hatte einen Ferienjob, kurz bevor das Semester wieder begann. Das brachte zwar nicht viel Geld, interessierte sie aber wegen ihres Studiums.«

»Was studiert sie?«

»Bio und Chemie.«

»Bio und Chemie«, wiederholte er, sah, wie Neundorf aufhorchte. »Und worin bestand dieser Ferienjob?«

»Sie war herbsten. Weinlese, verstehen Sie?«

»In Strümpfelbach im Remstal«, sagte Braig.

Sein Gesprächspartner schien überrascht. »Habe ich das erwähnt?«

»Wann war sie dort? Wissen Sie noch das genaue Datum?« Er erwartete Protest wegen seiner akribischen Wissbegier, wurde eines Besseren belehrt.

»Allerdings weiß ich das noch. Das werde ich auch so schnell nicht vergessen. Uli bedeutet mir immer noch sehr viel, verstehen Sie?« Er machte eine kurze Pause, beantwortete dann Braigs Frage. »Sie fuhr frühmorgens am 4. Oktober hin, das war ein Mittwoch, ich weiß es noch genau. Eigentlich wollte sie bis zum Samstagabend, dem 7., dort arbeiten und in der Nacht auf Sonntag zurückkommen. Die Zugverbindungen vom Remstal nach Tübingen sind sehr gut, wissen Sie. Aber dann stand sie plötzlich am Samstagmorgen schon da. Was heißt *sie.* Das war nicht Uli, wie ich sie kenne, das war ein völlig anderer Mensch. Sie war nicht ansprechbar, wollte nichts mit uns zu tun haben, weder mit mir noch mit den anderen, verlor vollständig ihre Fassung, verdrückte sich in ihr Bett und heulte nur noch. Irgendetwas war passiert, ich weiß bis heute nicht, was. Seither ist es mit uns vorbei.«

»Und Sie haben das gerade so hingenommen? Ich meine, sie war doch völlig verstört, so wie Sie es berichten – weshalb riefen Sie keinen Arzt?«

»Keinen Arzt? Wer erzählt denn so einen Blödsinn? Wir müssen nicht erst nach einem Arzt rufen. Unsere Mitbewohnerin Stefanie Zierer ist im 9. Semester Medizin. Reicht Ihnen das? Uli wollte nichts von ihr wissen, sie war nicht einmal zu einem Gespräch bereit. Auch ein paar Tage später, als ich Stefanie bat, einen approbierten Kollegen zu holen, verweigerte sie die Zusammenarbeit. Sie können einem anderen Menschen ihre Hilfe nicht aufzwingen.«

»Nein, das können wir nicht«, gab Braig zu. »Was ist mit der Familie von Frau Maier? Fand sie dort Unterstützung?«

»Vergessen Sie's«, antwortete Klein. »Ulis Mutter hockt ständig mit Freundinnen auf Mallorca oder sonst wo, die hat keine Zeit für ihre Tochter. Und ihr Vater, mein Gott, der ist doch nur im Stress mit seiner Firma.«

»Das heißt, weder die Mutter noch der Vater haben ein engeres Verhältnis zu Frau Maier.«

»Ganz bestimmt nicht, nein. Da müsste sich extrem viel geändert haben, wenn die jetzt in engerer Verbindung stünden.«

»Aber Sie selbst müssen doch versucht haben, herauszufinden, weshalb Ihre Freundin plötzlich so verändert war. Sie können mir doch nicht erzählen, dass Sie sie nach wie vor lieben.«

»Natürlich habe ich alles getan, um das herauszufinden«, rief der Mann. »Warum hören Sie mir denn nicht zu? Glauben Sie, ich hätte das gerade so hingenommen? Menschenskind, wie oft ...«

»Was ist letzten Herbst passiert?«, fiel Braig ihm mitten ins Wort. »Was hat sie Ihnen erzählt?«

»Ich weiß es nicht«, kam es zurück. »Da können Sie mich so oft fragen, wie Sie wollen, ich kann es Ihnen nicht sagen. Uli war völlig verändert, als sie zurückkam, fertig, traumatisiert. Irgendein alptraumartiges Erlebnis, ich fürchte, ihr wurde Gewalt angetan, weiß es aber bis heute nicht. Sie blieb völlig verschlossen.«

»Und sie ist nie näher darauf eingegangen, hat nie ein paar genauere Worte verloren?«

Klein seufzte laut. »Hören Sie, ich habe keine Zeit, auf die ewig gleichen Fragen einzugehen. Ich stehe hier mitten auf der Straße, muss in die Uni und ... Könnten wir nicht ein anderes Mal weiterreden?«

Braig musste dem Mann zugestehen, ihn lange hingehalten zu haben, signalisierte Verständnis. »Ja gut, entschuldigen Sie meine hartnäckige Wissbegier, aber das ist nun mal mein Beruf.

Vielleicht können wir unser Gespräch ein anderes Mal fortsetzen.« Er bedankte sich bei dem Mann, beendete das Telefonat.

»Das wird nicht nötig sein«, erklärte Neundorf, die alles mit angehört hatte. Sie stand auf, schob sich den Rest eines Brötchens in den Mund. »Wir fahren nach Esslingen. Jetzt sofort.«

11.

Neundorf war den Anweisungen ihres Kollegen folgend gerade in die Plochinger Straße in Esslingen eingebogen, als ihr Handy läutete. Sie suchte nach einem Parkplatz, nahm das Gespräch an.

»Hier ist Melanie Rober«, meldete sich eine weibliche Stimme, »entschuldigen Sie bitte, dass ich Sie noch einmal belästige, aber mir ist etwas eingefallen.«

»Frau Rober«, sagte Neundorf, »ja, um was geht es?«

»Ich habe heute Morgen, als wir miteinander telefonierten, nicht daran gedacht. Söder, Sie wissen schon, dieser junge Mann, der letztes Jahr bei uns arbeitete und dann so überraschend verschwand ...«

Die Kommissarin horchte auf. »Ja, was ist mit ihm?«

»Ich weiß nicht, ob Ihnen das hilft und ob Sie das überhaupt interessiert.« Die Frau hatte Schwierigkeiten, zur Sache zu kommen. »Auf jeden Fall ...«

»Ja, was ist mit Söder?« Neundorf merkte, wie Braig, der alles mithörte, aufsah.

»Also, der hat letztes Jahr in einer kleinen Wingerthütte übernachtet«, sagte Melanie Rober.

»In einer Weinberghütte? Bei Ihnen?«

»Nein, nicht bei uns«, widersprach die Frau. »Wir würden das nicht erlauben. Diese Hütten sind viel zu klein, um darin zu leben.

Die werden normalerweise zur Aufbewahrung von Gartengeräten oder Ähnlichem benutzt, höchstens mal zu einem kleinen Fest im Sommer oder im Herbst, aber nicht zum Übernachten.«

»Und wieso hat Söder das dann trotzdem getan?«

»Na, wir denken, der wollte Geld sparen. Das war die billigste Methode, in unserer Nähe eine Unterkunft zu finden, solange er beim Herbsten half. Andere übernachten in ihren Autos oder in Wohnwagen oder bei Freunden oder Verwandten, aber Söder nutzte letztes Jahr eine Wingerthütte dazu.«

Neundorf hatte längst begriffen, was die Information angesichts des seit mehreren Tagen mit unbekanntem Ziel verschwundenen Mannes bedeuten konnte. »Sie wissen, wo die Hütte liegt?«, fragte sie.

»Wir wissen, um welche Hütte es sich handelt, ja. Und zwar deshalb, weil ihr Besitzer, ein Nebenerwerbswingerter aus Beutelsbach, sich über den Schmutz beschwerte, den Söder darin zurückgelassen hat.«

»Söder hat die Hütte letztes Jahr nicht ordentlich verlassen?«

»Offensichtlich nicht, nein. Wir haben es Ihnen doch erzählt, die sind überraschend verschwunden, er und die beiden anderen Helfer. Die hatten wohl nicht einmal Zeit, die Hütte aufzuräumen. Obwohl der Fernseher fehlte.«

»Was für ein Fernseher?«

»Dieser Söder hatte ein Fernsehgerät dabei. Mit Batteriebetrieb, verstehen Sie? Ich weiß das, weil er es erzählte. Aber den Fernseher hat er anscheinend mitgenommen.«

»Wir müssen uns die Hütte ansehen«, erklärte Neundorf. »Wie heißt der Besitzer?«

»Otto Rettenmaier aus Beutelsbach. Er weiß aber nichts davon, dass ich Ihnen das jetzt erzählt habe.«

»Ist die Hütte leer?«

»Ich weiß es nicht. Ich war schon länger nicht mehr dort.«

»Aber Sie könnten sie uns zeigen?«

»Ja, natürlich.«

»Wann können wir kommen? Haben Sie heute noch Zeit? Am späten Nachmittag vielleicht?«

»Ich werde sie mir nehmen. Wann soll das sein?«

Die Kommissarin schaute auf die Uhr. »In ein bis zwei Stunden etwa«, antwortete sie, »zwischen Fünf und Sechs. Geht das in Ordnung?«

»Sie kommen zu uns auf den Hof?«

»Einverstanden. Aber erzählen Sie niemand von unserem Gespräch und bitte, gehen Sie erst zusammen mit uns hin. Auf keinen Fall vorher und allein, verstehen Sie?«

»Warum betonen Sie das so?«, fragte die Frau zögernd.

Neundorf hatte kein Interesse, ihre Gesprächspartnerin unnötig zu verängstigen, ging deshalb auf die Frage nicht ein. Sie wollte sich schon verabschieden, als ihr noch etwas einfiel. »Frau Rober, ich habe noch eine Frage: Ist es möglich, dass zu den Helfern, die letztes Jahr so plötzlich verschwanden, eine Frau namens Ulrike Maier gehörte?«

Sie vernahm keine Antwort, glaubte schon, Melanie Rober habe die Verbindung bereits unterbrochen, als diese sich unvermittelt wieder meldete.

»Die tüchtige Uli, natürlich. Wie konnte ich das nur vergessen? Sie arbeitete zwei oder drei Tage bei uns, ich weiß es nicht mehr genau, wie lange und war so ausdauernd und fleißig bei der Arbeit und dann war sie auf einmal verschwunden. Natürlich war sie dabei, allerdings. Was ist mit ihr, haben Sie sie gefragt, weshalb sie sich so plötzlich auf und davon machte?«

»Nein, das haben wir noch nicht. Vielleicht können wir uns nachher noch über sie unterhalten. Ich bedanke mich für Ihren Anruf. Bis später.«

Sie ließen das Auto in einer kleinen Parkbucht stehen, folgten der Plochinger Straße zurück zu Ulrike Maiers Wohnung. Braig hatte keine Mühe, das Haus zu finden, läutete unten neben der Tür. Nichts, keine Reaktion. Sie warteten zwei, drei Minuten, versuchten es erneut. Autos rasten vorbei, Blätter und Schmutzpartikel wirbelten durch die Luft.

»Irgendetwas Außergewöhnliches ist letzten Herbst geschehen«, hatte Neundorf unterwegs spekuliert. »Ein oder, wenn wir diesen Grauselmaier mit einbeziehen, zwei Leute, die an jenem 6. Oktober in Strümpfelbach waren, sind gestorben, dieser Söder ist verschwunden. Er hat eine Waffe. Sogar das Modell, mit dem die Morde verübt wurden, auch wenn wir noch nicht definitiv wissen, seit wann. Aber das wird sich bald klären, und ich denke, nicht zu seinen Gunsten. Bleibt also die Frage, weshalb er untergetaucht ist. Eigentlich gibt es nur zwei Möglichkeiten: Weil er den Tod der beiden Männer und auch den Offenbachs zu verantworten hat und jetzt noch dieser Maier an den Kragen will? Oder hat er das bereits getan und ist längst abgetaucht? Irgendwo im Ausland, und wir stochern hier wie die Blinden im Dunkeln?«

»Wir müssen unbedingt mit Frau Maier sprechen«, hatte Braig ihr zugestimmt.

»Sofern sie noch sprechen kann«, hatte sie geantwortet.

Braig versuchte es ein letztes Mal, die Frau zum Öffnen der Haustür zu bewegen. Er drückte zehn Sekunden auf die Klingel, ließ es ununterbrochen läuten. Wenn sie jetzt nicht reagierte ...

»Ich fürchte, da hilft alles nichts«, sagte er. »Freiwillig macht sie wohl nicht auf.«

»Dann versuchen wir es auf *die* Tour«, meinte Neundorf. »Vielleicht schaffen wir es ohne die Hilfe der Techniker.« Sie zog einen großen Schlüsselbund aus der Tasche, machte sich am Schloss zu schaffen, hatte die Haustür nach wenigen Sekunden offen.

Braig nickte anerkennend, stieg eilig die Treppe hoch. Vor Ulrike Maiers Wohnungstür angelangt, läutete er erneut, legte sein Ohr an die Tür, lauschte auf Geräusche im Inneren. Nichts, nur der Lärm mehrerer Autos von draußen auf der Straße.

»Wir müssen rein«, sagte Neundorf, »egal, wie.«

Braig läutete erneut, klopfte dann nicht allzu laut, um nicht wieder die neugierige Nachbarin auf den Plan zu rufen, lauschte erneut. Ohne Ergebnis. Er schüttelte den Kopf.

»Also«, meinte Neundorf, »dann lass mich mal ran.« Sie ging in die Knie, betrachtete das Schloss, laborierte mit ihren Schlüsseln. Keine zwei Minuten später war die Wohnungstür offen.

Braig warf seiner Kollegin einen Beifall verheißenden Blick zu, schob die Tür zurück, klopfte laut. »Frau Maier, hier ist Braig von der Polizei. Wir haben vor ein paar Tagen miteinander gesprochen. Sind Sie zu Hause?«

Er sah, wie Neundorf prüfend die Luft einsog, die aus der Wohnung strömte, wusste, was sie damit bezweckte. Er tat es ihr nach, schüttelte den Kopf. Nein, wenn man der Frau etwas angetan hatte, dann nicht hier. Verwesungsgeruch jedenfalls war nicht zu riechen. Es sei denn, der Täter war erst heute, im Verlauf des Tages, hier aufgetaucht.

»Frau Maier«, sagte Neundorf, »wir müssen mit Ihnen sprechen. Erlauben Sie, dass wir Ihre Wohnung betreten?« Sie wartete auf eine Antwort, hatte nur das Vorbeijagen mehrerer Autos im Ohr. »Wir müssen rein. Wenn es dumm lief, ist es erst heute passiert ...«

Sie lief in die Diele, ließ Braig die Tür hinter sich schließen, wiederholte dann noch einmal laut ihre Frage. »Frau Maier, wir müssen mit Ihnen sprechen. Sind Sie hier?«

Keine Antwort.

Sie schauten nacheinander in die kleine, wie bei seinem vorherigen Besuch völlig unaufgeräumte Küche, dann in ein winziges Schlafzimmer, zum Schluss in den nur mit zwei Stühlen und einem kleinen Tisch ausgestatteten Wohnraum, das kleine Bad und die Toilette. Keine Spur von der Frau, weder tot noch lebendig.

»Mir fällt ein Stein vom Herzen«, bekannte Neundorf. »Was ich befürchtet habe, ist nicht eingetreten. Noch nicht.«

Sie überflogen die Einrichtung der Wohnung, sahen keinen Anlass, länger zu bleiben.

»Die Weinberghütte, jetzt sofort, okay?«

Neundorf nickte, lief zur Wohnungstür, lauschte auf Geräusche aus dem Treppenhaus. Niemand schien unterwegs.

Zehn Minuten später waren sie auf dem Weg nach Strümpfelbach.

»Du hast mit dem Schlimmsten gerechnet«, meinte Braig.

Er hatte auf dem Beifahrersitz Platz genommen, überließ seiner Kollegin die Mühsal, sich durch den herbstlichen Feierabendverkehr zu kämpfen. Sie hatten Esslingen über die Schorndorfer Straße verlassen, steuerten auf Aichschieß zu.

»Du nicht?«, fragte sie.

»Doch, ja«, gab er zu. »Der untergetauchte Söder, die Walther PPK, Koppers erschossener Nachbar Offenbach ... Wahrscheinlich ist der Kerl längst auf dem Weg, auch Frau Maier zu erledigen.«

»Warum hat er es noch nicht getan?«

»Weil ihm die Gelegenheit dazu fehlte. Er war schließlich beschäftigt genug. Sattler, Grauselmaier, Offenbach ...«

Neundorf lachte bitter. »Ja, das ist ein Argument. Wenn er dahintersteckt, dann war er wirklich beschäftigt.«

Sie schwieg einen Moment, fädelte sich in Aichschieß in die Remstal-Straße ein, folgte ihr nach Nordwesten. »Wir hätten diesen Kopper härter rannehmen müssen. Was ist, wenn er mit Söder unter einer Decke steckt?«

»Das tut er doch. Zumindest hat er ihm die Waffe besorgt.«

»Ja, und vielleicht noch mehr. Offenbachs Betrieb liegt direkt neben dem von Lutz, in dem er selbst arbeitet. Die haben sich doch gekannt, zwangsläufig.«

»Du glaubst ...«

Neundorf fiel ihrem Kollegen ins Wort. »Vielleicht gibt es dann auch eine viel engere Verbindung Offenbach-Söder, als wir bisher dachten. Nicht vielleicht, sondern wahrscheinlich. Söder als Koppers Kumpel ...«

»Warum nicht«, sagte Braig. »Das klingt logisch.«

»Söder fühlt sich von Ulrike Maier bedroht. Vielleicht erpresst sie ihn wegen einer Sache, die letztes Jahr beim Herbsten passierte. Und damit Söder nicht alles allein machen musste, kam Offenbach ihm zu Hilfe.«

»Du meinst, Offenbach überfiel die Frau nicht, um sie zu vergewaltigen ...«

»Er hat wie ein Verrückter auf sie eingeschlagen, hast du selbst ermittelt. Weshalb? Weil er sie vergewaltigen oder weil er sie töten wollte?«

»Wenn Bareiss nicht dazwischen gegangen wäre ...«

»Wüssten wir jetzt Bescheid, wie?« Neundorf ließ ein kurzes, sarkastisches Lachen hören.

»Mein Gott, du bringst mich total ins Schwimmen«, bekannte Braig. »Söder und Offenbach unter einer Decke. Und weshalb hat er dann seinen Kumpel ermordet?«

»Weil der es nicht geschafft hat, die Frau zu beseitigen und zu einem weiteren Versuch nicht bereit war. Oder weil Söder sich jetzt auch von ihm bedroht fühlte. Vielleicht war ihm

Offenbach einfach nicht hartgesotten genug. Und bevor er das Risiko eingehen wollte, aufzufliegen ...«

»Musste auch sein Kumpel dran glauben? Ganz schön brutal, oder?«

»Ich sage ja, wir hätten diesen Kopper härter rannehmen müssen. Auch, was die Verbindung zwischen Söder und Offenbach belangt.«

»Morgen versuchen wir es noch mal.«

»Wenn die Frau dann noch lebt.« Sie trommelte nervös aufs Steuerrad, starrte auf die Fahrbahn. »Was suchen wir in der Weinberghütte?«, fragte sie dann. »Söder?«

Braig wandte ihr den Blick zu. »So dämlich wird der Kerl nicht sein. Es gibt hunderttausend Weinberghütten auf dieser Welt. Da wird er sich nicht gerade in der verstecken, in der er vor einem Jahr ein paar Tage hauste. Einen Rest von Respekt uns gegenüber wird er noch haben.«

»Bist du dir da so sicher?«, fragte sie.

Sie hatten Schanbach passiert, waren im Wald kurz vor der Serpentine, die nach Strümpfelbach hinunter führte. Vor ihnen tauchten die vom Herbst und der Sonne in einen rotgoldenen Flickenteppich verzauberten Weinberge des Ortes auf. Das traumhaft schöne Panorama wollte so gar nicht zu ihren düsteren Gedanken passen.

»Nein«, gab er zu. »Auch die raffiniertesten Verbrecher handeln oft völlig irrational.«

»Das wäre unsere Chance«, meinte Neundorf.

Sie steuerte den Wagen an den ersten Häusern vorbei, bog kurz vor Beginn der Baustelle, die den Großteil der Hauptstraße zur großen Freude der Anwohner in eine ruhige, autofreie Zone verwandelt hatte, in Richtung der Weinberge ab, fuhr direkt zum Hof der Robers. Die Frau kam gerade aus der Tür, zwei Kisten mit Wasserflaschen in Händen. Sie sah die beiden Kommissare aus dem Auto steigen, blieb stehen, stellte die Kisten ab.

»Sie sind schon da? Das trifft sich gut. Ich muss sowieso in den Wingert, die brauchen was zum Trinken.«

Braig begrüßte die Frau, roch das intensive Aroma reifen Obstes. Körbe voller dunkler Trauben standen im Hof, rotgelbe und kräftig grüne Äpfel lagerten in breiten Bottichen.

Melanie Rober nahm die Kisten wieder auf, steuerte auf das Dienstfahrzeug zu. »Ich zeige Ihnen den Weg. Wir kommen bei unseren Arbeitern vorbei.« Sie ließ Braig die Kisten im Kofferraum verstauen, setzte sich auf die Rückbank, wies Neundorf die Richtung. Der asphaltierte Weg stieg steil an, nutzte die natürliche Klinge des Weinbergs, um Höhe zu gewinnen.

»Das passt jetzt aber gut«, sagte Melanie Rober, »mein Mann rief gerade an, dass ihnen das Wasser ausginge. Heute ist es überraschend warm, die schwitzen viel mehr.«

»Sie haben viel zu tun?«

»Drei Tage noch. Wenn es so schön bleibt«, sie deutete nach draußen, »vielleicht sogar nur noch zwei. Der Muskat-Trollinger und der Riesling. Den Zweigelt machen wir heute noch fertig. Dann haben wir es für dieses Jahr geschafft.«

Sie passierten mehrere Skulpturen, die am Rand des Weges in die Höhe ragten, sahen das Dorf unten im Tal liegen, ein schmales, lang gezogenes Band roter Dächer, aus dem nur, dem südlichen Rand zu, der Kirchturm ragte. Neundorf kam nur langsam voran; unzählige Anhänger voller Bottiche und Trauben waren auf beiden Seiten des Wegs geparkt, Scharen arbeitender Menschen unterwegs.

»Wie sieht es mit der Qualität aus?«, fragte Braig.

»Sehr gut«, antwortete die Frau. »Der warme Frühsommer hat uns sehr geholfen.« Sie bat Neundorf, nach rechts abzubiegen, entschuldigte sich. »Das ist jetzt zwar nicht die Richtung der Hütte, aber wir sind gleich da. Ich will nur schnell das Wasser abliefern.«

Sie fuhren um die Ecke, hatten einen ganzen Pulk am Wegrand abgestellter landwirtschaftlicher Gefährte vor sich. Scharen traubenschleppender Männer und Frauen kamen von allen Seiten her mit müden Gesichtern auf sie zu.

»Hier sind wir«, erklärte Melanie Rober.

Neundorf bremste den Wagen ab, ließ die Frau aussteigen, half ihr gemeinsam mit Braig, die Kisten ins Freie zu hieven.

»Wasser«, rief Melanie Rober laut. Sie nahm eine der Kisten, stellte sie neben der Ladefläche des vordersten Anhängers ab, trug die andere dann in dieselbe Richtung. »Wasser«, wiederholte sie laut.

Braig sah, wie zwei Männer ihre von Trauben überquellenden Körbe absetzten und zu den Wasserflaschen eilten. »Das war Rettung in höchster Not«, meinte er.

Die Frau nickte, zeigte nach Norden. »Die Hütte ist dort, vielleicht dreihundert Meter entfernt.«

»Wir gehen zu Fuß?«

Melanie Rober nickte. »Wenn Sie wollen, gern. Den Wingert hoch.«

Er ließ der Frau den Vortritt, wartete, bis Neundorf den Wagen abgeschlossen hatte, eilte dann den steilen Hang zwischen den Reben hoch. Dicke blaue Trauben hingen an den Stöcken, würziges Aroma erfüllte die Luft.

»Muskat-Trollinger«, meinte die Weinbäuerin um Atem ringend.

Sie erreichten die nächst höhere Serpentine des asphaltierten Weges, stießen auf eine Gruppe Spaziergänger, die mit immer neuen Beifallsbekundungen ihre Begeisterung über die Schönheit der Landschaft zum Ausdruck brachten. Braig folgte dem Fingerzeig eines der Männer, hörte dessen Hinweis *Lobenrot*, hielt die Hand über die Augen, um sich vor den Strahlen der tief stehenden Sonne zu schützen, sah den kleinen Ort auf dem Berg jenseits des Tales liegen. Zwei, drei Dutzend Häuser, Wiesen und Felder, von dichtem Wald überragt. Rings um ihn herum das goldgelbe Herbstlaub der Weinstöcke, unten in der Senke das langgezogene Dorf. Schwärme winziger Mücken tanzten über dem Boden, zwitschernde Vögel labten sich an den übrig gebliebenen Früchten der Reben. Ruhe und Frieden lagen über der Landschaft, ein fast schon überirdischer Zauber hatte die Welt hier inmitten der Weinberge am Rand des Remstals erfasst.

In diesem Moment peitschten die Schüsse durch die Luft, zerrissen die Stille, jagten Braig jäh aus seinen Gedanken. Zwei schrecklich laute, alles Besinnen auf Ruhe und Frieden zerberstende Schüsse.

12.

Er hatte die Touristengruppe schon von weitem durch die Weinberge laufen sehen. Entweder eine Busladung voller Nachmittagsausflügler, die hierher gekarrt worden waren, um im erstbesten Café ihre Geldbeutel zu leeren und anschließend noch etwas frische Luft zu schnappen oder Gäste des nahen Hotels, die sich vor dem Abendessen noch etwas Appetit anlaufen wollten. Mit überschwänglichen Bemerkungen ihre Begeisterung über den Anblick der Umgebung bekundend kamen sie auf ihn zu.

Er setzte sein Fernglas ab, betrachtete die Spaziergänger. Allesamt Menschen jenseits der Lebensmitte. Wie der Ausflug eines Altenheims, überlegte er, ich bin der Einzige unter Dreißig weit und breit. Er sah mitten in der Gruppe einen Mann in eine Zeitung vertieft daherschlendern. Der eifrige Leser schien etwas entdeckt zu haben, was ihn besonders interessierte; er sah auf, reichte seinem Nachbarn das Blatt, wies auf einen Artikel. Der andere folgte seinem Fingerzeig, starrte auf die Zeitung, schüttelte dann den Kopf. Er sah, wie der Mann stehen blieb, wieder einen aus der Gruppe mit dem Blatt traktierte, dann in die Umgebung zeigte, auf eine Antwort des anderen wartend, doch nur unentschlossenes Schulterzucken erntete.

Langsam verschwanden die Spaziergänger aus seinem Blickfeld, nur der interessierte Zeitungsleser blieb zurück. Er hatte noch zwei weitere Mitglieder seiner Gruppe, zwei ältere Damen, um Rat gebeten, war jedoch, seiner Reaktion nach, ohne befriedigende Antwort geblieben. Langsam trottete er weiter, den Blick in seine Zeitung versenkt, nur noch wenige Schritte von ihm entfernt. Sechzig, oder noch ein paar Jahre älter, überlegte er, ein Rentner, alten Erinnerungen nachsinnend. Er überlegte, ob er ihm ausweichen solle, wurde von der Neugier auf das, was den Alten so bewegte, übermannt. Der Mann blieb vor ihm stehen, reichte ihm das Blatt, deutete auf den Text.

Seltsame Zeitung, war sein erster Gedanke. Außen die gewohnte Aufmachung mit dicken Lettern, einer weitgehend nackten Frau, Autoreklame und der eine halbe Seite füllenden Schlagzeile *Der Skandal des Jahres*, auf der Innenseite alles, bis auf einen Artikel mit unbeschriebenem Papier überklebt. Er starrte auf den Text, der dort prangte, weil der Alte mit seinem Finger darauf zeigte, las die Überschrift: *Martin Grauselmaier und seine Partei für ihre großen Verdienste um die Einführung des Privatfernsehens vor zwanzig Jahren von höchster Stelle geehrt.*

Er sah das Foto eines älteren Mannes, der darunter abgebildet war, verstand nicht, was das Ganze sollte. »Wieso zeigen Sie mir das?«, fragte er, schaute seinem Gegenüber in die Augen. Im gleichen Augenblick wusste er, woran er war. Er hatte die Person erkannt, bevor er die Stimme hörte. Die Augen, arbeitete es in ihm, diese Augen.

»Deshalb habe ich dieses Schwein erledigt, weil er genauso Schuld trägt wie ihr auch«, hörte er die ihm seit einem Jahr bekannte Stimme sagen.

Er fühlte sich wie erstarrt, riss seine Hand nach unten, tastete nach der Waffe. Im selben Moment spürte er den schrecklichen Schmerz im Gesicht, die Nässe auf dem Hemd und der Hose.

Dann peitschten die Schüsse unmittelbar vor ihm auf.

13.

Der Anblick der Leiche bot keinerlei Überraschungen. Von Säure zerfressene Mundpartie, zerfetzter Stoff im Schambereich, zwei Schüsse im Oberkörper. Das Gesicht zur Grimasse erstarrt, der Mund vor Schmerz und Empörung weit aufgerissen. Was nicht passte, war die schlagzeilenträchtige Zeitung unter der Hand des Toten.

»Ulrike Maier?«, fragte Neundorf, als sie sich um Atem ringend dem toten Körper näherten. Alle Entstellung konnte nicht darüber hinweg täuschen, dass sie sich irrte.

»Ein Mann«, meinte Braig, fühlte den Puls, sah sich in dem bestätigt, was er schon vorher geahnt hatte: Wieder einmal zu spät.

Sie waren losgerannt, sobald sie die Schüsse gehört hatten, den asphaltierten Weg durch die Weinberge, waren am Waldrand auf die Leiche gestoßen, keine hundert Meter von ihrem Ausgangspunkt entfernt.

»Do isch er nagrannt, der Kerl».

Braig sah auf, starrte in das aschfahle Gesicht eines jungen Mannes, der sich mit beiden Händen an den Stamm eines Rebstocks klammerte. Er trug blaue Arbeitskleidung, zitterte am ganzen Leib, wies mit zaghaften Bewegungen den Hang abwärts.

»Sie haben ihn gesehen?«, fragte Braig.

Der Mann wollte antworten, brachte nur ein mühsames Nicken zustande.

Er hörte Neundorf in ihr Handy sprechen, verstärkte den Griff um seine Waffe. »In diese Richtung?«, vergewisserte er sich, nach unten deutend.

Der Mann signalisierte Zustimmung.

»Ich versuche es«, rief er seiner Kollegin zu, »der kann noch nicht weit sein.«

Er sprang in den Weinberg, folgte dem steil abfallenden Hang zwischen den Rebstöcken nach unten. Blätter, verfaulte und matschige Trauben lagen auf dem Boden, Wurzeln der Weinstöcke ragten daraus hervor. Er stolperte, kam ins Straucheln, fing sich in letzter Sekunde ab. Als er den asphaltierten Weg erreicht hatte, spürte er die Schmerzen im linken Knie. Er schaute nach beiden Seiten, sah zwei-, dreihundert Meter weiter eine Gestalt davoneilen, in seltsamem, stark hinkendem Lauf. Dies musste sie sein! Die Person, die sie so verzweifelt suchten.

Er hörte Neundorfs Rufen hinter sich. »Du darfst es nicht allein versuchen. Das ist zu gefährlich.«

Er winkte ihr zu, spurtete den asphaltierten Weg entlang. Ein dunkles Kleidungsstück lag auf dem Boden, eine angeschmutzte, an mehreren Stellen verätzte Jacke, dann, wenige Meter weiter, zwei große Spritzen, ähnlich denen, die Braig vor einiger Zeit im Krankenhaus gesehen hatte. Er wich den Fundstücken aus, hörte Neundorfs Keuchen hinter sich. »Die richtige Spur.«

Braig drehte sich nicht um, rannte unentwegt weiter. Die Schmerzen in seinem Knie nahmen zu. Vor ihm, gerade mal noch siebzig, achtzig Meter entfernt, verschwand die flüchtige Person hinter der nahen Wegbiegung. Er nahm seine Pistole hoch, verschärfte sein Tempo. Der Täter durfte auf keinen Fall entkommen.

Neundorf sah ihren Kollegen um die Ecke verschwinden, packte ihre Waffe so fest, dass es schmerzte, spurtete direkt auf die Wegbiegung zu. Ein breites landwirtschaftliches Gefährt versperrte ihr die Sicht. Der Fahrer des Traktors, ein wohlbeleibter Landwirt, war mitten auf dem Weg stehen geblieben, starrte gebannt auf die an ihm vorbei hastenden Gestalten. Neundorf passierte den laut tuckernden Schlepper, trat hinter dem mit zwei breiten Bottichen beladenen Anhänger vor, blieb auf der Stelle stehen. Der asphaltierte Weg führte scharf nach rechts, eine schmale Klinge umrundend, die, von Weinreben bewachsen, etwa zehn Meter in die Tiefe und auf der anderen Seite genauso steil wieder hoch führte. Sie sah die Person auf der anderen Seite der Einkerbung stehen, die Waffe schussbereit in der Rechten, genau auf ihren Kollegen zielend, glaubte, ihr Herzschlag wolle aussetzen. Keine fünf Meter unterhalb riss es Braig von den Beinen, hingestreckt von einer Ansammlung überreifer Trauben, direkt in die Schussbahn der auf ihn zielenden Gestalt. Neundorf reagierte im Bruchteil einer Sekunde, riss die Beine auseinander, suchte festen Halt, drückte ab, zweimal hintereinander.

14.

Die Dämmerung war längst hereingebrochen. Myriaden von kleinen Mücken tanzten um die hellen Strahler, deren gleißendes Licht die Umgebung ausleuchtete. Dr. Kai Dolde, erst seit wenigen Monaten im Team der LKA-Techniker und gemeinsam mit Helmut Rössle und Lars Rauleder mit der Untersuchung der beiden Tatorte in Strümpfelbachs Weinbergen beschäftigt, hatte den makabren Sachverhalt als Erster entdeckt.

»Das darf nicht wahr sein. Die hatte keinerlei Munition mehr. Keine einzige Kugel in der Waffe.«

»Wie bitte?«, hatte Neundorf entgeistert gefragt. »Die hatte keine ...?« Sie war verstummt, hatte mit vor Entsetzen bleicher Miene auf ihren Kollegen gezeigt. »Aber die war doch gerade dabei, auf Steffen zu zielen. Die hatte angelegt, wollte abdrücken. Da fehlten nur noch Zehntelsekunden. Hätte ich nicht geschossen ...« Sie hatte Kopf schüttelnd auf den Techniker gestarrt, darauf gewartet, dass er seine Aussage widerrief. »Sag, dass das nicht wahr ist!«

»Tut mir leid«, hatte der junge Mann erwidert. »Die Waffe war leer. Aber das bedeutet doch nicht, dass Sie sich deswegen Vorwürfe machen müssen.«

Fünf Minuten vorher hatte der Gerichtsmediziner Dr. Schäffler sowohl den Tod Mark Söders als auch den Ulrike Maiers amtlich bestätigt. Er hatte der Frau die Gesichtsmaske samt der Perücke abgezogen, sie anhand ihres Personalausweises identifiziert.

»Aber ich hätte doch nicht geschossen, wenn ...«, hatte Neundorf beharrt.

Braig, immer noch erschöpft von der anstrengenden Verfolgung und dem Schock über das erneute Verbrechen, war zu seiner Kollegin getreten, hatte sie in den Arm genommen. »Verdammt, jetzt gib endlich Ruhe. Du hast mir das Leben gerettet. Ohne dich wäre ich jetzt nicht mehr da.«

»Eben nicht«, hatte sie erwidert. »Ich habe eine wehrlose Frau erschossen.«

Sie war am Rand des steilen Weinberghangs zusammengesunken, hatte hemmungslos geweint. Minuten später war Dolde auf das zusammengefaltete Dokument in der Hosentasche der Toten gestoßen. Er hatte es vorsichtig geglättet, den in einer überaus korrekten und sauberen Handschrift aufs Papier gebrachten Text gelesen und photographiert, ihn dann persönlich Neundorf übergeben.

»Bitte, lesen Sie diese Zeilen. Ich hoffe, sie helfen Ihnen.«

Sie hatte Dolde angestarrt, dann das Blatt an sich genommen und damit angefangen, es zu lesen.

»Es ist gut, dass es zu Ende ist. Ich hoffe jedenfalls, dass es soweit ist, wenn Sie dies lesen. Mein Plan, zu einem Ende zu kommen, hat dann hoffentlich geklappt. Sie werden wissen, wie ich es bewerkstelligt habe. Sie sollten sich keine Vorwürfe machen, Sie trifft keine Schuld.

Diejenigen, die mein Elend zu verantworten haben, gibt es nicht mehr. Sie haben gebüßt, einer wie der andere. Es ging nicht anders, ich musste es tun. Mein Leben war zerstört, es hatte keinen Sinn mehr. Jene Nacht im vergangenen Herbst, die ich nie vergessen werde, hat ihn mir genommen. Ich muss mich bei Achim entschuldigen, verzeih mir, du hast alles versucht, aber du wirst dir nie vorstellen können, wie grauenvoll diese Nacht für mich war.

Dabei hatte alles so friedlich begonnen. Von früh bis spät Herbsten bei blauem Himmel und voller Sonne, Schwarzriesling-Trauben an diesem Tag. Wir wollten den Abend gemütlich ausklingen lassen in der kleinen Weinberghütte, keine hundert Meter von dem Hang entfernt, in dem wir gearbeitet hatten. Pizza, frischer Traubenmost und Wein, nichts ließ vermuten, was dann geschah. Söder kam auf die Idee, Sattler war einverstanden, was sollte ich dagegen haben? Auch, dass Söder den Vorschlag mit seinem Fernsehgerät machte – nach ein paar Gläsern Most und Wein ein spannender Film – warum nicht?

Was dann aber geschah, sprengt alles, was ich je erleben musste. Es war kein spannender Film, es war ein widerlicher, brutale Gewalt verherrlichender Horror. Frauen als Opfer, Männer auf der Jagd nach ihrer Lust – ersparen Sie es mir, über den Inhalt zu reden, es ist zu widerwärtig. Was der Auslöser war, der Funke, der das Pulverfass entzündete?

Söder war betrunken, hatte viel zu viel Wein konsumiert, Sattler war ebenfalls bis zum Hals abgefüllt. War es, dass bei einer ungeschickten Bewegung meine Hose riss? Der Film hatte sie aufgeputscht, angeturnt, völlig verändert – es hat keinen Sinn, rationale Erklärungen dafür zu suchen, was die beiden in lüsterne Bestien verwandelte, ich will es auch gar nicht. Natürlich werden Psychologen hunderttausend differenzierte Erklärungen finden – zu viel Alkohol, zu warme Temperaturen, zu hoher Luftdruck in dieser Nacht – ich musste es erleiden, mir hilft all das nicht weiter. Kaum war der widerliche Film angelaufen, hatte es mit anzüglichen Bemerkungen begonnen – wo es endete, ahnen Sie selbst.

Mein Leben war zerstört, jeder Wille gebrochen. Niemand kann mir mehr helfen, es geht nicht. Ich habe mich über Wochen, ja Monate hinweg bemüht. Es hat keinen Sinn. Ich brach mein Studium ab, floh vor Achim und der WG – und dann sah ich plötzlich Sattler vor mir, in einer alten Zeitung, die jemand zum Einpacken verwendet hatte, Sattler, wie er leibt und lebt. *Andreas Sattler Sieger beim Stuttgarter Schachturnier.* In diesem Moment wusste ich, was ich zu tun hatte.

Ihn aufzuspüren, war nicht schwer. Ich besorgte mir eine Gesichtsmaske, eine Perücke, dazu die Säure und die Waffe aus dem Arsenal meines Vaters. Er ist viel beschäftigter, ständig gestresster Chef einer Sicherheitsfirma, hat den Verlust der Pistole bis heute wahrscheinlich nicht bemerkt.

Kaum hatte ich Sattler erledigt, stieß ich auf den großen Bericht in der Zeitung. *Martin Grauselmaier und seine Partei für ihre großen Verdienste für die Einführung des Privatfernsehens geehrt.* Über eine ganze Seite hinweg führten sie aus, wie er sich engagiert hatte. Er sollte die Belohnung für seine großen Verdienste erhalten. Für die schlimmste Nacht meines Lebens. Dann sah ich die Ankündigung seines Vortrags, glaubte, jetzt völlig übergeschnappt zu sein. *Lesen statt glotzen – Bücher statt Bildschirm.* Ausgerechnet der!

In Köngen traf es ihn, Sie wissen Bescheid. Ich fuhr mit seinem Wagen zum Bahnhof nach Wendlingen, nahm dort den Zug. Auf dem Weg nach Hause, ich war gerade dabei, Maske und Perücke abzulegen, wurde ich Opfer der nächsten Bestie, bevor ich zur Waffe greifen konnte. Wie Offenbach mich zugerichtet hat, können Sie nur ahnen. Welche Schmerzen ich bis zu diesem Moment erleide, bleibt Ihnen verborgen. Ich muss mich bei Herrn Bareiss bedanken, dass ich überlebte, richten Sie es ihm bitte aus. So blieb mir die Möglichkeit, diesen Verbrecher zu erledigen. Zum Glück hatte ich sein Autokennzeichen gesehen.

Wie ich an Söder kam? Ich dachte mir, dass er so unverfroren sein würde, wieder dort aufzutauchen, wo er den Herbst schon einmal verbrachte. Sie sehen, ich habe ihn richtig eingeschätzt. Meine Attacke musste auf den ersten Anhieb glücken. Ich hoffe, sie hat es getan. Ich hatte nämlich nur zwei Kugeln dabei.

Sie wissen, weshalb.«

KBV-KRIMI

Oliver Schilling
HERRGÖTTLE
Taschenbuch, 251 Seiten
ISBN 978-3-934638-03-7
9,50 EURO

Herrgöttle - So nennen sie den alten Herrn Göttle auf der Pflegestation M3, einem letzten Aufbewahrungsort für hoffnungslos demente Greise, deren Erinnerungen erloschen und deren Lebenszeit fast abgelaufen ist.

Thomas Haas dagegen hat noch viel Zeit; er vertrödelt sie ziellos in der behaglichen Langeweile seines heimatlichen Provinzgroßstädtchens Heilbronn und ist so ziemlich der Einzige, der sich für die Insassen der M3 interessiert, seit auch sein Großvater dort eingeliefert wurde. Als er Göttles Tochter kennenlernt, wird aus dem Interesse Neugier: Denn Göttles Vergangenheit scheint zwielichtig.

Thomas stößt unverhofft auf Spuren seines Vaters, der vor Jahren bei einem Bordellbesuch erstochen wurde. Als er den Spuren folgt, gerät er in den kriminellen Sumpf der Stadt - und an Leute, die seine Neugier stört...

»Die Lösung der vertrackten Geschichte ist so überraschend wie pfiffig.«
(stimme.de)

KBV-KRIMI

Klaus Wanninger
SCHWABEN-SUMPF
Der neunte Schwaben-Krimi
Taschenbuch, 300 Seiten
ISBN 978-3-937001-83-8
9,50 EURO

Stäffele, das sind die romantischen, von Büschen, Bäumen und Balustraden gesäumten Treppenwege in Stuttgart, die aus dem Stadtzentrum in die höher gelegenen Vororte führen.

Ausgerechnet an der Sünderstaffel liegt die Leiche der jungen Jessica Heimpold. Wer trachtete ihr, der Tochter eines erfolgreichen Kaufmanns, nach dem Leben?

Kommissarin Katrin Neundorf stößt im Freundeskreis der jungen Frau auf übel beleumundete Gestalten und sieht sich zudem mit äußerst dubiosen Geschäftspartnern des Vaters der Toten konfrontiert. Schon bald zeigen sich seltsame Verbindungen zu anderen Gewalttaten in Esslingen und Schwäbisch Gmünd …

»SCHWABEN-SUMPF ist spannende Unterhaltung vom Anfang bis zum überaus überraschenden Schluss.« (Backnanger Kreiszeitung)